伯爵猫

南翔 著

作家出版社

图书在版编目（CIP）数据

伯爵猫 / 南翔著. -- 北京：作家出版社，2021. 11
ISBN 978-7-5212-1555-7

Ⅰ. ①伯… Ⅱ. ①南… Ⅲ. ①短篇小说 - 小说集 - 中国 - 当代 Ⅳ. ①I247.7

中国版本图书馆CIP数据核字（2021）第206473号

伯爵猫

作　　者：南　翔
责任编辑：兴　安
装帧设计：意匠文化 · 丁奔亮
出版发行：作家出版社有限公司
社　　址：北京农展馆南里10号　　**邮　　编**：100125
电话传真：86-10-65067186（发行中心及邮购部）
86-10-65004079（总编室）
E-mail:zuojia@zuojia.net.cn
http://www.zuojiachubanshe.com
印　　刷：三河市紫恒印装有限公司
成品尺寸：152×230
字　　数：250千
印　　张：19.25
版　　次：2021年11月第1版
印　　次：2021年11月第1次印刷
ISBN　978-7-5212-1555-7
定　　价：56. 00元

自序：大江茫茫去不还

前些时，深圳某金融企业邀请我过去做讲座，主办方在讲座结束之时，送的一样礼物令我惊喜：《福建文学》1981年的一个半年合订本，其中一期刊有我当年的短篇小说《在一个小站》。那是我在江西大学读大三时投稿正式发表的小说处女作。须知，我1998年年底由南昌大学调往深圳大学，留在南昌铁路三村的几十个短篇小说散失殆尽，包括这本刊发了我首篇小说的《福建文学》。主办方何其有心，赠我这样一件别致的礼物！

一晃，我从事文学创作已经四十年了。

晚近十多年来，除了一本非虚构《手上春秋——中国手艺人》，我的创作囊箧里主要是中短篇小说，尤其是短篇小说。这本短篇小说集《伯爵猫》，承接2014年出版的中短篇小说集《绿皮车》，2015年出版的中短篇小说集《抄家》，其一，较为集中地体现五六年来我的小说成果；其二，也是我第一个纯粹的短篇小说集。

为何在求大、求高、求长的写作风靡云布之际，我有点儿不识时务，一个劲往“短”处走呢？一是目力用了一甲子，不免衰退，望“长”而先萌怯意；二是短篇小说的所谓以小见大、以短见长，我越来越觉得此语不虚，或曰真理是朴素的；三是工商语境下的阅读，尤其是手机阅读的席卷之下，虽不认可“逆之者亡”——我从来认为纸本阅读不可也不会完全被新媒介替代，每见一些三四十岁的朋友，企图用听书代替读书，我便诚心忠告：这是两种不同的思维方式，不可一味以听代读。因而总是希望一篇东西发表之后，读者多一些，再多一些。今年《芙蓉》第2期刊发我的一个短篇小说《伯爵猫》，之后此文为《长江文艺·好小说》《新华文摘》《小说月报》《中国当代文学选本》等转载，又经新华网客户端转发之后，个把月之内，浏览量便飙升到十七八万人。一篇小说能有如此众多的阅读者，真是令人鼓舞！

中国的鲁迅、沈从文、汪曾祺皆以短篇取胜，外国作家如契诃夫、莫泊桑、欧·亨利、卡夫卡、卡佛、卡尔维诺、博尔赫斯……亦以短篇见其高与深。

好短篇本身所具有的金子般的质地，加之这个互联网时代赋予它猎豹一般矫健的行走，我想，已经给予了它彪炳焕然的舞台。

换言之，在这个时代，短篇不是任何文体的配角，它本身就是主角之一种。它可以是交响乐中金碧辉煌的圆号，也可以是歌剧中声振屋瓦的独唱。作品的好坏跟体量大小没关系，跟体量大小有关系的，或许是它囊括物事的丰富性。在洞悉时代脉象，警醒世道人心，呈现精神向度等方面，有嚼头的短篇小说当得起轻骑兵的美誉。

我写短篇小说，一是在乎历史感。

那些以民国以及某些渐行渐远的历史年代、事件为标志的小说，自不待言，因其容纳了鲜明而浑厚的历史意识，较能彰显作品的深沉。夏志清在一篇《白先勇早期的短篇小说》文中论及：

艾略特说过，一个现代诗人，过了二十五岁，如想继续写诗，非有一种“历史感”（the historical sense）不可，白先勇也是在二十五岁前后（到美国以后），被一种“历史感”所占有，一变早期比较注重个人好恶，偏爱刻画精神面貌和作者相近似的人物的作风。

夏志清眼中的历史感，或曰具有历史感的小说，指陈的不是仅仅从自己的生活经验出发，仅仅描述与自己成长相若的经历的作品。譬如白先勇《纽约客》系列短篇小说，作者以客观小说家的身份，刻画了与他面目迥异的人物。“《台北人》甚至可以说是一部民国史，因为《梁父吟》中的主角在辛亥革命时就有一度显赫的历史。”

夏志清举隅白先勇作品的历史感，有两点很是清晰，一指作家不仅写自己，更写他人，尤其是迥异自己个性、出身与面貌的他人；二指作家应该写自己长辈的历史。这个长辈可以是泛指，亦可是实指。白先勇的父亲白崇禧是民国时期的高级将领，他耳濡目染，自是比一般人更熟悉其父母辈经历的跌宕与沧桑。

我曾经做过一个自剖式的文学讲座，题曰：文学创作的三个打通——以我的短篇小说为例。三个打通——历史与现实打通，虚构与非虚构打通（主要是虚构作品中掺入非虚构成分），自己的经历与父兄辈的经历打通。此集子中《曹铁匠的小尖刀》就是一个虚构与非虚构打通的例子，为了写一个《打镰刀》的中篇小说（此中篇刊发于2020年第8期《中国作家》），我被一位企业家朋友带去他老家四川渠县，见到他的一位在老家打铁数十年的初中同学，小说融入了在铁匠铺采集的素材与感受。历史与现实打通的作品则更多，可见《疑心》《乌鸦》《苦槠豆腐》等篇。

我尤其想说的是“自己的经历与父兄辈的经历打通”。我父亲是毕生在铁路工作的一位职员，我自己也曾当过七年铁路工人

(1971年至1978年)。我唯一的哥哥相登韶则遭际坎坷，他属于老三届，那个年代的初中毕业之后，因学业优秀而得以升入高中，此前父母因家庭负担太重，很是希望他初中毕业之后直接读中专或技校，以早些出来就业。高中未竟，他便成为上山下乡滚滚洪流中的一员，在农村劳动数年之后，辗转在小钨矿、电池厂等单位当工人；物质匮乏年代的身体亏欠，加之婚后生儿育女家庭拖累，他于1984年患肝疾逝世时年方三十六岁。胞兄的去世，给我留下了长久的伤痛。想起在那个特殊的年代，兄长们所思所议所为，体现的都是与当时舆论"不一律"的国运的思考，且被后来的历史证明，他们才是有头脑不盲从的一代，惜乎因青年夭折而未能展其才。每念及此，我更觉得自己心里有思，肩头有责，眼前有人，要为他们执笔代言，乃至，扳本。

集子中的《回乡》原发《人民文学》，为《新华文摘》《小说月报》等多种刊物、年选转载、收入，也曾上榜并提名鲁迅文学奖短篇小说奖。此小说原型便有我大舅的影子。大舅在动荡年代的浮桴海外，及至改革开放之后还乡省亲，其间世事沧桑，人事稽留，居然也能安放在一篇万字短篇小说之中。相较而言，同样从那段历史"飞来"的《乌鸦》则短至六千字，是本集子中最短的一篇。京城一位资深的出版人阅后说：一个短篇小说写了一段长长的历史。

二曰，在场感。

无疑，每个人都是自己经历的在场者。岁月如轮，一代又一代很快都上升为兼具并识历史和当下的见证者。身为作者，对于一些不曾经历过的重大历史肯綮，单纯借助于史料，与"我"在现场，感受是不一样的。我们的在场，不论是历史的在场，还是当下的在场，都很重要。因为作者是某个历史阶段的在场者，观察与感触会真切一些，视角与景深会阔大一些。观照当下——与青年读者和作者"同呼吸，共命运"的当下，看待同一物事，角度和结论会相同，亦会相异。

故而这种在场的写作，年龄和经历参差的好处就显现出来了，不至于千人一面。譬如着眼企业的《选边》，同样曾在企业工作过多年的我，与现在的流水线上的打工者，写出来的感受当然不会降入同一水平线。落墨生态的《珊瑚裸尾鼠》《果蝠》，其思考的内涵与外延，贯穿了过去、现在与未来的一条中轴线，故事编织的外衣剪裁，与人物行为的追问，均力求榫卯之间，严丝合缝，都能够链接大时代的终极关怀。

三曰，美感。

我曾在大学的课堂回答“何谓好文学?”，一言以蔽之，三大信息量：丰盈的生活信息量，深刻的思想信息量和创新的审美信息量。

毋庸置疑，文学阅读可以囊括人生的各个阶段。常见人们争议什么是好文学，也常见人们为文学得失而理论，观点趋同者有之，大相径庭者也不乏其例。浸淫语文教学及写作者，每为欣赏与写作能力的提高而苦恼。《老残游记》的作者刘鹗在自序中有一段话甚好：“《离骚》为屈大夫之哭泣，《庄子》为蒙叟之哭泣，《史记》为太史公之哭泣，《草堂诗集》为杜工部之哭泣；李后主以词哭，八大山人以画哭；王实甫寄哭泣于《西厢》，曹雪芹寄哭泣于《红楼梦》。”

他说的是，文学艺术家，必须有自己椎心泣血的感受，方可出感人之力作。

如果把丰富的生活信息量比喻成文学的血肉，那么深刻的思想信息量就是文学的灵魂。一篇简文，犹如齐白石的扇面或斗方，花鸟虫鱼，不一定要强调思想；有些随笔之类，有趣即可。但凡大一点的东西，尤其是小说这种文体，就要有思想力的蛰伏。思想力是当代小说充满淋漓元气的重要指征，它关联更多的可能性和彼岸意义，是超越日常认知、观照本质存在的价值敷设。

创新的审美信息量既包括或“错彩镂金、雕缋满眼”，或“清水出芙蓉、天然去雕饰”的仪容，也含纳题材、结构、对话、叙述以及修辞诸风格的清奇骨骼。

《痛点》写了一个舞者截肢之后的实有之痛与虚有之痛，而背后的精神才是生命支点。《玄凤》勾勒了一对已婚夫妻，在丢失了一只鹦鹉之后悄然改变的生儿育女观念。《车前草》描述一对师生的对视与守望，但愿那样一种令人系念的大学师生关系，不至于在更为复杂的时代面前渐成绝响。《钟表匠》一笔一笔地晕现出一对老男人的友谊，收束之尾，钟表匠收藏室里，所有的时钟倒转，出人意表的构思，才能形塑小说强大的张力。小说集里有好些篇，以动物着眼串珠，一只猫，一只鸟，一只珊瑚裸尾鼠……意在将社会生态和自然生态勾连，将审美形态与思想言筌融汇，将形而下的生活与形而上的象征绞合。好些读者朋友表示，喜欢我小说的语言，认为嚼有余味。我却想到，过分讲究语言，会否露出匠气？会否减损写多写长的概率？可我在读任一小说之时，能否受到吸引的第一要素，还是语言。

李白有句：登高壮观天地间，大江茫茫去不还。

“不还”的不仅有青春，还有文字、情感、寄寓。

只要汩汩流过，纵是不还，又如何！

身为作者，只要笔下那些逝者如斯的生活摭拾，能在读者诸君眼中淌过的一刻，映现出些许共鸣的波影光斑，我也就知足了。

目 录

檀香插

天色已晚，繁闹了一天的城市渐次被灯火笼罩。罗荔从三招出来，步态不稳，俨如醉汉，她想象得出自己的步态一定很难看，面色也苍白如纸。走过一条不甚宽的细叶榕和木棉交织的林荫道，便到了海滨大道的辅道，她连抬手打车都费劲，上了一辆电动蓝的，司机连问三遍，几乎将头反向贴近她的嘴唇，才听明白这样一个失魂落魄的女人要去哪儿。她就如时尚说的“北京瘫”软在后座上，根本不理会或许根本没听到司机叫她系上安全带。

一闭上眼，她脑海里尽是在三招里看到的电视画面，那样的画面，任何一个成年男女，或许都会激发起好奇与兴奋，对于她这个特殊又特定的旁观者，却只有一种感情，那就是恶心！

在本市，三招是一个言者会心的所在，一栋在成群的华丽转身又不无个性张扬的大厦中日渐颓败的楼宇，几乎尽人皆知，因为它是一个办案子的地方。有一群人成年累月地在这里办公，他们衣着俭朴，表情严肃，走在大街上与众人无异，可是在他们默默无闻背后的研判与讯问，一经新闻发布，常常如投石入水，在本市激起一圈又一圈的涟漪。

罗荔忽然成了这个涟漪中的一环，准确地说，是罗荔的丈夫肖一木，即将成为一个小圈子中令人好奇因而围观的涟漪。平心而论，丈夫所在的一家企业小之又小，小得开始听别人叫肖一木肖总，罗荔都替他难为情。早两年就听说这么一家交通局下属的消防器材公司，要合并同类项，那么会计师出身的肖一木，充其量是一个更大公司的财务主管角色，可是偏偏就一拖再拖，在合并乃大势所趋的时刻，肖总出事了。与那种民间甚嚣尘上的无官不贪的热议相较，罗荔冷静得多，就以身边的一木为例，凡事都未必雷同，她不相信一个自律甚严到刻板地步的会计能够泥沙俱下，混入浊流。她很早就抱怨又不无夸耀地跟同事说过，肖一木从不允许他的公车让家人单独乘坐，那时候距离不允许公车私用的条例颁布，还有两三年。

她的住家一直踞守十多年前政府分配的低成本微利房——荣华村，在一个以日新月异为荣耀的城市里，十多年意味着很多壕堑填平，很多洼地隆升。原先的公务员与职员陆续迁居到某某水榭、某某山庄，仍旧蹲在有“村”却未必“荣华”的肖总及其家人，好在并无失落之感，这跟他有个通达事理的太太相关。当然啰，就在“村”口的富强学校教语文的罗荔老师，四十多岁的人生履历，见过贫寒，也见过繁华，春风得意之人自不必说他，马失前蹄之人更令人悚惕。她只要一木及十三岁的女儿健康快乐就好，学校工地一块硕大的白底红字标语：平平安安上班，高高兴兴回家。送给的是每天戴着黄色安全帽的建筑工人，又何尝不是她日常心情的写照？

一木“被出差”的那天下午，她正在办公室批改初三（3）班的中考模拟试卷，他连打了两个电话进来。平时她不愿上班接电话，尤其不愿像某些同事那样，一讲家事便没完没了，尽管做耳语状，在寂静的只有卷子翻页声的四周，还是扰人视听。电话连着两次振响，间隔只有十秒，现出那头的急切，她才接了。他告诉她，他有点事情出差几天，今晚不能回了。他叮嘱蜜儿回来，功课不要做得太晚，十点半之前要睡觉的，女儿的近视发展得太快了。她只当做一个普通电话，在办公室也未及多问，于是，那头等了一小会儿，就悄悄挂了。

电话消停之后，她逐渐心神不宁，此种不宁，如水洇草纸，浸润虽慢而渗透有力。盖因最近听到各种熟悉与不熟悉的官员出事的消息太频繁了，还因这种当天出差才告知的事情，不是老公的常态。待到斜对面曾老师的一把乌木镇尺掉到地上，她听到的是哐当一声，有如铁门关上的巨响。她显然不能安坐了，眼前再熟悉不过的卷子，此刻在眼里全哗变成了陌生的符号，莫名其意。她低头，再低头，非常希望听到手机的再一次振动，看到屏幕的再一次闪亮；譬如，他的一个提醒，或者一个遗忘……那都会绽放出一个家庭需要的温馨而灿然的暖意。

没有，眼前是死一般的寂静无声。

她悄然把手机拿起离开了座位，一直走到走廊尽头，这里有一个死角，两个直角走道过来的目光，都被雪白而冰冷的墙壁无情地挡回了。她回拨了一木的电话，回答是：对方已关机。她顿时浑身发颤。深秋的斜阳在南国依然散发出灼人的热力，窗前的一棵乌柏树始终不肯以红叶告知季节已然变换。她木木地等到下班，回家一路上想到的都是，他一定不是出差，如果出差，只有乘飞机才需要关手机，从他单位到机场直至换牌登机，起码是两个小时以后的事情，他何必关机呢？依此推论，他说谎了。一个有家室的男人，什么情况下才需要说这样一个谎呢？要么去相好那里了，要么呢，是……比较后一种令人透不过气来的揣测，前一个揣测简直令人轻松得捧腹跌坐，打一个不大恰当的比方，后一种相当于听说亲人遭遇了一场生死未卜的车祸，前一种充其量是亲人因为气管炎或者流感住院了。

换言之，如果前一种与后一种叠加在一个女人身上，又如何？

此时此刻，这种叠加不幸降落到了罗荔头上。富强学校，喜欢写作的语文教师不多，罗荔算其中的一个。都说爱写作的人，就是富于想象力的人，可是，任罗荔如何富于想象，即便幻想，又如何能敌得过现实如黑铁一般的严酷。一木“被出差”几天了，手机处于关机状态。她的晨昏颠倒、丢魂失魄，连在蜜儿面前也不能掩饰过去。她当然只能告诉女儿，爸爸出差了。原本阳光开朗的女儿，转瞬变得沉默寡言，那是对母亲不堪一击的谎言的有力洞穿。平素父女或母女关系太亲密了，也好也不好，那就是相互间，既不能有一丝丝遮掩，也难容忍一些些尘埃。父亲出差那么多天了，事先既不“请示”女儿，事后也不向女儿“报告”，此乃常理不容！况且，去哪里出差，何时回来，做母亲的也从不解释。更不要说，父亲出差的当天晚上，母亲平素最拿手的青椒土豆丝，咸得能让人齁死；还把一瓶陈醋当做了老抽！

几天过去了，她没有勇气去询问同事，更没有勇气去相关部门打听。

从早到晚地精神恍惚，浑身乏力，连年级组长都问她是不是要去看看医生。这时候，接到一个具体的存在，一个坐实的定论，比什么都重要，要来的终归要来，最坏的消息或许也比悬在空中，让脑子疯了一般从一个惊悸奔向另一个惊悸要好十倍百倍。

故而，今天上午接到一个陌生电话，请她九点半到三招304去一趟，瞬间她的心反而镇定了。

她的第一句话是问，要不要告诉我女儿，我今天是不是回家？对方的回答很平和，甚至是蔼然的，不用，你今天当然要回家，不过，你要给单位请个假。她心里更加踏实了，给学校请假简直不是事情，年级组长原本就敦促她去看医生，这回只要说约了医生即可。她后来的经历佐证，事先唯一没有料到的是这次并不能见到他，这说明她对现实生活的严酷性并没有充足的预计，徒然让她事先做了一番心理训练：如何当着办案人员的面，不要在见到他的一刹那失态。

整一个上午，她都坐在304房间里接受讯问。《新华字典》解释：讯问，严厉地盘问。这么来说，讯问用之于她，一个奉公守法的公民，一位工作勤勉、品格端正的人民教师，显得强蛮了。接受询问呢，又不免矫情。你家老公有犯事嫌疑了，现在需要你配合做一些调查。汉语语汇应该在讯问与询问之间再铸一个新词，才接近她现在面对的状态。铸一个什么新词才好呢?

很多年前，三招就不对外经营了，三招早就成了一个特指，一个本市公务员耳熟能详又心照不宣的地方，一个专门办内部案子的所在。房间里当然也就不是招待所的陈设，一张略显硬实的三人沙发，一旁是玻璃茶几，对面是一张长条的办公桌，办公桌上面的门框一侧，装有一个黑色的摄像头。讯问者二人端坐在办公桌后面，一个略胖，一个显瘦。她就坐在三人沙发上，沙发后面的墙上装有电视机。她脑子里瞬间想到，到底是招待所改装的，电视机还保留着呢。

上午的问话，简单而略显松弛，除了姓名、职业、住家等户籍要素，很快就进入实质性问话：两年前，肖一木跟本企业一单生产设备招投标发生了联系，他当时也是主管，据举报，肖一木为此受贿几十万，你是否知情?

到三招来，罗荔已知为何而来，心情不免紧张，却没有了最初的忐忑。她来配合调查，他们先后说了“请”与“需要”，这两个词，当然有轻与重的微妙区分。她来三招，肯定不是为自己的事情，因为自己，她一辈子都不会与这栋楼发生关系。如今，不止一次耳闻过的这么一个陌生的大楼，终于还是与自己发生了关系，原因盖在于自家先生——先生这个词，比起老公，尊敬又疏远。世上人与人的关系大致分为三种：一种是血缘关系；一种是血缘之外的关系；介乎二者之间的，是两个没有血缘的人结合，生产出与两人相关的一种血缘关系，这两个人也就具有了另外一种关系，这种关系，清晰又朦胧，坚韧又脆弱，此之谓夫妻。

她断然摇头，她不知情，她不仅不知情，甚至认为不可能。几十万，对他们这个小家庭不算是一个小数字，她不可能不知道；凭他俩结婚将近二十年的亲密关系，他没有必要瞒着她。多少年了，他自奉甚俭，甚至不沾现金和存折；他在安徽六安老家的父母，每月给寄一千元以表孝心，都是她之所为……

她汩汩滔滔，不急不缓地说了二十多分钟，半节课左右，有对肖一木为人处世的总体评价，更多是他生活中无欲无求的点点滴滴。那种呈现，宛如一幅徐徐打开的卷轴山水，既有大块泼墨，淋漓氤氲，又有细笔勾勒，纤毫毕见。如果罗荔以为自己有一番真情告白的辩说，会让办案人员幡然开悟，那就大错特错了。对面的两个人，在听一个女人为自己先生评功摆好的时候，表情是漠然的：其中一位悄悄在看手机，另一位则心不在焉，东张西望。此情境，不阻止便是最大的鼓励，罗荔简直像溺水者信手抓到了一块浮板，可以尽情挥洒。这时候，如果肖一木站在旁边，听到一番从来没有听到过的妻子的真情表扬，没准会感动得泪水承睫。

终于轮到他俩说话了，问你，你就对他那么肯定吗？

即使他在家里不花钱，如果其他地方，其他人问他要钱花呢？……

她一愣，其他地方？什么地方呢？其他人？什么人？能不能讲得具体一点？

她不是装傻，她是真不知道，希望二人给予一些些提醒。那个略胖的，鼻子哼了一声；那个显瘦的，微笑中透露出意味深长的暖昧。

接下来却是一些似乎不着边际的问话，肖一木的日常爱好，生活习惯，女儿读几年级了，平时跟爸爸多还是妈妈多……总归是家长里短，儿女情长，颠三倒四，言不及义。快到了吃午饭的时间，他们电话叫人去打了饭上来。她说不必了，如果没有其他事情，她就回去了，下午还有一节课呢。

他们没有答应，甚至要她“既来之，则安之”，吃了饭，下午还有一些事情要交流。

就在中午准备吃饭的当儿，电视不知触动了哪根神经，竟然自动打开了。电视开始是混沌的，不知从哪里传来浊重的喘息声，很快她发现，这种喘息不是来自医院，不是来自通道，显然来自床笫之间，很是不类同平时看到的任何一档电视节目。随着屏幕上黑色的减退，朦胧中看出来的是，一男一女在宾馆裸体缠绕的画面……她顿时觉得血往上涌，一种窒息感紧紧掐住了她的咽部。画面阴暗，男女的镜头看不甚清，她完全不知那女人是谁，肯定是她没有见过的一个。男人的声音，即使听不明白，形态与动作却是她再熟悉不过，况且朝夕相处一二十年的两个人，喉咙里的一声嗽响，也挟带着不容误判的信息。

如此这般的画面又是给了她沉重一击，其穿越感，超越了平时的无穷想象。这么些年以来，自媒体嘉年华一般地上映一对对演艺明星的风流艳事，在读者眼里都是见惯不惊的节目与谈资，只有某一天结结实实落到自家头上，才有缤纷的挫败与沮丧，潮涌一般劈面而来。

她起始僵直、呆板，继而沮丧、愤懑……电视之后的画面变成了亮丽的蓝天，旖旎的荷塘，青翠的山林。

下午讯问者二人再来，见桌上的饭菜几乎未动一箸，自然有几句不露声色的关心。一下午的有一搭没一搭的询问也好，讯问也罢，再无推演的任何可能，只有放她回家。走出三招的那一刻，讯问者的提醒与忠告，她压根一句也没听进去。

走在街上，看到所有的人嘴唇嚅动，包括大声打手机的，在她眼里，他们一概只有动作，没有语言。

女儿居然还没有回来，一看手机，才发现有若干微信，包括蜜儿的姑姑发来的，说是晚饭叫蜜儿去她们家吃羊肉饺子了。蜜儿的姑姑大概也知道兄弟犯事了，才会让侄女暂且回避一下那个沉闷的家。

连同笨重的身体与挎包，一屁股卸在卧室的电脑桌前，始觉得浑身的瘫软有了着落。

窗户洞开，依然气闷。她从书橱上拿出一只檀木香插，这是三年前他们住宅小区的过街对面，建了一座工艺美术大厦，他们闲逛的时候，买了这么一个檀香插，价格是一个很顺的数字：二百六十元；再花六十元买了拇指粗细一筒线香，标志为“国宝檀香”，启盖，内盛比细面还细的熏香五六十支。他俩不约而同地喜欢上了檀香插上的那只蜗牛，蜗牛头上伸出两只等长的触角，触角上的两颗小芝麻粒便是蜗牛的眼睛。

她永远不会忘记，捧着檀香插和一筒小小的檀香，回家路上的对话：

她问，不晓得这个香插是不是真的檀香木？线香是不是真的檀香？

他答，小小物件，只要喜欢就好。忽然道，我有一句上联：檀香木插檀香，你对下联吧？

她想了想，摇头道，这个太难了。

他道，要说难，也不难，凑近她的左耳说了一句什么。

她茫然地回味了一会儿，脸倏然红了。发现他在一旁坏笑。

大街上，她不习惯将床头私语拿来开心。她说，木头的蜗牛她喜欢，如是真蜗牛，她会害怕。她从小害怕软体动物，从蛇到鸡雏鸭雏，再到蜗牛。

他说，他喜欢蜗牛的生活，慢腾腾的，不急不躁的，简简单单的。看得出来，他不讨厌繁华富丽，他也不会让自己成为一个时代的落伍者；但是，对身边一切冒进的贪婪与攫取，他是不屑与鄙夷的，因为，那与他的天性和本色不相吻合。

一个喜欢简单生活的人，岂会冒险拿自己以及家庭的幸福作赌注！

她忽然想到，他们说的是“据举报”。举报就是并没有坐实的事情，可能真，也可能假。如果坐实了，他们也不可能叫她过去配合调查了……这么一想，她心里顿时有窗户洞开的敞亮。

一片乌云忽又漫遮过来：那个与丈夫一道进宾馆房间的女人是谁？那个画面是真实的吗？是“举报者”偷拍的还是PS的？如果丈夫没有受贿而与一个女人有染，你将来还会原谅他吗？比较一下，一个是受贿，一个是出轨偷情，二者居其一，你能够接受的是前者还是后者……当然，最好是两个事件都是凿空的，最后的结论是：经查，肖一木既无受贿事实，也无带一个非婚女子宾馆开房的记录……

生活如果像檀香插上的蜗牛那样简慢而单纯，该有多好啊。

檀香插上的一根细细的线香早已燃尽，女主人在一缕自由游走的熏香中昏昏睡去。忽然有门锁转动的声响，她眼前豁然一亮，闪进来一个人的剪影。

谁呀？她大声发问。

这个时候进来的人，还会是谁呢？低沉的带一点磁性的男中音，这不是一木还会是谁呢？

她背靠椅子倏然站起来了，惊问道，一木……你怎么回来也不给我打一个电话？

给你一个意外不是更好吗！

她猛然扑了上去，哇的一声叫道，我，我不要意外嘛！我就要你按时上班下班，平平常常，如是出差，前面给我一个电话，后来给我一个电话。一个“嘛”字，带有太多的惊恐之后的喜悦，还有那么一点点娇嗔。

他双手扶住她的肩，紧紧的，能感受到她内心的战栗波浪一般涌动。

他轻轻问，蜜儿呢？睡了，还是在做作业？

女儿有时太累，父母一致认为她应该先睡一会儿再起来吃晚饭，然后，做作业。看着女儿酣睡、吃饭，以及做作业，是这个家庭一天中最为轻松、柔软与温馨的一段时光。如同他们仨某个周末一块儿逛野生动物园，瞅见几只小狮子在母狮子身边打滚、打架、攀爬并滑落，便会久久逗留与瞩目。

她说，女儿没有回来，在她姑姑家吃饺子呢。

他就把她搂紧了，咬着她的耳朵说，你也是一只饺子，一只饺子皮，又一只饺子皮……我这几天在外面东奔西跑，太累了。

她双手在他背上抚摸、盘桓，他身上这一袭雪花色的休闲西装，是五一那天他们一道去天虹商场买的。分明在付账后交给营业员熨烫过，却又嫌人家熨烫得太马虎，她回家后支起蒸汽挂烫机，从上到下，从前胸到后背，重新熨烫了一遍。她再一次嗅到了那股子熟悉的蒸汽的味道，夹着淡淡的若有若无的檀香。自从买了檀香木插，但凡在家做事情，包括给他熨烫衣物，她就爱燃点一支香，那种气息和意绪，令她久久回味。

回来了就好，回来了就好，什么都别说了。她心里有万千感谢。问，晚上想吃点什么？她帮他脱下西装，两人有个约定，无论出门远近，衣服新旧，回家第一件事情就是换鞋，更衣，洗手。她俩都信奉，讲卫生一定少生病，尤其为了尚未成年的蜜儿，他们一定要讲卫生，甚至，尽量不去吃馆子。

正当她将衣服抖抻，挂上客厅衣架的那会儿，一缕灯光映射在雪花色的西装右肩，她看到一丝异样！再仔细一看，是拇指盖大小的一点胭脂红，暗沉，却带着针芒一般的刺目，哗啦哗啦。

她心里的潜伏与沉睡瞬间被唤醒了，才始拥抱丈夫的万千感激与喟叹，很快被席卷而来的愤懑扫荡一空。

她双手抖动着这袭西装，厉声问道，这是什么？什么脏东西，你带回来了?!

丈夫赶紧趋前，一手扶着她的肩，一手捂向她的嘴，哀求道，你不要大声嚷嚷……你让我看看是什么……哦，这可能是……在哪里蹭的，你晓得我有时候也要到工厂去看看的，工厂里，到处脏乱差，八成是蹭到油漆了。

你这么讲究的人，会穿西装去厂里？会蹭到油漆？你一定是蹭到别的脏东西了……她的声调降低了，满腔愤怒却有增无减。脏东西，脏东西……中午电视里的画面，哗啦哗啦，猝然在她眼前迸射出万丈毫光，她的双眼被刺痛了，她将西服揉成一团，奋力朝他身上扔去。

他捉住她的手，闻着她的咻咻鼻息道，你刚才还讲了，回来就好，什么都别说了。你知道吗，我今天回来是为了取一些东西的，外面还有……我们可能会很久很久，不能相见了……

她悚然一惊，上前牢牢抓住他，声音如蝌蚪一般滑动，啊?!什么，你跟我说，这不是真的，这不是真的！我不要你走，再也不要!!

我也想问问自己，这是不是真的……应该不像是真的……

檀香燃尽了，燃成一线灰白；窗外黑尽了，黑成一块浮雕。

一个女孩推门，门是虚掩的，屋里悄无声息，她朝着窗前伏着的一团朦胧而坟起的黑影，大咧咧地叫了一声：姆妈！

无尽的檀香，浓密又灼亮，如同晨雾一般向女孩包抄过来。

（原刊《芙蓉》2017年第2期，为《小说选刊》第4期，《小说月报》第4期转载，登上2017年度中国小说学会之中国小说排行榜）

回　乡

得知表哥广福病重的消息，我恰好跟随一个铁道部门的采风团在湘西采风，因我当年在铁路工作过七年之故——那已经是三四十年前的故事了，间或被铁路部门请回去讲课，讲文学或者新闻写作，这次跟随他们去湘西采风，也是希望我给《铁道报》写几篇大稿，或者开一个专栏。我当即与大多数刚刚熟络的采风团男女朋友一一告别，取道径往湘东北之汨罗。

汨罗是我母亲的老家，20个世纪40年代，不满我外祖父严重地重男轻女的母亲，近乎私奔地跟随一个外乡人——在粤汉铁路奔走的我父亲一路向南，先后辗转广州、韶关和乐昌等多个站点，最后落脚在赣西一个四等小站。直到二三十年幡然过往，母亲都没有再回去，我这才知晓，一个人对家庭的决绝与背弃，原来可以撕裂到不再愈合的深度！

其实，我很小就知道，母亲有两个弟弟，也就是我还有两个舅舅，大舅在台湾，小舅在老家汨罗务农。在那个具有任何海外关系都等同于藏有一颗定时炸弹的年代，大舅自然从不被提起，尤其不会在我打小学开始，填不完的表格中的“社会关系”及“海外关系”两栏中浮现，后一栏永远被一个大大的“无”字遮蔽。

当原本猥琐如鼠辈的“海外关系”，忽一日拨云见日，温暖如一只熊熊火炉燃烧在国人面前，并令其大陆亲人围坐唯恐滞后之时，我随母亲去汨罗探望回家省亲的大舅，才感觉，贫穷日久必生疾，那种像溺水者抓住一根救命稻草一般，掐住一个“海外关系”，也是令人骇然的。1987年10月14日，国民党“中常会”通过了台湾居民赴大陆探亲的方案，指出“基于传统伦理及人道立场的考虑，允许民众赴大陆探亲；除现役军人及公职人员外，凡在大陆有血亲、姻亲、三等亲以内之亲属者，均可申请到大陆探亲”。受这个方案的普照与眷顾，我大舅于次年阳春三月回到阔别了三十八年的故乡。

我应召带着当年才六十出头的母亲回家，一个几十年漂泊异乡，居然没有再回去过的花甲女人，终于没有拗过亲情的回乡召唤，她的父母也就是我的外公外婆早在1960年代前后，就相继故世了。

大舅第一次返乡前后的心情，我再后从云南大学主办的一次海外华文文学研讨会，台湾诗人洛夫送我的一本《我的兽》中可以窥其大概。其中的《边界望乡——赠余光中》，乃诗人访港期间于1979年3月16日上午余光中开车陪同，参观落马洲之边界所作，近乡情怯，思不得归，里面这样的句子瞬间击中了我：雾正升起，我们在茫然中勒马四顾／手掌开始生汗／望远镜中扩大数十倍的乡愁／乱如风中的散发／当距离调整到令人心跳的程度／一座远山迎面飞来／把我撞成了严重的内伤……

我回想起第一次在汨罗见到大舅的情景：高大伟岸，双目深眍，脸部两条括弧坚劲有力。大舅妈用自带的照相机给夫君的三姐弟合影，请姐姐居中，两个弟弟旁立两侧，那种一脉相承的血缘表征，顿时昂然于镜头之外。三四十年飘然海外的水土滋养与风雨捶打，却又将大舅不同于一直在大陆生养的两姐弟的气概，刻画在他的眉宇与言谈之中。从大舅爽朗的聊天之中，我们大致知晓了他随一个汨罗家乡的国军周团长到台湾之后的颠沛迁徙，那也是充满艰辛、寻求与自励的一个过程，可惜他退伍之后转业做的是会计，未能像我最近读到的台湾作家王鼎钧，将一生的历练写就了回忆录四部曲，风行海峡两岸。为何我蠢到大舅去世多年之后，才后悔当年没有利用难得的机会，给大舅做一部口述史呢？毕竟一个人的历史存留，更重要的是文字与影像，而非金银珠宝、房屋地契！

大舅在喋喋不休地谈讲，大舅妈在给大舅乃至她言语陌生的夫君的乡亲拍照之时，围观者甚多，常常是彻夜不散。众人在听一个带着乡音的陌生人彼岸的故事，这些故事与他们的生活与兴趣毫不相干，所为何来？既是凑热闹，也是消磨时光。当然也有一些千方百计将一两句话挤扁了磨尖了，插将进来的乡亲，那是有一点将血缘遥远的外衣，抖出几缕周正的线条来灯下相认的意思。1980年代的故乡，解决温饱才不久远，大鱼大肉亦还不能信手端上桌面，如果家里有地基待起房屋，媳妇待娶进家门，令掌门人蹙眉噘嘴的烦心事就更多了。这个时候，漂洋过海来了一个族亲，或者祖宗在同一个祠堂乃至相邻祠堂里供奉过牌位——当年土改或最迟到破“四旧”，当然扫荡一空——的宗亲，为何不可以过来握握手，拉拉呱，散散心呢。当然，想看到亲人抱头痛哭、姐弟相认场面的人，注定要失望的，大舅与他从江西赶来相见的姐姐，时隔几十年再见，也只是彼此点点头，互相道，收到了对方的来信。

小舅出身卑贱，自小谨慎圆滑，这个时候，自然也不会怠慢那些平日或许从不踏进家门的真假亲戚。高矮不拘的茶杯用尽之后，他就喝令老婆从厨房里端出一摞碗来泡茶，几片粗茶打底，几粒炒熟的黄豆，几丝生姜，再是擂碎的粗盐，那是可以从上午一直饮到月光西斜的。终年在田地里劳作的小舅既佝偻，又有关节炎，这时节因了大他四五岁的哥哥到来，精神亢奋，腿脚也不那么僵硬了，背脊也似乎挺直了一些。他那客气地有分寸地招待众乡亲的语气里，透出精明与提防，他不时对老婆以及儿女的使唤里，也常常有一种破坏大舅言谈气氛的倨傲用意。

这令我生出了一种以前未有过的反感，尤其当他对我母亲也显示出不冷不热的面容之时，我的排斥感嗡嗡作响。如果不是虑及此行我有护送母亲往返的使命，如果不是虑及大舅、大舅妈的面子，我恐怕随时都要发作了。我想起自己小学即将毕业及至到铁路工作后的那个十年，小舅几乎每个月都给母亲写信，每年都来过我们一家居住的那个浙赣线上的四等小站，一住几天。来信就是诉苦，当然只敢诉家庭经济不敷应用之苦；每来，必带一些粉条、红薯和黄豆，两只尿素袋子倒出来的粉条、红薯和黄豆，还没有一簸箕，几天之后临走，却是两只充盈饱满的袋子，母亲早备好了衣物（包括单位的工作服）、毛巾、劳保手套、翻毛皮鞋、整包的大号电池、三四节长的铮亮的电筒，甚至还有一扎一扎像麻花一般的棕绳。我还见过小舅乘家人不备，将门后边一把锤子抄进尿素袋，动作迅速得来不及提防是否被我窥见。后来母亲去塘口打石头，是提前到街上铁匠铺买了两把光锤子，找隔壁的炮撬工老严家镶嵌了竹片把子。蓦然回想，母亲应该是知道锤子被小舅顺走了，不然为何既不寻找又不发问呢？自然，小舅离开前，母亲还会给小舅一点钱，一十二十？更少还是更多？须知，我父亲做到一个铁路小单位的财务主任，资深会计，级别正股，月薪七十二元，要养一家七口。母亲给弟弟的一点点钱，纯然是她的私房钱，是靠她即使风雪天，来例假也要裹上绑腿、披上雨衣，去塘口挑土方、打石头、扛毛竹、装车皮挣的辛苦钱。她是以这种方式，赎回从不返乡的歉疚？还是，对一个出身不好的弟弟长期在农村过得战战兢兢的一伸援手？

母亲对娘家弟弟的帮助，包括给私房钱，我相信，从未告诉过父亲，即使告诉，我相信父亲也不会有任何非议与为难。仁慈的父亲当年从汨罗将母亲带走，一路向南，就以自己的博大、宽厚与奉献表达了对一位家庭主妇的最大爱意，这是母亲今年九十二岁依然能够健康在世的最坚实的理由吧？

将近三十年前，大舅返乡省亲的那一幕，确实深深扎痛了我，一方面是母亲老家的亲戚们趋之若鹜的卑怯——那是几十年贫瘠生存的后果，另一方面是小舅凸显的势利——他只想将大舅拢在自己身边，藏在自家屋里，我揣度如果不是大舅执意要通知他唯一的姐姐前来，小舅情愿选择装聋作哑、瞒天过海，不告诉任何人。

有两个细节给我印象深刻，一个是大舅三顿饭后吃药，都是台北带来的，西药不去说它，中药装在一个透明的有机玻璃罐子里，罐子如同一本书的高低，一粒一粒的药丸子黑得纯正，圆如润珠，标示为日文，我读出了津村制药。以我现在得知的国人动辄在海外抢购，包括去日本抢购电饭锅与马桶盖不同，那个年份，大舅从台湾来，吃的中成药来自日本，还是令我意外。我跟他讲，中药中药，顾名思义原产中国，回到大陆了，当归、鹿茸、人参，都可以随便买得到，要原产地的也行啊。大舅听了却摇头道，外甥仔，中药原产中国没错，中成药我们却没得人家日本人做得精致，人家的销售到世界各地，我们还只能卖一些原料。当然卖出去的都是好的，人家检验严格，乱来不行的。如果要像后来我知晓中药在海外的专利及市场还不到日本、韩国的一个零头，知晓中国人陷入了“中医亡于药”的窘境——种子、种植、保存、加工、炮制都有问题，我当时就不会腹诽大舅了，以为他在日据之后的台湾待久了，转而迷信日本的汉药。

再一个细节相关大舅的身体，前面讲了，大舅形象伟岸，足有一米八三，如果不是长相相若，佝偻背脊的弟弟以及面容沧桑的姐姐，与他不像是一母所奶的同胞。大舅侃侃而谈的精气神，不像是一个慢阻肺病人。一盏赤裸裸的黄灯悬在乡里人家黑黢黢的房梁上，主讲者坐在一张宽大的木头摇椅上，四围听讲的人，散漫而崇敬，除了吃茶的滋滋声与盖杯的叮当响，大舅的声音堪称洪亮，洞穿屋宇，正是在他不肯屈服时代迫压与变迁的声音里，我甄别出了他、母亲与小舅的血脉承传。但是，大舅身体还是通过他缓慢的起身与落座，走路尤其上楼的吃力，暴露了无可奈何的衰败。他惧怕上厕所的理由，是小舅家的卫生间没有坐式抽水马桶，他蹲不下去，蹲下去就站不起来，只好在蹲坑之上摆了一条板凳，脱了裤子坐在板凳上出恭。这样的姿势不仅难受，而且危险，这一天，我正在厕所旁边洗涤，就听哐当一声，忙推门进去，已见大舅两腿上翘摔了屁股朝天，好在他穿得厚实，没有碰到头，将他庞大的身躯扶正了，已累得我气喘吁吁。直至出到厅屋，他兀自捂住裆部，那可是男人不能伤到的地方。

吃这一吓，大舅就有了提前回台北的意思。乡下离县城太远，又没有车子，住到酒店去自然不是办法。大舅妈——这个大舅在金门驻防时娶回家的孝顺媳妇，也讲家里事情多，需要早点回家打理。

大舅所言以及大舅妈的应声附议，令众人猝不及防，面面相觑。小舅最是没有心理准备，摊开两只手道，那……我来抱你解手？小舅的姿态很可笑，他弱小的身板在高大魁伟的大舅面前，不成比例，语气却是真诚的。小舅需要大舅多待一待，不仅是物质的需要，也是精神的需要，前面这一点，我当时就看得很清楚，后面这一点，我要几年之后才猛然悟到。一旦悟到后一点，心中油然而生愧疚。

正当大舅不为吃饭而为排泄苦恼之时，人群中站出一个半白头发的中年人，他吭哧道，我来，为你想个办法。话语一出，脸却憋红了。这是我的唯一的表哥广福。大舅在兴致勃勃谈讲的时候，广福最为安静，只是埋头抽烟，一支续一支；他给大舅续水也勤，大舅才吃了一两口茶，茶缸里还是满的，他就不时去续。我注意到了，这个寡言少语的表哥，除了左嘴角不时抽动以外，面无表情，嘴角是一条银亮的伤疤，抽动的时候就更加醒目了。是夜，母亲告诉我，我这个表哥，不是远房的，不是宗亲的，却是我的亲表哥，是大舅与家乡原配生的唯一的孩子！我嗷了一声，为了掩饰自己的惊讶，我讲其实看出一点点来了，大舅投给他的关注的目光最多；还有一点，每次广福给他续水，他都要抚摸一下杯盖子，相当于谢谢的表示，其他人包括我妈和小舅，续水，端糖果，送瓜子，大舅均没有这方面的表示。

或许见不到我的吃惊，母亲才能敞开告诉我，大舅这次回乡，最想见的还不是她和小舅。母亲跟随我父亲早早离家，在铁路线上漂泊，虽然也吃了不少苦头，却基本躲过了政治和生活的屡屡劫难；大舅与原配所生的儿子广福吃的是农业粮，是灾躲不过，是难逃不了。我那从未见过面的大舅妈挨到1970年“一打三反”，到集镇上偷偷摸摸去卖两只鸡，好给患肝炎的广福治病，被现场抓住，不仅没收了售卖所得的几块钱，还老账新账一起算，以国民党军官的臭婆娘以及投机倒把之名游街批斗，当晚回到家里，就在厨房上吊了。大舅1949年上半年离开的老家，那一年他才十九岁，虽然是父母之命，媒妁之言，新婚不到三个月就两相仳离，分别之时也不免两情依依。知晓就那么两个多月的同房，已经留了一脉骨血在原配肚子里，倒没有等到“文革”结束，1950年代后期，周团长在香港的朋友从湖南返回后，就将周团长的家事，连同他马弁的家事——大舅原配得子的消息，一并带到了台湾高雄的左营眷村。

得知这个消息，此前排除万难娶到一个金门老婆的大舅，应是多了一层思乡的迫压与怯畏。

大舅回乡的第二天，便带着金门的太太一起到后山原配的坟冢前去烧了一炷香，燃了一沓纸钱，放了一挂爆竹。听小舅有一句没一句地在母亲面前抱怨，那几簇矛头直指广福无疑。母亲宽慰这个胸怀不宽的弟弟：哥哥离家太早，得了老大一直没得照顾，心里有几多亏欠，如今回来多把广福一些钱，也是一方弥补。又道，哥哥十八九岁就漂洋过海出远门，吃几多的苦头！口袋里又有几多钱攒哟！

小舅不受理，悻悻然道，要讲吃苦，我们吃得还少么！头上压了一顶帽子，手脚还不得伸展，受他连累几十年！

两个人心里若是有了芥蒂，用无事生非来形容其间的缠斗，那是浅了。当广福花了一天一夜的工夫，做好一只四脚枷凳扛到小舅家来，小舅就一直抱着肩膀，满脸冷漠跟进卫生间，既挑剔木头太重，搬动麻烦——毕竟这个卫生间不是大舅一个人的专用，又指责枷凳做得太高了，坐起那样高拉屎，就像走日本那年天上丢炸弹，那还不溅起一屁股臭水！你叔叔——分明是亲爸爸，在小舅嘴里，变成了叔叔——在台湾天天洗澡，爱干净惯了，如何受得了啰！

广福不理絮絮叨叨的小舅，他弓着背在四个凳脚画了线，将一支圆珠笔夹在耳朵上，扛起枷凳就朝外去。卫生间不平，他的枷凳不能做成四只脚一样高低。

小舅却装作不晓得，继续跟到坪前道，锯得太矮了，你叔叔那样高，脚都抻不了，几受累喔！

广福当然有话还击：高了你嫌高，矮了你嫌矮，有本事你自己打一个呀！却依然无话，扛起枷凳回到卫生间。

小舅跟进卫生间嘴里依然没有饶过他，道，你屋里不是还有准备砌房子的杉木檩子吗？随便抽一根，做过一个，杉木枷凳又轻便又好看。

广福弓在那里没应答，他的肩膀剧烈地抖动了两下，忽然双手举起枷凳反身就套在小舅脖子上，一使劲将小舅压趴下来。便听得小舅锐利的尖叫，那是锯片锯到了钉子的声音，撕心裂肺。

惊吓之余，我赶紧冲进去将广福抱住，小舅家的孩子也跑过来帮忙，掰的掰，打的打，地方太窄，哪里腾转得开，不免踢打到自家人。其实，广福又何尝不是自家人呢！有什么样的怨怼，生出有你没我的仇恨！

广福一身蛮力，如果不是自动松手，我们根本扳不动他。

他呜呜地哭着起身，进到了厅屋。

我们这才将嵌进了小舅皮肉的枷凳从他肩颈上慢慢取下来，两肩各渗出殷红的血印子的小舅，一脸煞白，没有防备的一着，将小舅此前的倨傲、嘲讽与轻慢一扫而光，代之以惊吓、沮丧与沉默。

广福跨出厅屋，脸朝外，一屁股坐在门槛上，双手抱头抽泣起来，一边哭一边诉说，……枷凳用的是一块樟木板，喷香的，前年我打垛柜都没舍得用，一块那样完整的板子，重是重些，几牢稳呢！要先用了杉木板子，你也有得话讲，轻是嫌轻，重又嫌重，你横直看我不惯！我姆妈在世就是这样，她是你的亲嫂子，你待她哪样了？饥荒的年成，你没施舍过一把米，游街批斗的年成，你躲起十几丈远！就怕沾了海外关系一点点臊！1968年12月冬日姆妈那次游街挨了打，一身血瘀，乌青，困在床上不得动，落雪天想问你借几块钱去请打师（治疗跌打损伤的江湖郎中），你几早就把门关起，雷都打不开……你还是我的亲叔叔吗？亲叔叔有那样无情无义的吗？后来还是邻舍看不过去，东凑西凑了五块钱把我，请来打师严驼子来放血，又开了几帖中药吃了，捡起一条命……我苦命的娘啊……

广福表哥终于由啜泣而号啕大哭起来。

我母亲想上去劝阻，被大舅一把拦住了。此前广福扛起枷凳进来，到厕所安放，随后去锯短，再进卫生间，再后跟小舅发生冲突，大舅并未趋前，却一幕幕都看在眼里。他一直嘴角绷紧，腮帮的两道括弧越发显得深刻了。待得广福的哭声渐歇，他走过去，将一方蓝印花手帕递给广福，柔声中含着严厉道，男子汉，该担当的就要担当，该放弃的就要放弃，又不是细伢子，有脸哭么！

广福抬起脸来，涕泗横流的哭相，如果发生在孩童身上，那是一种我见犹怜的天真，浮现在一张被外在和内心压力几乎压塌的未老先衰的面庞上，那便是一种丑陋了。他忽然两眼流露出憎恨的凶光道，你一个人到外头讨老婆生崽，过神仙日子，把我们丢在老家，水塘里浸，火塘里烤……你几年前托人带钱把叔叔我没得意见，他为了你的海外关系，也吃了苦，遭了难，一根茅草都要讲出身的年成，想撇得一干二净，有那好！

吃广福一戗，大舅双肩一抖，顿时脸色由青转白，身子前仆的刹那，我赶紧从后抱住他，小舅抻直腰在右边扶住，并呵斥广福，还不过来帮手！广福略一犹豫也上前来，扶住大舅的左臂，放出悲声道……你没得事吧？

几人拟将大舅扶坐在躺椅上，大舅妈不依，坚持将他送进里屋躺下。大舅妈利索地从一只银亮的小药盒里拿出一粒药来，让大舅就着温水服下，便在他身边搭脉，做出不让我们发声的姿势。那一刻，我懂了，在台湾颠沛流离的岁月，若不是大舅妈的照拂，大舅能否挺过来，还真是天数。广福自己吃了苦头，便断言生父在那边过的是神仙日子，不是眼浅，便是无知。大舅在台湾的艰难困顿，我后来两次赴台，一次公干，一次自由行，与大舅妈细细聊起，更懂得了个中曲折。

其时，大舅墓木已拱。

接下来的两三天，大舅的话题变了，由此前的活色生香，尽量让族亲听到一些外面好听好玩的故事，转换为最初到台湾五年、十年的生活艰难，当然他讲的主要不是自己，却是同僚、同乡以及耳闻目睹的本省人的故事。讲起眷村里面，一些退伍老兵，没有钱没有地位，讨不到老婆，一个老兵又受煎熬又怕犯错，思想不开，某夜硬生生把自己的生殖器一刀剜下，等到医生过来，生殖器已经冲进了下水道……

众人听了，只是啧啧惊讶。

大舅却早已泪流满面。只有一道涉险一路过关一同走到今天的所谓过来人，才会伴生出发乎内心的感伤与同情。

在小舅家住下来的几天，我才知晓，大舅早在1984年、1985年先后三次将三笔港币从香港带至汨罗小舅，带钱的人仍然是周团长的湖南朋友，这位神秘的刘老板在香港经商，因此身份比较方便在台港大陆之间辗转。1990年代，刘老板在深圳宝安开了几家变压器的代工企业，甚至做了两届深圳市政协委员。一一诉说各种烦难的往事，大舅并不避忌原本不知情的广福和我母亲，一连几天广福都悻悻然道，我早就晓得，又不是祖坟冒起了青烟，看见叔叔家那早就砌了一栋瓦屋，我晓得肯定是海外关系从背运开始交鸿运哒。那三笔钱里头，肯定也有我、我姑妈一份吧？哪里就米糠落到猪食桶里，吃得独食，一点不剩呢！

广福的嘴头子，变得刻薄。小舅憋红了一张脸，碍于大舅的阻拦，发作不得。大舅不语，大舅妈或是实在听不下去了，解释道，我们刚到台北那几年，过得很艰难的，你大舅也是牙缝里省下的一点点了，能有好多钱寄给他兄弟呢！广福不依道，靠我叔叔一年四季种一点花生豆子，再就是夏捉蛤蟆冬捞鱼，搞得到几多钱，砌得了一栋屋？我爷爷土改划了地主，怕他是地主啵，地主也没得那大的本事！

这一天雨后放晴，是一个选定的祭祖的日子，小舅掮了一把板锄，挎了一只装满香火草纸的竹篮子去后山，大舅和大舅妈各穿了一双套鞋跟了去，我及母亲、广福以及小舅家的儿女列在后面。山路泥泞，大舅心肺不好，开始上山之时走得很慢，我和广福赶紧趋前，一边一个搀扶着他。好不容易到了一蓬蓬茅草簇拥的山边地头，大舅已经是气喘吁吁了，小舅铺下一块塑胶雨衣，扶他坐下，大家伙除草的除草，平地的平地，这才见一块几乎完全坍塌的坟头，露出半截墓碑，上面的字迹漫漶不清。这便是我从未见过面，甚至也不知晓姓名的外公外婆的墓地了。大舅端坐起来，叫着小舅的名字庄重道，要趁势把父亲母亲的坟好好修一修，重新定制一块墓碑，烧起二老的瓷板像，一道装起。先人墓地的风水，还是要常来打理，祭拜，才能荫庇后人。

广福道，我姆妈的墓地，野狗拱来拱去，也要整修整修啵！一碗水不能那样倾斜！

小舅甩一把额头的汗水，不悦道，广福，我们回汨罗来，第二日就到你姆妈墓地去看了，莫非这碗水没端平?!

广福没好气道，你没得发言权！我爸爸84、85年就几次打得钱回来，肯定不是把你一个人的，我呢？姑妈呢？都没夹进你的眼缝！你这碗水，一直是倒过来放的，都倾倒在你的缸里了，根本没得资格跟我讲什么大道理！

小舅本欲发作，见大舅脸色发白，只得忍住道，不跟你一般见识，没大没小没家教！

广福不吃他这一套，转身铲起一锹泥巴，劈面就朝小舅脸上泼去。大舅大叫一声，放肆！一口气没上来，扑通一声瘫倒地上，嘴里早已涌出一堆白沫来。大舅妈立马跪倒后面，也不晓得哪来那么大力气，扶起他半侧位，连续拍打他的后背，一大口白痰从大舅嘴里涌出，又是几声咳嗽，面色才由白转红。

大舅妈面色铁青道，这汨罗不能待了，明天就回台北去！

见大舅妈下山回到小舅家便开始收拾行装，都以为无可挽回，只能从旁讲几句机票也不是说买就能买到的。大舅妈坚定道，我们明天乘火车去广州，从深圳罗湖关过香港，香港天天都有飞台北的航班！

大家伙忐忑，第二天起来，却不见动静，昨天拣好的行装又解开了。是大舅做了工作，还是大舅妈反悔了？毕竟，回乡一趟不是容易的。

吃罢早饭，大舅讲要去广福家看看。小舅有一些尴尬，说是那边有一个集体养猪场，十分邋遢，不要去。此前，大舅也问过广福家住村子的哪头，广福敷衍，那便是不想让他去的意思。这回，大舅放下碗筷就要出门，只有依了他。一行人，小舅领头，我和大舅妈紧紧跟在大舅两翼。不长的一段路，因了大舅走走停停，走了十几二十分钟。大舅用了一把雨伞作拐杖，走走停停，明里是看风景，问东问西，暗里还是歇歇脚力。大舅妈悄悄跟我讲，你大舅嫌台北的空气品质不好，机动车尤其是摩托车太多，又脏又闹，这次回来，他最满意的就是老家的空气。我道，那就要大舅回乡安度晚年吧，这里禾苗绿，天空蓝，对他的肺心病有好处的。大舅妈叹气道，他原来是想回家度晚年的，现在看来，台北有台北的不好，家乡有家乡的难处。

还没到广福家门前，远远便扑来一股浓烈的猪粪气，呛得大舅咳嗽。近到跟前，才见一栋歪七扭八的土砖房子，只矮矮的齐膝部分有一段灰砖，屋檐外翻，像是一个随时都要坠落的身影，更兼几根瘦筋筋的杉木，下面吊着大石块，支撑着房梁。广福的两个孩子，一男一女，均怯生生地骑在门槛上，他们的母亲也就是广福的老婆，是一个来自外乡的瘸腿女人，不时往娘家去，在自家的日子远不及在娘家或别处的日子长。以致广福一个最日常的工作，就是去找老婆。

看见生父突然而至，广福不知所措，眼里滑过一丝害羞。

小舅道，还不烧点开水，我带了茶叶过来。

大舅随儿子一道进去。黑黢黢的屋子里，满是烟火味儿。紧挨着的厨房一生火，烧的又是稻草秆子，烟灰立马蹿到里屋来了。大舅抱着胸猛咳，于是赶紧扶他到屋外，拣一棵樟树浓荫下的平地，置一张竹椅请他坐下。

这一趟，不晓得是气力耗散，还是心事沉重，大舅吃完一碗茶，始终未发一语。略显浑浊的双目，从大家伙头上看过去，那边是他父母以及原配骨殖安厝的山地，也是他几十年魂牵梦萦的故里。此行所见所闻，所感所伤，会给他留下怎样难忘的记忆呢？

后来的故事，准确无误地告诉我们，这是大舅第一次也是最后一次返乡。他日渐羸弱的身体，是事实，也成就了一个恰如其分的不再回头的借口。

2005年以后，我两次去台北，从大舅妈嘴里知道大舅此行的感受，1988年的唯一一趟返乡，大舅将盘缠之外的余钱悉数给了广福；回去之后又将位于台北永和的两套房子卖掉一套，卖掉房子的钱，一大半寄给了广福，一小半补贴台北的儿子在外租赁房子。为此，台北的儿子几乎与父亲翻脸。父子反目或许比夫妻反目更伤感情和身体，大舅的身体自此更是一蹶不振。大舅妈在大舅去世之后，从未带过儿女再返回他们父亲的故里，既因儿女的父亲不在了，更因首次返乡积攒了心里的戒惧，还有便是，她坚持认为，大舅六十出头便去世了，慢阻肺并非主因，心情郁闷才是夺命的毒药！

我后来跟母亲回过两趟汨罗，便见广福在老地基上盖起了一座两层楼房，虽然还建得草率，内里完全没有任何装修，却毕竟是青砖一直墁到梁下了。八九十年代之交的乡村，演绎了三四十年灰败之色的老宅子，像是逢春的田头地脚，陆续有了绿意，以土砖为主的轮廓里，渐次拔起了砖瓦房。好些人家，打了两层的底子，先是有了一层得住，窗户蒙着农用薄膜，二层封了顶，上面的大门和窗户徒有其表，却是黑洞洞地张望着，那是留下了对明天生活的无限期盼。相较而言，广福家的完成式楼房便显得打眼，他的脸上有了笑容，还会给邻舍递烟了。老婆也常回来了，逢人就讲，得闲她要去长沙看脚痛。

广福知晓么，他生父是以海峡另一边家庭的裂伤，来弥补或置换了他给青春时的家庭带来的无尽遗憾。

半路脱团，我赶到汨罗，未等广福在东莞打工返乡的儿子来接，打了一辆摩的直奔乡下。广福躺在里屋，已是盛夏天气，里屋固然阴暗凉爽，却用不着穿一件毛衣，还盖着一床厚重的棉被吧！广福说了一句，你总算赶到了。他从被子里伸出一只枯瘦的手来，湿而冷，一张脸敷了白蜡一般，死亮死亮的。白血病，住过县医院，还去过长沙湘雅医院，最后失望而归。坐在表哥身边，我想起建房前后那些年，还算孔武有力的一个男人，如今已是奄奄待毙之躯，不由感伤道，一把年纪了，你怎么会得白血病？他苦笑道，装修……后来医生都问我接触过什么放射性么……

我奇怪道，你到外面搞建筑了？装修工？

他儿子穿一身皱巴巴的迷彩服，抱着肚子一旁道，他搞么子装修啰！自己屋里刷过来刷过去，一年都要刷两三道，都是劣质油漆，闻起作呕。

我猛然闻到，空气里确实有一股子飘浮的油漆味。看看四壁，白得不像是真的。一幢旧屋，堆满破烂，偏偏墙壁雪白，如同一个走在田埂上的农民，却生着一张白净面孔，有高矮胖瘦不相称之感。

我问，为何要一年四季刷房子？不好的油漆，甲醛含量都超标，那是致癌物！我讲了几个认识与不认识的名人或朋友，因为未避不良装修而患重病的故事。

他儿子悻悻然道，鬼晓得他吵！我要不是带媳妇到东莞打工去了，还不晓得要害死几个人！

我问，你姆妈还好吵？

他儿子道，她也受不了，住我妹妹家的时辰多呢！

广福摆摆手，要他出去，却并没有怪罪儿子忤逆的意思。他儿子出去之后，他叫我掩上门，欠身从枕下摸出一个扁扁的匣子，打开，有一块蓝印花手帕——显然是他生父的旧物，包裹着的是一个金手镯。他喃喃道，我想只要你还能去台北，这是我台湾二妈的……那年我爸爸回家，走前，将值钱不值钱的东西都留给我了，包括这个二妈出嫁时就佩戴的手镯子……我哪里那么不懂事，那么糊涂，那么钱迷心窍，也就拿了……你下次去台湾，替我还给她老人家……再，替我到爸爸坟前磕一个头，告诉他，我对不起他，我想他……

广福呜呜地哭了，哭声比一二十年前明显苍老，为他的前世今生？为他已经故去多年的生父？为他不再得见的二妈，以及发誓永不相见的海峡那一边同父异母的弟妹？哭声空洞、怆楚而悠扬。

从广福家出来，那棵老樟树缺了半边，愈发有了风烛残年的衰老。四下看过去，二十多年前，广福的新宅子还很醒目，如今在一片杂乱而跋扈的新屋的争先恐后之中，好似一个矮子里的高个，被抛进了NBA球员的行列，立马现出颓相来了。

我猝然悟到，广福为何反反复复，年复一年，不断刷自家的房子了……

2015年，一头雪白、原籍台湾的老诗人洛夫在深圳大学城举办他诗歌创作七十周年活动，指名要我出场讲话。在温哥华洛夫老的新居，我不止一次吃过他太太做的小馅饼和自酿的果酒，而且我觉得确实有满腹之言要说。

可是我只说了一句：洛夫先生的太太和我的大舅妈都是台湾金

门人……便哽咽了。

拭干眼睛，我朗诵的是他1979年6月3日的旧作《边界望乡——赠余光中》：

……惊蛰之后是春分
清明时节该不远了
我居然也听懂了广东的乡音
当雨水把莽莽大地
译成青色的语言
喏！你说，福田村再过去就是水围
故国的泥土，伸手可及
但我抓回来的仍是一掌冷雾

朗诵声中，我看见大舅坐在轮椅上，朝我走来，推车的是大舅妈。后面是台北的车水马龙，前面是汨罗的绿色田野，中间横亘着时间之流，亲情之流，伤痛之流。

波澜一般漫涌过来的水流，涌动再涌动，坚定、无声而带着席卷一切的力量，渐渐掩盖了一切，带走了一切……

故国的泥土，伸手可及
但我抓回来的仍是一掌冷雾

（原刊《作品》2016年第7期，为《中华文学选刊》2016年第9期，《小说月报》2016年第10期，《新华文摘》2016年第19期转载，提名中国作协第七届鲁迅文学奖短篇小说奖）

曹铁匠的小尖刀

一

曹木根周日这一天都有点心神不宁。

昨天接到老同学吴天放的电话，说是今天要带一个学者过来采访他。当时他正在维修一把附近桥梁工地送来的吊钳，即使摘掉手套依然两手灰污，几次滑动手机都没反应。接通之后肩颈夹着手机，再戴上手套，没好气地说，采访我？我有啥子好采访的哕！

老同学中气十足道，你不要做翘！人家是前两天特意跟我从深圳过来的学者教授，陆续采访了几个种麻的、做药的、养蚕的，今天跟我讲起想采访一个铁匠，如是木匠、篾匠也可以。我头一个想起的就是你。我跟他讲，我们初中的一个老班长就是铁匠，当年在学堂里头，他的成绩比我好得多，考起试来，不仅是我，也是包括我们班花集体抄袭的对象。人家教授兴趣蛮大，昨日就想跟过来的。你周日不仅不得关起铁匠铺子，还要生起火来，准备家什等着！

老同学的不由分说既令铁匠曹木根芒刺在背，又让他稍得安慰。

这种两极违和的谈话感觉，一直伴随两人初中毕业三十来年，且随着吴天放在南方日渐声威壮大，越发彰显。亦即吴天放回来不找他，他会心中煎熬；若是找他，他又脚踩高跷，目光睥睨。

他最后讲的一句话是冷冷的，我一天到晚，忙得四脚朝天呢！

直到下午三时许，一声霸道的脆响从街口传来，曹木根一直绷紧的心思，骤然如江边解缆的船只，悄然松滑。不是天放这小子富贵还乡，哪一个外路客敢把喇叭摁得这般嚣张！

赶紧扯过一条竹椅，将年前女婿送的中华烟剥开一包放在当胸口袋里，又点燃一支，悠然地抽着。一边吩咐站在路边的老婆去厨房烧水沏茶。

随着车声临近，很快便见一团白色轰然一声迎面冲了上来，猛然一个拐弯，便听一片尖叫，一辆宝马X5齐齐擦着台阶停在了屋檐下。副驾驶上下来一个中年男子，后座下来两个青年男女，都是陌生面孔。很快地，吴天放这小子砰然一声关了驾驶门，旋风一般走到台阶下叫道，我们来了，备了茶没？口干得很！未等回答，随即介绍，那个剩一缕长发盘绕在额头上的中年男子是孙教授，一男一女两个二十五六的青年学子，都是孙教授的研究生，男的叫欧阳，女的姓简。

接下来，吴天放是这样介绍的，曹木根，我们从穿开裆裤起就在一个乡镇上长大，以前叫天福乡，现在叫天福镇。打从小学一年级开始，曹木根同学就是我的学习偶像，也是我的作业抄袭对象；上了初中，尤其是初二以后，他还是我的情敌——当然，我只是他的隐形情敌，无论是他，还是我暗恋的班花，根本不会把我这样的丑娃放在他两个的眼缝里！

孙老师笑道，没想到吴总还是一个小屁孩就情窦初开了。

欧阳同学和小简同学更是笑得捂嘴不及。

曹木根蹙起两条浓眉嗤道，听他放肆编“天放”夜谭！铁匠有意将“天放”两个字念得很重。又道，他在班上从来就是一个编故事的高手，无人比得了吵。

孙老师赞道，那早应该来读我们中文系啊！不过少了一个作家，多了一个企业家，于公于私，孰得孰失，还不好说啊。

吴天放做一声叹息道，可惜我们都是初中毕业就失学了，那时候，一方面受乡村以及家庭经济条件限制，另一方面也没有碰到孙老师这样的好老师指点迷津，所以历经坎坷，一头栽进商海里，游的又是无师自通的狗刨式，几次呛水，差点淹死了。

说话间，吴天放已经从随身的一只挎包里，抽出一个塑料袋放在椅子上了。

曹木根瞥见那隐约是两条中华烟，脸上就倏然飞红。老同学每次过来都会给他带点礼品，可是当着老师和俩学生的面送礼，让他有点尴尬。他不以为意道，你都三十多年不抄我的作业了，如此贿赂一个铁匠为哪般？

孙老师带着俩学生退后几步去看邻家铺子。

吴天放上去给老同学耳语，给你的是软包中华，有假包换。嘴上抽的跟其他地方想抽的不一样，软的比硬的好。

曹铁匠刚要反击。孙老师过来问，这条街恐怕就是你一家铁匠铺子了吧？

曹木根上来台阶道，是啊。整个县里十镇八乡不会剩下两个巴掌的铁匠，讲起什么家伙都能打的铁匠，恐怕也就是本人一个了。

孙老师连声赞曰：珍贵，珍贵！

曹铁匠瞥见右侧一块灰蒙蒙的铁匾，是自家錾的一块铁牌，上有“曹铁匠”三字草书，已经生锈了。他心里生出几许懊恼，早知孙老师要来，那是要刮垢磨光的，起码也要用除锈剂洗涤一番才好吵。

二

谈讲间，曹铁匠的老婆已经端了一个托盘出来，上面搁着热气腾腾的五杯绿茶。

吴天放端起一杯边看边嚷，孙老师过来吃茶，我们老班长家藏的茶看起来不怎么样，却都是上好的野茶树自己采摘，自家加工的。

曹铁匠自矜道，那几棵躲在山角落里的野茶树，现如今怕只有我才能找得到。再过几年怕连我也进不去了，只有任其自生自灭了。

孙老师问，为什么？

曹铁匠答，以前都是家家户户上山砍柴、割茅草烧火，现在连烧煤的都少，烧液化气的多，山里的农户也早都迁出来了。山里没有住家，也没人上山砍柴，没人走的山路，很快就被野草灌木侵占了，先前的很多路都断了吵。

孙老师饶有兴致道，如果有可能，今后我倒是想跟你进山看看野茶树。转身看两个学生，学生连连点头表示，太好了。

曹铁匠一努嘴，他老婆就麻利地在门口的雨棚下，支开折叠桌椅，一圈儿坐下，她又很快端出一个分格的漆器果盘，里面盛着杨梅干、李子干、酸筒秆（虎杖草）等自制的山果干，还有一盘新鲜的红心火龙果，说也是自家园子里的。

孙老师一样吃了一撮，津津有味道，想起了小时候在家乡吃的零食，有些东西他们那里也有，譬如杨梅干、炒米糖之类。他们那里还有一种酸枣干，新鲜酸枣滑如黏虫，碍难入口。迄今为止，他都认为那是吃过的最酸的山果。

便谈起这回来的意图，他在领着学生做一个非虚构采集，可以称作“非非遗”写作。现在上上下下都重视非遗，却还有很多不属于非遗的人与事、器与物……没有引起足够的重视。正因这些“非非遗”一不来钱，二引不起重视，所以比“非遗”式微——消失得更快。

曹铁匠喉咙里响嗽了一声道，《国风·邶风·式微》就有一首写的是，式微，式微！胡不归？微君之故，胡为乎中露！这一句的意思是：天黑了，天黑了，为什么还不回家？如果不是为君主，何以还在露水中！

孙老师赞曰，我只知式微一词来源《诗经》，早不记得这首诗了！环顾左右两个弟子问，你们知道出处吗？

两人均摇头，一起说：真不知道。

孙老师感叹，这下你们知道了吧？不要认为大学学堂的门槛有多么高！这么偏远的地方，这么一个平平常常的乡村铁匠铺，这么一位寂寂无名的铁匠，能够背诵《诗经》，真正是野有遗贤人未知啊！

铁匠老婆这时才上来续水，插话道，我们家铁匠平时除了打铁，就是喜欢看书。你们去看看他的床头，堆满了各种书，尤其是旧书。一个收破烂的从门前过，他也要在一堆破烂里翻翻拣拣，有他看中的旧书，几块钱一本，甚至十几块钱一本，他连眼睛都不眨一眨。

孙老师抬脸看看铁匠老婆问，曹师傅的太太风韵犹在，就是吴总说的当年班上的那一朵班花吧？

吴天放呵呵一乐道，我们曹班长有办法，班花被高一年级的人撬走了，他就回头采了一朵低一年级的班花，低一年级的班花，比同班上那一朵更水灵，更漂亮，更能干。

铁匠老婆就啐道，吴老板，你要骂我，就痛痛快快骂几声，莫要把针藏在袖子里戳人好啵！

吴天放便不管不顾，问一旁抽烟喝茶的曹铁匠，木根你讲一句实在话，眼前这个春梅跟班上那个桂秀比，哪一个更入得了你的色眼？

曹铁匠道，你能不能讲点正事？都是要奔公公婆婆辈去的人了，你还有那一份花花心思涂什么颜色吵！

孙老师担心采访中断，很快续上了话头。他做的这个“非非遗”采集的主要目的有二：一有为传统工艺鼓与呼的意思，希望引起全社会的重视，改善他们的现实处境；二是给现如今的学生多一些田野调查的示范与机会。先是做文字附带图片的，将来还会做影像记录，也就是做纪录片。

曹铁匠津津有味地嚼着茶叶末，很享受地往后一仰道，我觉得现在的日子就很好，平时想做就做，累了就歇息，不受约束，自由自在最宝贵。另外，传统工艺也不是谁想留就留得下来的，第一要看它还有没有用，也就是有没有人需要它；第二要看还有没有人愿意做，也就是讲，它来不来钱。

孙老师连连赞同，觉得曹师傅是他采集“非非遗”以来，碰到的最有思想又最能坚守的一位。难怪吴总极力推荐这位老同学，说是他推荐的一定差不了。

那我们就开始记录了，从你父母辈谈起，从你小时候谈起，扯得越远越好，细节越多越好。你讲的时候，我们尽量不打搅，免得录音插话过多。不过你放心，录音只是我们的写作素材。最后成形的东西都会给你看的，尤其时间、地点、人名、地名以及技术细节，我们做的是非虚构，非虚构的“非非遗”，堪称“三非”。

俩学生一个伸出一支录音笔，一个开启手机的录像模式。

三

曹铁匠道，录音可以，录像就免了。我对录像心生不安，讲不出话来的。

小简同学只有将手机收起。

曹木根其实不是本地人，他父亲在饥荒年头跟随他姐夫也就是木根的姑父，一路做手艺来到了江南。凭借姐夫兼做的木工手艺，父亲一旁帮衬，不至于像有些一道出来的身无长技的老乡，他们只能以要饭或做苦工为生。就在天福这一带做木工的那两三个月，老实能干的父亲被一户人家相中做上门女婿，那家缺男户家境其实也很一般，但比他们安徽老家那个历史上出了名的穷乡僻壤，饭还是能吃饱。经姐夫书信与家人沟通，居然也就同意了。父亲后来做了天福铁木器材厂的厂长，盖因那时的农具，常常是铁器和木器并举，按现在的说法，就是复合型人才。父亲就是一个既能拉风箱，烧炉火、打犁锄，又能挖榫头、做水车、制房梁的能工巧匠，还能搞通用的机修。

那时候的厂子与宿舍几乎连在一起，四五排裸露的红砖宿舍依着缓坡而建。谁家吃了荤腥，尤其做了红烧肉，那是关严了门窗也遮掩不住。那股诱人的香气，不仅很快会惹来饿得叫都不愿意放声的狗，还会招来左邻右舍的毛伢子，他们会端着比脑袋小不多少的饭碗，一边扒饭，一边两眼骨碌骨碌盯着欲盖弥彰的门窗。这时候，做了好吃的主人就再也不好意思遮掩，打开门出来，端出一碗肉少汤多的菜碗，给门前的毛伢子一人舀一勺肉汤。如果有幸得到一二指甲盖大小的肉片，那会连滋味都来不及在齿颊间稍做停留，便连同米饭风卷残云一般吞咽下去了。

木根可以骄傲地说，他家常常扮演的不是做乞食状的毛伢子，而是落落大方的施主。那原因就在于父亲有一门木工主打兼及其他的手艺。父亲的受人尊重，亦由此生发。父亲跟他们三姐弟讲过不止一次，积财千万，不如薄技在身。我当年如果不是背着刨子、凿子、锯子跟你姑父一路做活出来，那可能早就在老家的泡桐树下做了沤肥。铁木厂成了木根从小最喜欢玩的去处——现在忆起，那是一个多么寒碜的小厂啊！一栋外墙布满青苔的锯齿形厂房，还是民国年间的存留。里面有车床、刨床，也有铁匠炉、锯木机……各种机器的轰鸣，震人耳鼓，需要大声对着耳朵讲话才能听见。

父亲就是在这样的嘈杂环境里工作年头太长了，从一头乌发到两鬓斑斑，几乎成了半聋。平时在家里讲话也是一个高音喇叭，他自己却一点不觉晓。

平时放学后，木根都要到铁木厂来耍闹，他喜欢看车床上的削铁如泥，一圈圈的铁刨花瞬间就是一大堆；也喜欢看木工在一根根木头上绷直后一弹的墨线，然后送到大锯下“盖”开——这里人都将锯板子，讲成盖板子。他和同学们在里面疯闹，大人一般也不管。要么躲在堆积如山的木刨花里捉迷藏，要么投掷铁刨花。如果闹过分了，父亲也会装模作样地呵斥他们出去。这样的呵斥通常不能起作用，除非他们自己觉得玩累了，尽兴了。不然疾言厉色很难将一伙顽童赶出厂门。

木根最迷恋的，还数铁匠炉前，无论是父亲操钳，还是其他工人在掌锤，他都饶有兴致。你想想，任一根槽钢、扁钢，抑或圆钢、螺纹钢，原本锈迹斑斑，毫不起眼，但凡用钳子夹着伸进炉膛里烧那么几分钟——那是一膛怎样的炉火呀，像一条小河里沸腾着翻滚着流淌着无数的红心鸭蛋，再红彤彤地倏然抽出，放在铁砧上锤击，方圆由人，厚薄由人，利钝由人。淬火，复烧，再锤打……或斧，或刀，或铲，或锄，总归是一件称手可心的铁器很快就完成了。

铁木厂既以集体的材料加工为主，也接收乡镇的零散客户。

现在回想起来，父亲给人家做出了满意的活计，对方感激的眼神，给木根留下的印象无声而深刻。那是一次一次的叠加，犹如河滩边架起来一只底朝天的木船刷桐油，一遍一遍刷上去，阴干之后现出厚重的日晖月光的质地。

他崇拜父亲，虽然一次也没说过。

干了这一行，干了大半辈子，到底还是受了父亲以及一个早已不存的铁木厂的影响。后来曹铁匠的儿子和儿子的同学又重演了少儿时的一幕，从小在铁木厂厮混。有一次他们调皮弄坏了车床皮带，曹铁匠大怒，收缴他们的东西，包括儿子的一把木制小尖刀，一起折断，儿子哭得上气不接下气，几天都没跟爸爸讲话。后来还是给儿子打了一把钢制小尖刀，才逗得他开心。

曹铁匠在叙述这个成长的过程之时，吴天放总想插话，意欲补充或表白，哪一个场面他是参与者，可做旁证。他的补白通常都更具有谐谑的意味，譬如那个讨厌他们的龚铁匠，仗着自己岳丈是食品站站长，任何人都不放在眼里，常常把他们的木制刀枪收缴，甚至塞进炉膛烧了。他们就趁龚铁匠出去拉屎拉尿的空隙，几个人一排轮流掏出小鸡鸡朝铁匠炉里撒尿。当然这只是无用功，除了留下一股子转瞬即逝的尿臊气，无损一膛炉火雄心勃勃地绽放。

孙老师为了录音的完整性，以便事后交付速记员整理，并不希望他人插话过多，他自己也很少发问。直到曹铁匠喝水的停顿，他才问，你父亲做过一些什么难做的活儿，给你留下过难忘的记忆？

曹铁匠说，太多了，太多了。他太全能了，每一件东西从他手里出来都不一样，都可以讲是孤品，既实用又漂亮。只有你讲不出来的，没有他做不出来的。当然，他也碰到过难题。曹铁匠想起，有个镇上小学的老师，遗失了一把祖传大铁锁，十有八九是毛伢子不懂事，偷出去兑换麦芽糖吃了。走街串巷的货郎担见多识广，油嘴滑舌，哪里肯认！可怜了这老师的婆婆心念祖物，茶饭不思，卧床不起。经过老师的比画，父亲很快知道了这是一把船形老式铁锁，工余费了一些工夫，给她重新打制了一把一样尺寸的铁锁，连锁芯都是簇新的。老师的婆婆见锁之后，霍然而起，硬是叫孙子搀扶到了铁木厂当面叩谢曹厂长。

孙老师问，你打铁这么多年了，什么东西最容易做，什么东西最难做？怎样来定义铁匠？

曹铁匠答，从我的角度看，最简单的就是打土钉子了，难度大一点的就是打夹钢的东西，要融化为一个整体再打薄。其实没有什么难的，你送材料来，告诉我想做什么，接下来就是我的事情了。满不满意，出来活了你再见高下！铁匠有广义狭义之分，我老爹在世时，做的就是全能铁匠，譬如车床工、模具工和翻砂工，都要用到，不然他怎么能做一把铁锁呢？再讲白一点，给我一块钢铁，你要什么我给你做什么，这就是广义的铁匠。

孙老师追问，那么狭义的铁匠呢？

曹铁匠嘴角一抽道，打打钉子，刀子，铲子，锄头，斧头……差不多了吵。

孙老师朝炉子那边看一眼道，我小时候是看过木匠、铁匠、篾匠和箍桶匠干活的，年头太久印象都模糊了，我的学生则无论来自城市还是乡村，几乎都没有这方面的记忆。能否劳烦曹师傅打一件铁器给我们看看全过程？这也是我们田野调查，或者说“非非遗”调查的一个好机会。

四

下午没有动火，不过生起来也是很快的。曹铁匠说着起身，朝炉子走去。俩学生都雀跃跟随。小简机敏地打开了手机录像模式。

曹铁匠从炉旁抽了一把禾草，信手一团，塞进炉膛，擦燃一根火柴，同时启动炉子左侧靠墙的一只鼓风机。便听得轰然一声，宛如女子宫腔的炉膛瞬间燃得透亮，随着风力增大，里面的煤一块一块叠加而透明。

孙老师问，用的是烟煤还是无烟煤？

曹铁匠答，无烟煤，要六千五百以上大卡才好，七千大卡更好。

他回头问俩学生，你们想看我打一件什么东西？

俩学生都没经验，不知如何要求。

孙老师道，打一把镰刀吧？他们估计连镰刀都没见过呢！

曹铁匠摇头，打镰刀太简单了。

孙老师忽问，镰刀带齿吗？

曹铁匠从成品架上抽出一把镰刀问，你看看带不带齿？

孙老师用指甲刮刮刀刃道，哦，是带齿的。

曹铁匠道，南方割稻子的镰刀都带齿。我们这里种一季稻子，一季麦子，都用这种带齿的镰刀。北方就不好说了，好像他们割麦子用的镰刀是不带齿的。

孙老师击掌道，你这个解决了我的一个疑难，我们大学同学群里，有几个还是农村考出来的，都在争执割稻子的镰刀带不带齿！年代久远，容易选择性失忆，伤疤也当玫瑰花！你看看我的手，小学三四年级学校组织去割稻子，将手指都割破了。

孙老师一边说，一边将左手无名指的指头出示给众人看。他甚至有一些愤愤然道，我说了割稻子的镰刀是带齿的，可是那个农村来的老同学硬说不带齿，弄得我也不敢肯定了。

他那唾沫四溅的激动，真恨不得老同学此刻就在面前，一雪此前无裁判难决胜负的憋屈。

吴天放上来道，有一个深圳画院的画家，也是我朋友，要收购大批镰刀，我原本还以为可以给老同学揽一笔活儿，没想到画家要的是旧镰刀，即使打出新镰刀人家也要统统拿去生锈、做旧，为的是做行为艺术还是装置艺术。那哪成啊！我们曹家打的每一件家伙既是实用品，也是艺术品。你给再多钱也不能给你打，你可以到网上去买那种流水线上生产的镰刀嘛，况且你也给不了好多钱！

说话间，曹铁匠从一大堆铁件里，抽出一根二十厘米左右的螺纹钢道，我来打一件东西吧。又指着吴天放道，到底是老同学，时时想到回家来访贫问苦。不仅让我的一亩三分地种上了你们深圳才有的时尚水果，还不时介绍一些铁器活儿给我，今年年初，叫我打了两只铁碗，一只五千块。是你们深圳大梅沙游艇会的朋友要的。我跟天放讲，以后有这等好事多介绍一些来，我可以给你三七开。话兜回来，人家吴总在深圳、东莞，有工厂有豪宅，哪里看得起我们给他的三，给他七也未必看得上咿！

孙老师愣了一下道，是吗，我看见……吴天放暗中捏了一下他的肩胛，随后拍了一下他的背道，以后孙老师也会给你介绍业务的，他的路子宽哦。

曹铁匠用火钳夹着螺纹钢送入炉膛，烧得通红取出两面锤打，复烧，复打，淬火之后，再打、削、磨……便见他的脑门上摔下了一粒一粒的汗珠。

吴天放贴近他的耳朵问，为何放着空气锤不用？

他答，就是想让你带来的老师和学生，看一看最本色的打铁方式。

一根生锈的螺纹钢，眼见得在曹铁匠的手中，在火红的炉膛里，在冰冷的铁砧上，在沁凉的水桶里……该扁的扁，该圆的圆，该尖的尖，最后出示的是一把比巴掌略长的尖刀，上面还做了三个品字形的圆环把手。

这把闪耀着幽蓝色微光的小尖刀由曹铁匠传给天放，天放传给孙老师，又在欧阳同学和简同学手里把玩。

孙老师啧啧道，这么短的时间，完全手工制作，你们看这把刀的两条刃，简直像拷贝出来的兄弟，觉不出有任何差别。这三个环真是圆，如同圆规画出来的，两个小环又是一对孪生兄弟。这就是老铁匠的功夫，光是这把小尖刀的工艺，要我往死里学三个月、三年，只怕也只能交白卷！

听到孙老师的夸赞，曹铁匠的一撮浓眉猛地一弹。他撩起洗不净的灰色T恤擦擦额头道，做什么事情，一是要喜欢，二是要做够年头来。熟能生巧罢了，只要做够年头，你们都行，没什么稀奇的。跟当老师年头久了，教书教得好，是一个道理。

俩学生对这把钢蓝色的小尖刀也爱不释手。

欧阳握着刀做武士状。

小简拿过去道，挂在墙上做装饰也真是不错，可以辟邪啊。

欧阳复夺回道，你们女生小时候喜欢芭比娃娃，现在喜欢蒙奇奇，怎么会想到将一把小尖刀挂在墙上呢！

小简不服气道，我看现在不少男生也在议论女足，追着看女足世界杯预选赛呢！谁讲女生就不能玩小尖刀了？

孙老师见曹铁匠两眼发直，若有所思，指间一截长长的烟灰忘了弹，无声地坍塌了。

吴天放也见出了老同学的失态，提议收拾一下，找个地方吃晚饭。

五

曹铁匠这才回过神来，到哪里吃有在我家吃得放心惬意，蔬菜是自己地里种的，腊肉是自家柴火熏的，鸡鸭也是沟渠边放养的，从小吃的是蚯蚓和田螺。

孙老师连声叫好，说现在深圳吃饭，最放心的地方也不是大酒店，而是各单位自己的小食堂。那些小食堂也没法比曹师傅家的鼎罐土灶，尤其食材正宗，这才真是叫从源头抓起。

曹铁匠听了夸赞，眉头舒展，脸庞荡漾。便道，现在还有时间，带你们到我园子里去看看。

于是一行人，走过当街的铁匠铺，进去一个大客厅，再穿过厨房，到了后院。后院紧邻曹家的菜园和果园，果园那边还有一口水塘。菜园里瓜棚豆架，南瓜、冬瓜、苦瓜、黄瓜、豇豆……应季菜蔬皆叶片绿、茎条肥、花儿艳。穿棚蛱蝶与蜜蜂，忙忙碌碌，嗡嗡营营。到了果园，李子、青枣、桃子、草莓以及红心火龙果……或青涩，或成熟，色彩诱人。

孙老师赞曰，真是一个花果园啊！

小简哇啦哇啦地叫着，赶紧掏出一只美图手机，先是抿嘴挑眼，揽“机”自照，很快又交给欧阳，让他当摄影师。

曹铁匠介绍道，现在还不是水果集中上市的季节，譬如青枣，下果在年底年初那三个月，一棵树多的能摘好几百斤！扭头朝吴天放一努嘴道，还不都是我们吴总富贵还乡不忘老同学的水深火热呗！这些青枣啊，火龙果啊，百香果啊……苗子都是他给的优良品种，接下来还要我试种莲雾、山竹吵。

孙老师道，那你还真要雇两个帮手才行，不然前门打铁，后院种果，还有养殖，哪里忙得过来！

曹铁匠说，是哦。菜园果园我老婆打理得多，年纪一大，也喊吃不消了，腰酸背痛。

孙老师问，曹师傅的孩子呢？你讲到过有个儿子，在外上学还是工作了？

吴天放想将话头岔开，终未来得及，只道，老曹女儿在县城上班，前两年出嫁了，长得好漂亮啊，都讲像林志玲。

曹铁匠补充道，儿子，一年前走了。

孙老师不解道，走了？

曹铁匠道，病死的，白血病。

孙老师追问，去过北京、上海等大医院求医吗？现在的定义，癌症只是慢性病。

曹铁匠后悔道，去过上海，也想过做骨髓移植……最后不该放弃的，嗨。

三人走回来到后屋檐的高台上，这里搭了一个遮阳棚，棚子下支着桌椅。曹铁匠道，晚饭就在这里吃，既凉快，又可以欣赏田园景色。

说是过去盯一下饭菜，曹铁匠到厨房去了。

吴天放这才告诉孙老师，曹木根的儿子刚刚二十出头，从发现到去世，不到半年，也考虑过骨髓移植，因医生意见不一致，他就放弃了，以后就一直后悔。儿子的夭亡对曹铁匠两口子打击很大。尤其是当爸爸的，常常看着儿子的照片和遗物默默落泪。他老婆说，老曹打铁的时候，有时把火钳或煤铲放进去烧，烧化了自己也不晓得。也不爱与人交流，老缩在一个角落里抽烟，一抽一地烟蒂，自言自语痛恨自己没给儿子做骨髓移植，起码应该试一试。其实，当时大医院医生说，他儿子的白血病做骨髓移植效果不大好，况且，配型也不理想，无论是他的还是女儿的配型。老婆怀疑他得了抑郁症，很是担心……

孙老师哦了一声道，抑郁症最需与外面接触，你没想办法带他出去吗？

吴天放道，曹木根原本不是一个内向的人，他这前半生有三次出去的机会，都被他放弃了，一是80年代他在镇里中学高中毕业，那时候我到县城读高中去了，以他的成绩，上个大学尤其师专之类，毫无问题，正逢他爸爸从铁木厂退休，他一犹豫，放弃高考，顶职进了铁木厂。二是90年代，他结婚不久，妻舅在外面承包大小工程，需要帮手，也看中他的手艺，叫他出去搭把手；他不习惯妻舅的为人处世，说人家颐指气使，其实就是心高气傲，又没去。三是2000年之后，我在东莞、深圳一带打工，后来也算偷师学艺，自己出来办了一个电子元件厂，主要做压敏电阻，现在供应的大客户有三星、公牛；我诚邀他出山，以年龄论，这应该是他最后的机会了，他想了想，又放弃了。嗨，孙老师吔，我也不讲自己是不是成功人士，只能说终于改变了自己原先一穷二白的命运。你讲我比他聪明吗？差得远呢！是他一步不踩点，步步不跟趟。还是内敛的性格阻止了一个聪明人走出来啊！刚才打铁的时候，讲到年初深圳大梅沙游艇会的人五千块钱买两只铁碗，人家只是讲讲而已，是我出钱买的，但不能给他讲，他太要面子了。

孙老师道，那你真是时时处处在帮助这个没有走出来的老同学呢！

吴天放双手一摊道，没走出来未必是坏事。乡镇里的人如果都跑出去了，哪个来种田？哪个来种树？就像我们今天回来，你哪里采访得到老铁匠？哪里能看得到这么漂亮的菜园和果园？

孙老师道，照你这么一分析，我还真不知道该劝他跟你出去，还是与你背道而驰，留守乡镇？

吴天放哈哈一乐道，都需要，该走的留不了，该留的走不脱。

六

正说笑间，曹铁匠提着一只红色塑料桶出来了，里面盛着洗净的碗筷。他后面的厨房袅袅飘来腊肉的香气。两人帮曹铁匠将碗筷布置好，孙老师便招呼两个在园子里拍得尽兴的学生过来吃饭。曹铁匠的老婆提了两个大大的食盒上来：粉蒸排骨、盐菜扣肉、辣子鸡、豆豉腊肉、蒜蓉菜心、南瓜花、红薯叶……于是斟酒，也是自家酿的高度谷酒。曹铁匠道，是自家甑蒸出来的谷酒，一滴一滴蒸馏出来的，铁定绿色，环保，卫生，健康。

俩学生过来，已是汗湿沾背，意犹未尽，一个手里托着李子，一个手里比画着小尖刀，说就是用这把小尖刀采摘的果子。

欧阳并未坐下，大啖一块肉，再饮一口酒后踮脚道，曹师傅，我和简同学都看中了这把小尖刀。你再给打一把呗，我们一起买了。

曹铁匠刚把酒杯端起，脸忽然一沉道，连连摆手道，不行，不行，什么都可以给你们打，就是小尖刀，不行。

简同学偏着头道，为什么？你怕我们拿出去犯事吗？

曹铁匠两眼空虚地望着远方，自言自语道，给你们打剪刀、菜刀、柴刀，都行，就是小尖刀，不行，一把都不能从这里带走……

众人都有一些尴尬，吴天放遂把话题引开了。

饭后，夕阳西坠，漫天云霞。

孙老师与曹铁匠握别前，两人互加了微信。孙老师说，还有一些未完的采访，估计要借助电话或微信完成，当然也不排除，再来。

曹铁匠客气道，欢迎。

上车后，俩学生在后座嘻嘻哈哈地翻看手机拍照，一个说，我认为照得好的，你都不喜欢。一个说，我不喜欢的，肯定就是没照好。一个说，我想把你照成大妈，一不留神都照成了姑娘。一个说，我想把你照成小偷，一不小心都照成了君子。

迎着落日开车，吴天放戴上了墨镜。

孙老师对吴天放道，你尽快找一张他儿子的照片给我，我认识一个做非遗——铁板浮雕的郭师傅，他敲的铁板浮雕人物栩栩如生。我会请他做一幅曹铁匠儿子的肖像，儿子肖像一定要配一把铮亮的小尖刀……

（原刊《芙蓉》2017年第5期，为《小说月报》第10期转载，收入《2019年短篇小说年选》，孟繁华主编，山东文艺出版社，收入外译《路灯》杂志俄文版）

车前草

丁老师的眼睛不好，才四十大几两眼就出现了飞蚊症，微信一般只看点对点，甚少进入群与圈。周日晚，偶进本广告专业的研究生群，得知洪小春的肝病犯了，跳过师弟妹们林林总总的吃喝玩乐、欢场八卦、职场推介、考博指南……对小春的关切之音，宛如浮浪上的泡沫，转瞬就被湍流席卷下去。也难怪，小春毕业都快十年了，后面的师弟妹们哪里都认得那么老的大师兄！

对洪小春，丁老师心里始终有个麻花结。他将微信打捞与拼凑起来，小春的身体状态如下：老毛病了，好不了，也死不了。三折肱而成良医，他目前坚持吃中草药，有些草药也就是从田间地头采集的。有个研三的在校师弟冯一吉调侃道，大师兄如果有什么状况，最好提前预警，也让我们有个心理准备，以免送花时堵车。冯同学语涉调侃，意在轻松，丁老师心里却咯噔一下。上个月他得知自己当年的系主任在睡梦中去世了，系主任虽然年逾八旬，素来体健，游泳运动是无论冬夏的生活常态，去世之前竟然毫无任何征兆可寻。

是夜，小春南来出差，特意来看导师，背了一袋子的粉条、葛粉、香菇、玉兰片等土特产进来，弓着腰横着双脚，一样一样往门边摆，待他直起身，丁老师猛然发现他帽檐下双眼巩膜黄如菊染，忙捉住他枯瘦如柴的双手问，你怎么弄成这个样子？小春凄然一笑道，医生讲我还有两三个月时间，这一趟也是想到母校看看老师。丁老师赶紧道，那我带你去医院吧，如果没有熟人，肿瘤医院连床位都约不到！还有一句话他没讲，如今满大街的肿瘤，生发得比雨后蘑菇还快！小春摇头道，老师心意领了，不麻烦老师了，我也不想再去受那个折磨。说着他摘下那顶绛色的鸭舌帽，露出的头发稀疏可数，不用讲，那是化放疗之后不肯撤退的战地黄花。

他拽住弟子的胳臂大声道，你是我的学生，你必须听我的，肿瘤医院介入科的朱主任我认识，政协组织我们一道出去考察过！

喧哗之中的拉扯，惊醒了一旁酣睡的夫人，她抡起两筒雪白滚圆的臂膀，甩开了老公的拉扯，叫道，叫你不要去管那么多男女学生的闲事，日常管多了，夜里发神经。

丁老师腾地坐起，眼里遮过一片惊惧。弟子小春隐在了暗处，却余音在耳，刚才的一幕历历如绘。夫人骂归骂，斜过身去从椅子上扯了一件绒衣过来，搭在恍在梦中的老公身上。今冬的寒潮为2008年以来所未有，不仅大江南北到处飘雪，岭南及沿海的厚实着装，已然与北方没了区分。

起床洗漱之后，丁老师给小春发了一条微信：近来身体好吗？

很快地，对方回了：老样子，谢谢老师！之后又回了一条：老师还好吧？一杯咖啡、一只蛋糕、一朵玫瑰。这三个连缀的图式，本是丁老师微信回复的通例，他们师生互加微信的时间很长，单独交流却不多。小春这样回复不似偶然，像是旁窥而后的戏仿，这便带有了调侃的意味。

丁老师心里略略轻松了一些。

寒假前的校园比放假还显得安静，学生们备考的紧张、监考与巡考的煞有介事，给原本凛冽的天空，添加了一抹肃杀的气氛。

丁老师今天不是主考，是监考。主考老师有203、204两个考场要照应，各分去身心与时间的一半。主考老师在本考场的时候，丁老师就站在后面，主考老师到隔壁去了，他就站在前面。无论站在前面还是后面，他的目光与思想都是飘浮的，尤其当他发现倒数第二排的一个男生轮廓很像洪小春，便不时踱步到该生前面止步。考生做试卷，最怕老师笔立在侧，会因揣度老师射在试卷上的目光是欣赏还是讥讽而倍感煎熬。丁老师每每离开，便瞥到该同学与邻座的女生交换眼神与手势，却毫无在学校教务处期末考试的通报上添一个作弊姓名的兴趣。如此这般地放任自流地监考，不是缘自他宅心仁厚，乃是1990年代他在读大学期间，受一位授广告美学老师的影响。吴老师素喜着一身蓝布对襟长衫，叼一支镀铜楠木烟斗，一副民国业师的派头。吴老师说自己一是从不设标准答案，二是从不闭卷考试，他认为最好的试卷既是考学生的，也是考老师的，与机械的背诵了不相关。吴老师的广告美学一课，可以上溯黑格尔、克罗齐，下及民俗风情、闾巷俚语，顺手拈来便做十里铺陈，颇饶风趣与信息量丰富的讲课，使得再是心猿意马的学生，也情不自禁地收拢了游思。吴老师患肝癌抗争了十余年，于2017年夏天去世，丁老师作了一幅七十二字的挽联发在1992级同学圈，引起大学同窗哀思如潮，接下来个把月时间，大学同窗的微信圈挽联、挽诗、挽文……连绵不断，欣赏与赞颂丁才子的长联无人能匹的也不少。令他如饮佳酿、身心微醺的同时，也深切感受到，一位个性凸显、才情广袤的老师，才会长久地活在学生的记忆里。

这个额前一绺浓密的长发耷拉在右眼皮上的男生，不仅形似小春，一手行书字体也与小春肖似，由之引发了丁老师难以抑制的好奇心。很想问问他是哪里人，听听他的声音。考试是不被允许交流的——即使老师与学生的无故交流也不允许。丁老师便不时站在他身后，当这一次俯下身去欲图抻开他试卷上遮掩的姓名、学号卷角之时，便听主考老师在后面叫道，为了严肃考场纪律，同学间的交头接耳、传递眼神等等，视同作弊行为。

该同学赶紧双手捂住卷子，猛一抬头已是满脸通红。

主考老师快步过来，盯着该同学的双眼带着毋庸置疑的人赃俱获。该同学辩解道，我没有……那种委屈的羞怯，慌张的青涩，适足让作弊的企图洇开与放大了。主考老师看着丁老师，那就是一种申求道义救援的表情了，既然监考老师固定在一个教室里巡查与探照，自然比来回走动的俩隔壁主考老师，更有坐实疑犯的证据与说辞。

这会儿轮到丁老师尴尬不已，他没想到自己好做比拟的行为，造成了主考老师的多心，赶忙向他打了一个球场上暂停的手势，随即拉了他一把，暗示他到了门外。丁老师轻轻带上门后告诉主考老师，他感觉该同学与隔开一个座位的一位女同学可能是恋爱关系，所以有一些眉目传情，他去抽看该同学的卷子，本意是终止他的这种行为，却不意造成了他的误解与慌张。主考老师眼里流露出犹疑之色，丁老师心里一悸，很快把他推进了隔壁的教室。

回到教室，丁老师心下想到，主考老师一定把他看成了好好先生，连一个过后即忘的普通学生都不敢得罪！

人世间一些大小事儿的决定与转圜，常常起于细微。一条微信，一个梦境，以及考场上监考的一次悸动挥之不去，一起促成了丁老师年前的赣西行，决意去看看病中的洪小春。

是日晚饭，他才嘬了几口葡萄酒，立刻满脸遮过一片红晕，他对夫人道，我明天还有一个主考，后天下午准备去看看我的学生洪小春。

与他相向而坐，喝半斤白酒都脸不变色心不跳的夫人一愣道，怎么以前没听你说过？

他身体不好，我今天才决定的。

不是决定了我们一家三口放假去趟日本吗?

他道，一切按原计划进行，我去江西也就两三天，去了就回。

她端起对面的酒杯，一饮而尽道，你没有喝醉吧?旅行社虽然安排了档期，但是随时可以将我们的档期提前。

不要提前了。他左手端回对面的酒杯，右手晃晃酒瓶，在空酒杯里汩汩倒了一点。酒量真不都是遗传的，十年前胃癌去世的父亲，每饮脚底板流汗，从未醉过。他从不吃酸辣腌制品，胃癌与他能饮有关吗?

提前便宜啊，那都是递补别人临时不去的。临近春节，去哪玩儿都扎堆，都贵。听说去海口、三亚的机票都五六千了！就隔一片海水，才多远啊!

丁老师婚后就悲哀地发现，有些人的观念与其性格一样，与生俱来，休想通过后天的习得与顿悟而开窍。夫人原先在内地一家看似庞然却濒临倒闭的企业做厂医，丁老师五年前评上教授之后，有资格将她调来大学做校医，却也费了不少发掘关联之功。不仅城市间有差别，厂医与校医，一字之易，那就是企业编与事业编的区别。尽管工资比几年前翻了几个跟斗，夫人的节省劲儿与算计劲儿，跟以前却是一个模子倒出来的。

夫人忽道，放假了，我看你要去的话，就带两三个研究生一道出去。见夫君眼里闪过一丝错愕，她补充道，现在网上几件陈年旧事一闹，所有师生关系都疏远，那次有个男生肺炎过来办转院手续，听他在手机里抱怨，有半年都没见到自己的导师了!

他不以为然道，那是热门专业如经济学院的研究生吧?我们传播学院的研究生招得不多，还不至于隔得这么远!

总觉得夫人还不至于为师生关系想得这么细微，果然她又道，你大前年的课题早该结题了，已经推迟了一年，再不用掉就要全部上缴了，花在学生身上也是一个天大的人情呢。眼面前，怕也只有研究生才懂对自己的导师感恩了。

这个建议是锤子落在铁砧上，叮当有声。

丁老师去年拿到一个重大课题，在大学几乎千篇一律有赖项目化生存的当下，有无课题尤其是重大课题是大学教师能否活得滋润的重大前提——这对文科教师而言，主要不体现在经济上，体现的是几年之内不再被各种考核指标鞭笞。攻下一个重大课题，如同杰克逊的皮肤漂白，到底是世所争议的漂白、植皮、化妆还是白癜风都无关紧要，关键只要白就行，一白遮百丑。有了此一大白，夜阑风静縠纹平，课上得好不好，论文多与少……都不再紧要。

丁老师也做过省部级及以上的通信评委，每当拿着社科部送来的一包几十件来自全国各地高校的评审表，他就替这些匿名的申报者着急挠头，这些事先通过各种培训后填写的申报表，一定是在一大排申报指南中左挑右选，披肝沥胆、呕心沥血、精心杜撰而出的，因为丁老师自己就是这样陆续拿到几个等差的课题，从而在四十三岁这年跻身教授的行列。他在一大群鸠形鹄面、面目不清、埋头填表的教书匠里，也看到了自己或隐或现的形象，不禁充满悲悯与同情，他好生希望将所有填表人一个不落地拉进获赠课题的队伍里，就像颁授金鸡百花奖乃至奥斯卡小金人那样，让他们辛劳的耕耘得到欣喜若狂的回报。

可是不行，通信评委手中握着的是一把剪刀而非金钥匙，必须在所有材料中冷酷地剪掉三分之二乃至更多。

他看到寒冬节气下簌簌飘落的一地黄叶，被风吹得打着旋儿飘零四散。

这些选题都是似曾相识，都可等量齐观，都十分重要却也都不值一提，留下甲而排斥乙丙是个错，同样，留下乙而排斥甲丙，也未见公正。可是必须分出高下、轻重、去留……做这样的评委即使只是匿名的——被评者当然不晓得，有申报者也会试图给各地几个熟识的教授去电话嘘寒问暖，最后图穷匕首见——问问彼是否课题评委，那通常相当于大海捞针，丁老师依然承受着巨大的压力。

他申报的课题费在本院虽非头筹，也可以名列前三。除了差旅费及适当购书，大都不好用。一个教授，总不能像孩提那样，整天把乘火车、飞机当做乐子吧？一年到头各种单据也留存了不少，贴票报销也是一大烦难，连夫人也啧有烦言：贴上去这么多，到了财务那里就像被钳猪毛一样，拔掉一半！没得那么神气！

做这件事情就常常落到一两个研究生头上。

由夫人的点醒，他便想到，确实可以带两个研究生同去赣西。这两个研究生应是平时帮助丁老师做事比较主动勤快的，贴发票报销就是其中之一。一个是米栽桃，一个便是冯一吉。冯一吉已是研三，按他们最新的一个说法，乃是“坐研监”的最后一年。米栽桃研二实习去了报社，去年毕业之后就留在那儿。原以为他俩能去一个就不错了，一个最好是男生冯一吉，不然带一个女生在市内活动不要紧，带去出差，不仅外面讲不清楚，单是面对夫人就两难：瞒不是，不瞒也不是。

算好，两个人都能去。

在给洪小春发去微信的同时，也嘱冯一吉给三人在网上订票。洪小春的回复非常及时，连着一串五六个双手合十：能在赣西见吾师，且带来帅弟靓妹，聊尽杯酒，快慰平生！接着又发来注明引自《诗经·终南》的句子：终南何有？有条有梅。君子至止，锦衣狐裘。颜如渥丹，其君也哉！

虽然读的传院广告专业研究生，洪小春的文史哲底子也好，本科是双学士，读了广告学和汉语言文学两个专业，还做了一届全校文学社《簕杜鹃》的社长。丁老师不明大意，将“终南何有”一段转发给栽桃，栽桃俄而回复：师兄将老师比作君王，君王驾到，师兄高兴，极尽赞美之词。丁老师嗤笑：什么年代了，还君王呢！

直到出发前一天，丁老师都在想，洪小春情绪如此之好，此前的梦扰，怕只是一个杞忧？

周日这天，三人齐聚在北站进站口见面，冯一吉分发了一等座票，北站去赣西的高铁，全程四个来小时。丁老师说，虽然赣西也开通了航班，天上一个小时吧，可是这边候机，那边接机，也不会短过四个小时了。冯一吉今天很高兴，落座之后，又是打水，又是归置行李，他说如果不是跟着老师，不知何年月能去坐一等车。丁老师道，其实一等车座并不比二等贵多少，跟飞机的经济舱与商务舱完全不是一个概念。又道，一等车厢比后面的座少，人少，空气流通就好很多。不完全是一个舒适的问题，试想一下，即使不是流感，就是一个普通感冒，也要难受七八天，什么叫性价比，这就是潜在的性价比。

两人齐赞，跟老师出门涨知识，健康才是最高的性价比！

便由健康谈到洪小春的身体，丁老师想起前些日的梦境，神色一黯道，也不晓得他现在是怎么一副样子的。

冯一吉道，小春师兄得病之后不仅到处求名医，把《黄帝内经》《伤寒论》《金匮要略》等古典医书都啃下来了，他自己都快成半仙了。这么爱惜自己生命的人，不会有问题的。

栽桃跟随道，见老师要过去看他，洪师兄欣慰无比，这就不像一个大病之人！

丁老师望着对面的栽桃反问，大病之人应该是什么样貌？

栽桃略想后回答，大病之人，气息奄奄，懒动寡言。我外公当年患了肺癌，去世之前十几天连说话的力气都没有，连家人都不愿见，外人一概不见。

丁老师又侧脸问一旁的冯一吉，你们怎么对基本没有在一起上过课的师兄那么熟悉？

两个学生都笑道，一个说传院的广告学研究生有一个群，十几届研究生下来，也有近两百人了！另一个讲，小春师兄简直就成了明星研究生的代名词，群里有什么疑难问题求教，冷场之后，多半指望他浮出水面。所以呀，这次他俩跟老师出来，一干同窗瞩望……后面是一大群眼睛呢！

丁老师哦了一声，怔怔的。

接着，他俩历数丁老师的弟子——也就是老师在本校广告专业带过的研究生，前后一共毕业了十八位。一个说等到老师荣休，中间加一个零，一百零八位弟子；另一个说，那是后面加一个零，一百八十位弟子了。丁老师侧脸窗外，收获过后的田野，遍布高低不平的稻茬，苍黄的底色点缀着一些绿意。目光因若有所思而迷离的丁老师，嘴里嘟哝道，够了，我现在都够了。两位弟子挤了一下眼神，掰着手指历数十八位同门弟子的修为，本市留下了十六位，毕竟报考本校，基本就是冲着留在这个海滨城市工作而来的，只有洪小春回了老家赣西，另一位是洪小春同届的杜芳芳，她当年就是因为拿到了一年一度、本院唯一的一个国家级研究生奖学金，才得以留校的。可惜，杜芳芳短暂留校工作了不到一年，就去了土澳。有说她嫁了一个土澳开修车店的广佬，也有说她在那里学了幼师之后，做了幼儿园的阿姨——咿呀呀，放着这边大学的工作不要，去那边做小朋友的保姆！十几个同学的选择都能理解，唯独费解的一个是去了土澳的杜芳芳，一个是做了回乡知青的洪小春——凭他“锥处囊中，其末立见”的聪慧，又有导师的激赏及人脉，在本市任谋一个高就，那还不是三只手指捏田螺，十拿九稳！

为什么把澳洲叫做土澳呢？栽桃问。

冯一吉道，据说澳洲除了大城市的Downtown，都是乡下，牛羊成群，所以也叫澳村。澳式英语的口音听起来有点村炮，所以土。

当年英国殖民者来的时候，澳洲苍蝇多，为了防止说话的时候误吞苍蝇，所以他们说话都尽量省音节，含糊不清，就变成了现在的澳式英语，听起来怪怪的。在这一点上，杜芳芳跟洪小春是一样一样的，一个洋插队，一个土插队……

丁老师转脸过来道，你们这样不管是议论一两位同学还是议论一两个国家，都有欠厚道。

见老师一脸阴沉，两个同学挤眉弄眼，不再吱声了。

车到赣西站，俩学生簇拥着老师出来，洪小春身着厚厚的米黄色羽绒服，头扣一顶绛色的鸭舌帽，捧了一束粉红的康乃馨，早在出口处等候。见了老师和师弟妹，他快步上来道，老师好！我老婆马上到，她在地下停车场呢。说着要去接师弟妹手里的行李。师弟妹哪里肯让他劳累，丁老师接过鲜花，还没来得及叙旧，小春的老婆已经将一辆红色的雷克萨斯吱的一声停在面前，小春介绍道，我老婆，温秀梅，很俗的一个名字，人却不俗。温秀梅身着一件绛红色的羊皮外套——跟小春的帽子配对吗？一领玄色毛衣外悬着一块天青色吊坠，面色桃红、体形丰满，她双手利索地一打方向盘自嘲道，人也俗，俗到家了，不就是柴米油盐酱醋茶，过日子嘛。老师是不是？

丁老师坐在副驾上点头道，俗到尽头方现雅。我们设计广告也是这样，大雅大俗，才是上乘之选。

温秀梅受到鼓励，是吧是吧，在小城里搞设计，更要靠近老百姓的油盐酱醋，小春呢，有时候一根筋不得转，老师你这次来，要好好劝劝他。

此行过来，丁老师是带着一个心思的，当然，一路上最担心的还是洪小春的身体状态。见他容颜苍白、消瘦，额前露在鸭舌帽外的一绺白发尤其刺目，精神状态尚好。他老婆谈的还是设计，还让老师好好劝劝他，这让丁老师心情略略松弛了。一个还在忙工作的人，年纪不过三十七八，即使沉疴在身，又有什么奇迹不会发生呢？

温秀梅外向健谈，很快地，丁老师知道她在工商银行做理财客服，一个孩子才上小学三年级。她和洪小春曾经是中学同窗。小春的父亲过世了，母亲还在；她的母亲过世了，父亲还在。你看小春开放啵，他觉得应该在他母亲和我父亲之间牵线搭桥……温秀梅咯咯地笑起来，是一群鸽子在蓝天下振翮纷飞。

后排的三个师兄弟妹，也是谈得热火朝天。

丁老师心想，有这一幕，这一趟就算没有白来。

心底却是蒙了一层洇湿的纸，潮腻不开。

进到河边一家匾额上题有“袁江春”的菜馆，烟味浓郁，一地纸屑、烟头和瓜子、花生壳。温秀梅踮起脚来，边走边道，小城的人一点都不gentleman，到哪里都叼根烟！

进得明月山房间，丁老师脱下外套才跟上温秀梅的话道，我看小春就很gentleman，今天还带了一束康乃馨来接站，你们谈恋爱的时候，是不是花店的VIP客户啊？

温秀梅嘴角一翘道，你问问他！他说生活就是柴米油盐——我的口头禅就是他教的——买一枝花不如抽一包烟实惠。

丁老师盯着小春，正色道，你这个身体，抽烟可是忌讳，医生没提醒你吗？

小春身子朝后一摊道，即使一天抽三包，我也抽不了多少了。

温秀梅神色一黯，一把扶住他的靠背，转圜道，他早已不抽了，现时闻到烟味都想吐。

小春伸出左手的三根手指道，以前，真的是三包。说着，他起身出门去找厕所。温秀梅要陪他去，他站在门口拦住了道，没事，你陪好我的老师和弟妹……

温秀梅落座之时道，他肚子腹水，坠胀，其实不一定有尿，就是时时感到肚子憋得难受，时时刻刻要去厕所。

听说他已然腹水，丁老师心下一沉，他叔叔二十年前肝病故世，也就是到了肝腹水、肝萎缩的阶段，医药罔效，拖了三个月最终不治。

她叹了口气道，他毕业回来这几年，精神状态就不好，上班，辞工，再上班，再辞工……后来自己开了一家广告设计公司，也很少打理。常常跟几个熟悉的朋友关起门来下围棋、打桥牌，夏天关门吹空调，冬日关门取暖，昼夜不分。几杆烟枪抽得昏天黑地，任是何时推门进去，都是一股浓烟呛出来，硬是要把人熏倒……

小春推门进来，双手还提着裤腰，扫一眼老婆道，趁我不在，抓紧讲了几句我的坏吧？

冯一吉道，她先夸你有才，你没听到。

栽桃道，她后来批评你就好抽烟，你就听到了。

小春落座，温秀梅又一把扶住他的椅背道，他早就觉悟了，早戒了。

上菜了，藜蒿炒腊肉，辣椒蒸河鱼，干笋焖红烧肉，红薯粉条肉丸子，酸菜青椒皖鱼……

丁老师道，大鱼大肉啊。

温秀梅道，都是地道家乡菜，也不晓得合不合老师口味？

丁老师道，我虽不是走南闯北，也是出身复杂，南北通吃，没有固定口味，今天的菜有特色，有特色才好。

温秀梅展颜一笑道，老师真讲好，才是真的好。

饭后，五个人一道去了温秀梅事先给订的袁河山庄。此山庄负山面河，环境芜杂而冷清，空旷的大院子满是合抱粗的银杏、冷杉与罗汉松，一地新陈落叶，无人打扫，或无意打扫。秀梅说，小春讲的，老师喜欢清静，所以选了这里，这是本市最老的政府接待宾馆，现在早过气了。住酒店跟吃饭店一个样，一个时期作兴一个地方。两年前开始，赣西市住的都去五洲宾馆，要么寰宇酒店，现时那里真是兴旺发达啊！

丁老师道，知我者，小春也。我就喜欢住清静的地方，看见树多、树大的地方就喜欢。

秀梅道，那老师就该到本市来买房子，若有北上广十分之一的价格就行了。

入住之后，时辰尚早，见两个随行的同学眼睛发亮，兴致勃勃，丁老师道，秀梅你带他俩到街上、夜市去看看，我跟小春聊一聊。

温秀梅就把车钥匙留下来，让小春带老师也出去兜兜风。没待老师讲要与不要，她已经带俩同学出去了，门口丢下一句话，这里搭车出去很方便，保证把他俩一根发丝不少地送回来。

丁老师看着小春道，秀梅很外向、活泼的性格。

小春点头道，这两年我生病完全靠她在支撑……

丁老师琢磨着他说的“支撑”指的是经济还是精神，抑或，兼而有之？遂问，你的公司在哪里？带我去看看。

小春略一犹豫，起身道，好啊，很简陋的一个地方。叫老师带去一缕春风。

下楼上了那辆雷克萨斯，丁老师坐在副驾上，系上安全带道，秀梅喜欢红颜色，在家里她说了算吧？

小春呵呵道，老师明察秋毫，两点都看中了，虽然我有时候做一单比她两三个月挣的还多，大多数时候，或者，归总还是她挣得比我多。她讲我们家是能挣的不去挣，不能挣的只有出去打拼了。

为什么不去挣呢？一是年轻，二来，抓业务的同时，也是提升自己的过程啊。

没情绪，没劲头，没动力……

不是婚姻出了什么状况吧？

不是……她要踹了我，她可以找到更好的，我要踹了她，就是一个孤家寡人，自绝于人民，嘿嘿。

丁老师喉头一紧问，她说你就迷下围棋、打桥牌，跟一圈哥们关起门来抽得昏天黑地，天长日久，不伤肝也得伤肺的，如此这般，几年了？

途经一条小河，车子一迟疑，扭头择路拐了进去。小春说，老师顺路看看袁河吧。

一片开阔的浅水载着迷离的月光，嬉笑着推搡着追打着，去而复来。河滩上长满蒿草，有几棵看不清面目的老树，伛偻而孤清。

小春说，春上来好看，到处是车前草，采都采不完啊！

丁老师道，得空白天来看看，也是一个写生的好景致。

我几乎从回到赣西，就迷上了下围棋、打桥牌。在开到了一个黑黢黢的院落，下车，关门之后小春才接上老师此前的问话，我这人惰性大，如果一直跟在老师身边，耳提面命，或许好得多。

即使黑暗当中，丁老师也扭过头去，不敢正视他的目光，那是两支小小的火炬，却有一种洞隐烛微的灼热。

闷热的学院会议室，老是找不着遥控器，只有推开玻璃门，吹在臂膀上的风也是温热的，像是耷拉过来一片咸湿的海带。为了一个学院一个指标的国家级研究生奖学金，七位教授委员会成员，始而议，继而争……九个候选研究生，九进五，五进三，三进一，投票结果出来了……其余六位教授都盯着丁老师，叫丁老师请客——你的弟子胜出了！你说吧，今晚是请我们吃“客家鸡”还是“三湘人家”？

丁老师踌躇道，虽然弟子胜出不该老师请客，但如果各位愿意出席，餐馆任选，学府路上还有一家“湘粤小厨”，粤菜、湘菜兼收并蓄。

正当几位教授为学校周边几个吃腻了的餐馆评骘高下，不是教授委员会成员的院长端着手机进来了，他扫一眼桌面，哦了一声道，投过票了吗？在记录员身边瞅了一眼结果，将未挂线的手机递给了丁老师。

因问，你哪位？

对方道，校办。

丁老师听明白了对方的意思，在可能的情况下，赵斌副校长的意思，是不是这次将机会让给……

因答，票决结果都出来了呀！

对方道，只是在可能的情况下，具体还是你们定。

挂了电话之后，丁老师悻悻道，为什么不早说呢，现在都出来投票结果了！

大家都有了起身的意思了，院长却坐下来了，他轻轻拈过一张纸，再看了一下投票结果。讲到赵校长前不久刚给学院批过更换设备，我们的实验室从此将大有改观。

教授们七嘴八舌道，传院早该更换设备了，原来的设备丢在走廊上，清洁工都不要捡。院长，一码归一码，那是他该做的。

院长身子往后一仰道，赵校长也没说一定要，只说了在可能的情况下……另外，我看了名单，九个人里面也有他提到的这位同学，更重要的是，这位同学也是丁老师的弟子。

院长是教授编导专业的，难得他对广告专业的研究生也了如指掌。他后一句话将大家说动了，齐刷刷的六双眼睛一起看着丁老师，是呀，一男生一女生都是你的丁家军……

院长道，手心手背都是丁老师的肉，就看他选哪一块了。

教授们都笑了，是呀，肥的瘦的，看你选哪一块。

丁老师嘴里吐了一个脏字，也不禁莞尔。两个弟子，一女一男，恰是一腴一瘠。

会议开到最后，是最便于速战速决的……有的要接孩子，有的要回家做饭，有的晚上还要去夜大上课。象牙塔里，其实满是人间烟火缭绕。丁老师要么否定要么同意——重新投一次票。事情往往就是这样，不公平的结果，需要一件公正的外衣。

丁老师动摇了，重投一次票吧。

重投的结果，腴的六比一，瘠的一比六。腴的唯一否定票与瘠的唯一赞成票是丁老师投的，虽然知道重投必定是一个翻盘的结果，他的一票扭转不了男弟子由胜出到出局、女弟子由出局到胜出的戏剧性转变，却是求得了一个暂时的心安。

确实是暂时的，之后，男生“返乡”，女生留校……两人的命运可以在这次评选中找到滥觞。仅仅一名的奖学金指标不仅仅是两万元奖金，也是岗职与前程。

一个凹形的院落，三四栋墙皮剥落的小高层，扶手铁锈斑斑，看不出底色的墙上贴满牛皮癣：通下水道，回收纸皮与旧电器，甲癣一次净……三层楼小春也上得有点喘。打开当着楼梯口的一间，是一个两室一厅。墙上、桌上，虽然有一些新旧不齐的广告样式与招贴，扑鼻而来的是浓郁的草药味儿，呛得丁老师连打了两个喷嚏。

呛着老师了。小春去推窗，一阵寒风吹过来，小春禁不住，赶紧又关上了。

没事的，我有些花粉过敏。丁老师掏出纸巾擤鼻子道，几年前去乌鲁木齐，在大巴扎里根本待不住，主要是薰衣草过敏。

我要像老师这么敏感就好了……

丁老师一怔，脊椎上逶迤一条小而凉的爬行动物。

什么药吃起来都不敏感。原先我请老中医开药，或者自己开药，一帖药少则一二十种，多则四五十种。

你还给自己开药？

小春同时打开两居室，一间是书房兼卧室，一张简易单人床对面是一壁高高的书架，满满一书橱以中医药书籍为多；另一间凌乱地堆满了中草药。

我一直对中医药感兴趣，也一直在学。还去河北、陕西拜访过老中医。

效验如何？蒙尘的日光灯下，丁老师看他面色更暗了，目光蜡黄。

时好时不好，走过不少弯路。秀梅讲我太劳累了，我自己觉得是求医心切……

还有病急不能乱投医。

是呀，以前我相信韩信将兵，多多益善，君臣佐使，排强兵布大阵。现在则相信，大道至简，以少胜多。

不会是从一个极端走到另一个极端吧？

小春走到桌前，拽起一只蛇皮袋，拢来拢去，窸窸窣窣捧起一把道，这是我目前用的一味主药，车前草……

丁老师道，小时候我们在乡下采过吃过，药食同源，对肝病也有用吗？

小春坦然道，渗水利湿呀，我一直有肝硬化腹水，老师没有看出来吗？说着放下一捧干草，拍拍肚子，坐久站久还有弯腰，都不舒服。

丁老师道，还是要去大医院看看，如果想去上海、北京，我可以给你联系。名医还是在大城市。

小春摇摇头道，我也去过……他再从袋子里拈起一茎干枯的车前草，举起问，老师知道它还有一个名字叫“观世音草”吗？

丁老师本想提醒他，别太迷信一两味药了。话到嘴边打住了，你不能在一个人满怀信心爬坡的当口，杠上一脚。

有效果，起码腹水有减轻迹象了，要大量喝，喝得胃都要揪起两个角倒出来了……新鲜的更好，春天的最好，到六七月就老了，开花结子了。像我一样。他哈哈哈哈笑起来，笑得旷放飞扬，是他曾经读研的那个城市春天里的木棉，一树硕大的红花才始坠落，果实里的飞絮早已破壳而出，翩翩起舞……笑才好，笑起来一点不像一个肝腹水的病人。

丁老师问，孩子多大了？好像是一个女孩？现在家里的财经来源是不是主要仰赖秀梅？

是的，女孩，快十岁了。一个家庭就是一台发动机，马力大小决定了功率大小，这个家庭发动机，秀梅是发功主力。换言之，她是七千大卡的一炉好炭，我只是边上的鼓风机。

你这不是倒置了吗？不过，你现在还是养身体为主。

养身不如养心，他咳了几声，忽问，杜芳芳后来回来过没有？……她也在群里，潜水不言，偶尔晒一下悉尼的海滩。

丁老师僵直地转了转脖颈，反手去抓捏肩膀，斟酌道，这个年纪虽不是很大，但出去不一定就开心……

就是，放着那么好的岗职多可惜！总以为远方有诗，其实诗有时候就在脚下。我想，她在学校里，先是教辅，再努力读一个在职博士，走向教学岗位也是指日可待。

下楼之时，飕然风响，将一棵高大枫树的枯枝吹落，两人都不由得肩头瑟缩。

丁老师回到宾馆，冯一吉与米栽桃已经先老师一步回来了，齐齐问道，师兄的公司漂亮吧？

丁老师疲惫坐下，挥挥手道，你俩去酒店小卖部看看，关门没有，买一瓶酒、一点下酒菜过来，当地白酒就好，也是驱寒。

老师原本不喝酒的呀，老师今天怎么了?！两人听令一前一后快速去了。很快捧上来一包花生，一包猪耳朵，两包酱干，还有一瓶简装地产酒：锦江酒。

栽桃洗净两个玻璃杯。

冯一吉用牙齿启开酒瓶子，一股浓郁的酒气弥漫开来。冯一吉将两只玻璃杯各斟半杯，分与丁老师与栽桃，自己用一只陶瓷杯斟了，道，难得今天老师来了酒兴，师姐你休得躲开。

栽桃将半杯再倒去一半入了冯一吉的陶瓷杯，道，虽然小女子我酒量低浅，师弟豁出去了，我也得奉陪啊，难得老师今晚来了兴致。

丁老师饮了一口，丢了一把花生米在嘴里，仰面道，人人都喜欢李白的“将进酒，杯莫停”，我却喜欢他另一首不大出名的“黄金白璧买歌笑，一醉累月轻王侯”。前一句稍显轻薄了，要紧的是后一句，可见自古而今，能够“轻王侯”的多乎哉？不多也！

冯一吉恭维道，老师可以！

栽桃奉陪下注脚道，记得我进校那一年，播音主持毕业表演晚会，前面两排是给校领导留的位子，老师坐下去以后，我看见有人提醒老师让座，老师旁若无人，始终没有让啊。

丁老师两三口下肚，红晕就遮过来了，连脖子都很快沦陷。他踌躇道，人是很矛盾的，有时候一念之差就铸成大谬……来吧，喝吧，饮酒的好诗，我开了个头，你们也一一念过来吧。

一个道，投簪下山阁，携酒对河梁。王勃。

一个接，醉见异举止，醉闻异声音。孟郊。

一个道，莫辞酒，此会固难同。请看女工机上帛，半作军人旗上红。韩愈。

一个接，明月楼高休独倚，酒入愁肠，化作相思泪。范仲淹。

……

该老师您了。

该老师您了。

黄金白璧买歌笑，一醉累月轻王侯。一醉累月轻王侯，轻王侯……丁老师哇的一口全吐了，双眼通红，青筋高挑，秽气弥漫。

元宵刚过，温秀梅微信告诉丁老师，小春进了市医院的ICU，整日昏睡，医生讲是肝昏迷，估计只有三五天了。

再来时令已惊蛰。丁老师没有通知温秀梅，也没有告诉冯一吉和米栽桃，他是一个人乘高铁到了赣西。下车以后，他打了一辆车，叫司机开到袁河边。

还是那晚到过的河滩边，那几棵老树，这次看清楚了，是槲树与香樟，走下来，一滩铺地的绿叶全是车前草，才始早春竟然开得热烈，一直蔓延到了河边。猛然从蒿草中直起一个背影，那不是洪小春吗？仍是那一件米黄色的羽绒服，一顶绛色的鸭舌帽，两手拽满的都是鲜嫩欲滴的车前草。

丁老师刚发一声喊，那身影倏然就消失了。

丁老师口袋里的手机作三下响，他掏出来一看，是温秀梅发来的微信：洪小春今天下午四时三十五分在市医院ICU停止了呼吸。

（原刊《广州文艺》2018年第7期）

乌　鸦

少年关进来的头几天，情绪不佳，却也只会哭泣。少年哭泣是无声的，坐在木板床上，双脚收拢，两臂环抱，头有一半是埋在臂弯里的。看守是从门上的铁条窗边偶一探望，发现少年的臂膀在不由自主地抖动，一抽一抽的，连同头颅也在抽动，却一点声音也无。少年精瘦，看守瞥见他裸露的双脚和双手，是苍白的鸡爪子。看守是一个瘦高个，情不自禁地提提裤腰，用右手大拇指和食指，去环测一下自己的左手腕；再反过来环测一下右手腕。料得这个犯事的少年比自己还瘦，稍许心安。从门边来回走过，有意响咳了两声。少年的臂膀抖动得慢了，却始终没有抬起头来。

少年因犯何事进来，不仅少年自己稀里糊涂，看守也未必知道其详。知不知道犯了何事并不重要，进来了就必是有事，进来了也有后来上面认为没有什么事，得以放回家的，那就是有运气的——那时候不说是幸运儿，幸运儿是要到很晚才流行的一个词。有运气的很少很少，大多数在螺蛳岭拘留所拘押一段时间——拘押时间的长短，跟所犯事的大小有关，跟形势的变化关系更大——就从拘留所转移了，带走了，送去劳改单位，农场或矿山了。个别倒霉蛋从这里出来，没有回家，也没有去劳改农场或矿山，直接送去了“打靶场”。

是的，从瘦高个嘴里吐出来的就是倒霉蛋三个字，没有鄙夷也没有惋惜，见惯不惊吧，就像他每天上下班必经一段蒿草垂头的小径，有时是采一串蛇莓，有时是摘一两颗金樱子，捋去毛刺，丢进嘴里嚼出浆汁来，再噗嗤一口唾得远远的。无论是嚼还是唾，他都面无表情，无所谓喜怒。只是再后来，他得知少年所犯之事，不仅不大，且根本只是怀疑，当无法破解便拿他是问，原因是他有一对同样倒霉的父母。这样串在一起就很合乎自然，如同他采摘的蛇莓，要么一串都很甜爽，要么一串都很酸涩……

心底却终究泛起了一丝同情，盖因他有一个与少年一般大小的儿子。

儿子这一向也基本没了书读，却也没到凭一纸介绍信就可以走南闯北、吃香喝辣的年龄。他在一堆焚书的热火冷灰里，拎出了几本画谱，令顽劣的儿子在家里照葫芦画瓢。画得像不像不紧要，紧要的是不出去惹祸。这年头出事的人多，不是讲坐在家里就不会出事，机会总要少一些啵。譬如这个少年，如果那个月黑风高的夜晚，不是经过公交站旁边茅厕的人之一，一张做了擦屁股用的报纸就难以怀疑到他头上。

他给少年端饭菜之时，粥桶里下手就会沉一些，顺手多给一个馒头。咸萝卜干、发臭的酸菜边上，偶尔也会出现一两片薄如纸片的肥肉——那是从他的腰子形饭盒里搛出来的。在拘留所里，即便再粗糙的人，也不难从食物的悄然变化里，感受到人情冷暖。少年的眼睛还没褪去青涩的害羞，那接碗刹那间的目光相接，也会流露出他的受用与感激。他起初还有点担心所长挑剔，所长的肃杀之气与大势是一拍即合的，从骨子里一直蔓延到两把扫帚般的浓眉。却很快体会到了所长的烈日炎炎，也有阴凉的一角，譬如所长找了一个不成理由的理由，把少年关在一个东南角的单间里，这原本是一个堆放清洁用品的地方，小到不可再关进第二个人，却让少年与那些现行或历史反革命、强奸犯、鸡奸犯和杀人犯区别开来了。那些良莠杂陈的大牢房里，时或出现斗殴还是轻的，常常出现一些令人羞于启齿的龌龊事，那对一个少年的身心伤害无疑就是终身的。

时日可以疗伤，何况还有日头。新贴了一个11号标牌的小单间，隔着一尺宽的高高的窗台，每天上午日头都可以照过来，斜斜一缕一直射到门角。站在窄窄的木板床上，望得见螺蛳岭的恰是青葱的岭头。不甚陡的山坡上，以南方常见的毛竹为主，间杂着浓绿的湿地松，高矮不一的，一团一团的。少年原本是喜画的，在学校就是黑板报的主角。在焦虑过后寂寞难耐的日子里，他想象一团一团的湿地松就是天边一团一团的云彩，一根一根的毛竹就是一支一支的火炬。在梦里头，那一支一支的火炬变成了一只一只的仙鹤，驾云归去。刚念小学二年级吧，他跟随父母去东北老家，在齐齐哈尔南边的扎龙湿地，看过成群成群的仙鹤，黑脖子丹顶，嘎嘎地鸣叫，旋舞着起起落落……那一个一个自由自在、无忧无虑的日子，想起来都如一颗一颗珍珠那样光滑圆润。

仙鹤毕竟只存留于回忆，存留在梦中，退而求其次，少年看到了一只——乌鸦。

那天他正在午睡，因了饥饿，他睡得并不熟。忽被一阵窸窸窣窣的声音搅扰了，睁眼看到窗台上一簇黑色的尾巴，转过来是一支尖喙，上吻略略突出，遮蔽了下吻。俄而，又见半只黑黢黢的身子，转眼又是一簇黑色的尾巴。这样转来转去的当口，鸟儿嘴里发出低沉的噗噗的声音。

少年进来十多天了，这还是在单间里第一次看到一个活物，心里一阵悸动，为突如其来的欣喜所紧紧攫住。他听得到自己粗重的呼吸声，他害怕自己的呼吸把鸟儿惊飞了，以至于闭住双眼，双手轻轻牵动薄薄的带点儿霉味的被子角，遮住自己的鼻子。直到憋得自己忍不住要咳嗽，却听不到一点儿动静了，猛然睁开双眼，却发现鸟儿不声不响地飞走了。

一股莫名的沮丧爬上了少年的眉头，试想，鸟儿不停地在尺把宽的窗台上转身子，还有啄食的窸窸窣窣，他都听得入耳，何以腾的一声飞出窗台，他却一点儿没留意到呢?！他此时当然可以起身了，却仍像活物儿还在窗台上似的，蹑手蹑脚。站在床上，少年双手叠加伏在窗沿上，望着远处葱绿的岭头，丛林里，枝柯间，有依稀的鸟鸣，有自由的跳跃，灵敏而警惕。他低头检视麻石垒砌的凹凸不平的窗台，除了薄薄的积尘，什么也没有啊。是的，他平时是把一只粗瓷碗盛着的饭菜搁在这上面吃过，每一粒饭每一茎菜都不可能遗漏在狼吞虎咽之外，包括每一丝盐味，都尽皆入腹，那么那只乌鸦在这里啄食什么呢?

要么是风雨挟带留下的草籽，或者，积尘里藏着肉眼难以察觉的虫卵?他读过《十万个为什么》，有一些鸟类尤其猛禽，其视力比人眼锐利百十倍，乌鸦也是吗?可惜在这里面，没有任何书刊。墙上倒是糊满了陈年的报纸，那上面除了千篇一律的口号和图片，可是一点有趣的知识都没有啊。

晚饭，他有意无意地撒落了一些饭粒在窗台上，待得看守将饭碗收走，他就躲在窗台后面窥视，鼻子贴着墙面，只露出一双眼睛。他隐约发现在那些家雀、灰喜鹊蹦蹦跳跳、你争我夺的过程中，还有一只一身漆黑的乌鸦时而站在树颠，时而隐身绿荫，却也在不停地朝他这边张望。有几次它已经飞出来了，可是在空旷的操场上盘旋了一阵，又飞回了丛林。莫非被它发现了?少年久等不至，直到眼睛也望酸了，身子也趴累了，这才收降了耐心，躺下去睡了。蒙眬之中，忽被惊醒，乌鸦来了，动静显然比前一次闹得更大，难掩意外的欣喜吧?

乌鸦显然不像上一次在窗台上觅食那么藏头顾尾，谨小慎微，它在啄食主人有意留下的饭粒美食之时，夸张的声响及身姿展露了一只聪明小鸟的理解、欢快与感激。少年最早读到《乌鸦喝水》的故事来自一本《伊索寓言》改编的连环画，他原以为既然是寓言，个中的乌鸦可以随意置换成麻雀、喜鹊、雨燕、戴胜、鹧鸪、斑鸠，乃至白鹭、彩鹬、长耳鸮……要延宕至一二十年后，他的身份由大学生毕业七八年，进而为一县的七品芝麻官，才得知，乌鸦的智商确非一般鸟类可比。素有加拿大哈佛美誉的蒙特利尔麦吉尔大学，有一位动物行为学专家路易斯·莱菲伯弗尔对鸟类进行过IQ（智商）测验，排出各种鸟类的一条智商曲线，得到的结论是，乌鸦是人类以外具有第一流智商的动物——注意，不仅仅是鸟类，其综合智力大致与家犬的智力水平相当。乌鸦个头比家犬小得多，这便要求乌鸦要有比家犬精致而复杂得多的脑细胞结构。乌鸦是动物界少有具有使用甚至制造工具达到目的物种之一，譬如它们可以借助石块砸开坚果，还能够根据容器的形状准确判断所需食物的位置和体积，《乌鸦喝水》的故事并非空穴来风，乃是真实反映了乌鸦思维的巧妙。

尤令人啧啧称奇的是一种大嘴乌鸦，俗称老鸹的日本亚种。在日本东京大学附近的一个十字路口，经常有一群大嘴乌鸦等待红灯的到来。待得红灯一亮，乌鸦快速飞下，把胡桃放到路面。等交通指示灯红而变绿，车子把胡桃铿然一声碾碎，乌鸦们赶紧再次飞到地面上饕餮一顿。90年代后期，少年——此时已然是某市分管工贸与招商引资的副市长，赴日本考察，特意到东京大学附近的几个主要十字路口盘桓，却是一只乌鸦也没看到，日本朋友告知，生态环境改变了，现在只有去远郊乡村才能看到大嘴乌鸦。副市长听后，嗒然若有所失。

接下来的午饭和晚饭，少年都要留一两口撒落在窗台上。无论留多留少，乌鸦都吃得干干净净。吃完之后，并不急着马上飞离。像是要表达感谢似的。双脚立在窗台朝内的边缘，一只小脑袋左转又转，那便是感谢的表示了。好黑的一只乌鸦啊！不仅全身无一羽不黑，连眼白部分也是黑黑的，准确点说，便是没有眼白。

少年后来央求看守到下一顿吃晚饭之前再收走他的碗筷，看守略一犹豫同意了。少年实在是太瘦弱也太孤单了，有一只乌鸦给他做伴，强过每日面壁枯坐啊。县一中的一位物理课老师，关了三个月放出去，人就傻掉了——那还不是从单间里得以脱身的呢。平日里少年在窗口等待乌鸦的紧张与兴奋，看守都偷觑了。这回少年得了饭后留下的粗瓷碗，也就有意留下了饭粒、菜汁，总之是有了一丝儿油腥与咸淡。乌鸦再来，窗台上一点儿余食也无。

乌鸦落在窗台上，放恣地转了两圈，情不自禁地哇哇叫了两声。叫声中不无惊讶与愤怒：你不是饿得太狠了吧！连一口食也没给我留下？

乌鸦提起一只右爪子，跺了两脚，正欲飞去。就在转身的一刹那，它瞥见了墙角床上一动不动的少年，还有他盘着腿旁边的饭碗。乌鸦一定是很快察觉了少年改变了留食的方式，伸展一对羽翼，噗的一声便降落在碗边。或许就是三两分钟吧，乌鸦便把饭粒菜肴啄食得干干净净，连少许汤汁也饮尽了。一副意犹未尽的样子，立在少年对面，二者之间隔着一只粗瓷饭碗。少年慢慢伸出一只皲裂的右手，手上的皱褶及裂缝里积攒着污垢。乌鸦后退了两步，那是嫌他脏吗？还是终究有些害怕？

可总得有点儿感谢的表示吧？

乌鸦围着那碗转了一圈，且不时用一只尖喙啄食碗沿儿。它将尾翼对着少年转圈之时，一点儿惧怕少年捕捉的意思都没有，这意味着它完全把少年当成朋友了。意识到这一点，少年没来由地一阵眩晕。

看守虽说对少年也不错，可是看守毕竟是看守，两人分属于两个不同的方格子，外面的方格子是白的，里面的方格子是黑的。看守就是送饭与取碗，都从未跨进来过一步，那种潜在的距离感，少年焉能不敏感。每次咣当一声，无论开门或者落锁，少年几乎都是低头不语的，只有接与送的动作，偶尔附上一句，谢谢。

人与乌鸦的亲密和甘芳接触持续了多久？多年之后与看守共同回忆，少年记得不过一两周，看守却记得长达两三个月。那时候，少年已然是一县之主，与看守讲话的时候，不免抱着双臂，眼耳却是倾听的。看守因为自家儿子的顽劣不堪，屡屡丢了工作，此时已不记得是第几次来央县长帮忙了，脸色与头颅都十分卑屈。

事实上，年代睽隔，纷纭万端。少年记不住在螺蛳岭羁押之时，在铁窗之内与那只再也寻觅不到的乌鸦，一共和平共处了一周还是十天，情有可原；看守将时间像拽一根不可救药的橡皮筋，无限拉长，讨好县长的意味也甚是明显。县长为人宽厚，只不去戳穿罢了。

将十来年前的现场还原，不过十天之后吧，拘留所被外人占领夺权了，所长连同看守都换了个里外干净，看守后来去了运输公司驾车。少年每顿饭后与乌鸦嬉戏一阵的细节，很快被新来的看守窥见，迅速报告上去。很快地，新任所长令院子里施工的一个木匠背了木板、钉锤，闯进来就在窗台上一阵乒乒乓乓地敲打。原本一扇敞亮的窗，顿时像是覆下了一只老鹰的羽翼，原本两个大致可通的世界顿时阴阳两分，只能从细微的罅隙中感受到屋外交换的昼夜。

那是一个如同橡皮泥可以随时捏扁搓圆的年代，少年感觉自己在黑屋子里已经到了神经承受的极限，接下来的每一时每一刻都可能崩溃。恰在这时，他被叱令出来，可以回家了。

少年微闭着双眼走到大门外，万千针芒从螺蛳岭那边的云彩中一起发射过来，一阵刺痛刺激得泪水涟涟。良久，他睁开眼，分明窥见在竹木林中，在家雀、灰喜鹊、石鸡、斑鸠的穿梭翔集图里，有一只浑身漆黑的乌鸦在偷偷地看他，有点儿生涩，有点儿躲闪，有点儿惜别。

随着少年的父母乃至一个庞然家族的逐渐复出，归位，少年自幼的颖悟、好学与进取，终究得到了酬报。他在L县执权握柄之时，才刚届而立之年。他曾是分管农林水的副县长，便常常上山下乡，就数螺蛳岭所在的山乡来得最勤。“以粮为纲”的标语不仅刷在农家墙上，还附着在某些口号式表述的文件之中，他就提出了“退田还林”。

生态这个词儿，嚼在嘴里还甚感生涩的80年代末，他就提出螺蛳岭一带的山乡，可以打生态牌、景观牌、旅游牌……

他事必躬亲，从规划蓝图到具体实施，打造了一个很快闻名远近的乌鸦生态园。其间当然也有中国社科院动物所、北京林业大学等动物学专业教授和研究员的功劳。

不知现在其他城乡是否有乌鸦生态园？起码，少年——现在应该称为县长在打造乌鸦园之时，国内外仅此一家。很长一段时间，县长工作之外就沉迷在乌鸦的研究里，以至于同学和朋友，不无谐谑地称他“鸟县长”或“乌鸦县长”。

大学同窗十周年的聚会，他出示了各种乌鸦的图片，侃侃而谈的是这个隶属雀形目鸦科鸦属，栖息于低山、平原和林地，林林总总有小嘴鸦、短嘴鸦、海角鸦、北美乌鸦、渡鸦、小嘴乌鸦、达乌里寒鸦、细嘴乌鸦、佛罗乌鸦、秃鼻乌鸦、棕头乌鸦、夏威夷乌鸦、墨西哥乌鸦、关岛乌鸦、大嘴乌鸦、寒鸦、古巴鸦、澳洲鸦、鱼鸦、棕榈鸦、家鸦、白颈鸦、灰乌鸦、长嘴乌鸦、白嘴乌鸦……分布在世界各地，在中国也有不少种，尤以秃鼻乌鸦、达乌里寒鸦、大嘴乌鸦较为常见。

在那一年L县举办的国际乌鸦学术研讨会上，同时成立了乌鸦研究协会，既然冠以“国际”之名，当然也来了一些国际友人，日本东京大学，以色列海法大学，加拿大麦吉尔大学……乌鸦研究协会，不仅做乌鸦的生物学研究，还做乌鸦的文学、文化学乃至历史学等跨学科研究。譬如他在专家提交的论文里读到，在古东亚的渔猎地区乌鸦也被当做神鸟来崇拜，日本有文献记载：神武天皇东征到熊野，在熊野山被敌军围困，天神派八咫鸟为其引路突围，八咫鸟就是三足的大乌鸦，后来日本国内建立了三千多家熊野神社祭拜乌鸦，影响至今。

那个看守又来找他了，看守所在的运输公司改制，只能买断工龄，看守这次过来，是央求县长给他换一个工作，说那个背时儿子肯定将来靠不住，趁自己还没老，得及早攒钱。县长请他吃饭的时候说，儒家经典和讲传中，乌鸦的“反哺慈亲”流布久远；三国两晋时期文学家李密写给晋武帝的奏章《陈情表》有“乌鸟私情，愿乞终养”的感人表述；中国的古琴曲中，有一曲《乌夜啼》至今被弹唱；范成大、张籍等都写过乌鸦诗。

看守并未听明白，却一个劲地点头。一个月后，看守被县长介绍去了一家民营公司开小车。

县长那个读初中的儿子名为：慈乌，源自白居易的《慈乌夜啼》，儿子打小就会背这首诗：

> 慈乌失其母，哑哑吐哀音。昼夜不飞去，经年守故林。夜夜夜半啼，闻者为沾襟。声中如告诉，未尽反哺心。百鸟岂无母，尔独哀怨深。应是母慈重，使尔悲不任。昔有吴起者，母殁丧不临。嗟哉斯徒辈，其心不如禽。慈乌复慈乌，鸟中之曾参。

乌鸦研究协会每两年召开一次年会，乌鸦园陆续扩容，在几个山头拢聚了十几种不同类别的乌鸦，成为远近闻名的景观，大大提升了L县的知名度。顶住各种压力的县长，升迁之后，依然顺理成章地被聘为本省农业大学动物学系的兼职教授。

在乌鸦园的建设之中，很多人自然也包括一些专家学者，都依据常理希望张挂起巨大的网罩，防止好不容易从各地会聚而来的乌鸦四散飞跑。县长坚决不同意，除了在一个山头留出一个乌鸦有限驯化与防疫的网罩，其他一律不罩；即使冒着部分乌鸦驯化之后又飞走的风险，他也不肯在眼前铺开天罗地网。

他认为，那于乌鸦及人，都不美。

（原刊《上海文学》2020年第4期）

珊瑚裸尾鼠

一

曹金柳老师决心阻击肖家父子——本小说主人公常常这样称呼她身边的两个男人——去澳洲。

难怪这几天见肖家父子一会儿兴高采烈，像是小子在艰难的奥数比赛中拔了个头筹；一会儿又屏气敛息，像是一大一小来到了无可救药者的ICU病房——后一种情况多半是当曹老师突然出现在他俩面前。

肖家之父肖台一是她的老公，场面上从俗称先生；肖家之子金台——在父母名中各取一字作为姓名，独生子能如此，也算家长的特立独行。人常说，女儿恋父，儿子恋母，令曹老师沮丧而不解的是，为何身为男儿身的金台偏偏恋父呢？如果此男儿的父亲像母亲一样，对儿子有求必应、百依百顺也就罢了，相反，肖台一对儿子的生活所需，常常是凡求必不应。

但凡鬼鬼祟祟的背后，一定有着不可告人的目的。为妻为母的曹金柳日益嗅出了那么一股子诡秘的气息。身为教师，她深知大人的一举一动，都与孩子的心灵能否健康成长瓜蒂相连，于是很快放弃了“讯问”孩子的念头。有过那么一两次，她装作漫不经意地翻看过孩子的书包尤其是日记本，事后还是忍不住自责，她曾经信誓旦旦地表示任何时候，都要呵护金台的内心，尊重他的隐私。如果在儿子面前做不到，她又何来自信在荔林学校的同学们面前做到呢？她可是荔林学校连续三年的优秀教师——这种殊荣，在主课教师那里都是凤毛麟角，在副课教师群里更是独领风骚，一时无两！

她一直克制着想查看一下老公手机的欲望，她忌惮不信任在一个和谐的家庭打开哪怕一星微小的缺口，却在下午课后，趁着年级组的同事们商量晚上聚会是吃粤菜还是客家菜，快步到走廊尽头，先给孙菁菁打了一个电话。

之所以给孙菁菁电话，一则她俩是闺蜜，二则她这几天发现，肖家父子在客厅里，频频查阅张挂在沙发后面的世界地图，一旦她有所关注，两人就很快闪开。那种警惕，与特务对接暗号有得一比。凭着一位美术教师不算太弱的观察力，她发现肖家父子的目光投射在南部湛蓝色海洋中的一片棕黄色的土地上，那儿分明是遥远的澳洲。

肖家父子在打澳洲什么主意呢？

若想满足一个小学生对遥远地理的渴望，最好的办法就是一一描绘出那儿特有的动物，袋鼠、考拉、袋熊……澳大利亚的国徽上还有该国特有的红袋鼠和鸸鹋。这些天远地远的动物果然都在金台废弃的作业本上、过期的书刊上、撕下的废纸上留下了各种轮廓，那些轮廓或是完成式，或是进行时。小学美术教师一眼就能分辨，哪一笔出自犬子稚嫩如雏的涂鸦，哪一笔出自肖医生老谋深算的添加。

在不经意的思索中，脑子里猛不丁地跳出一个人来，一个身材魁伟、绰号叫方头的黑脸男子，这个男子是一个设计师，曾有一个小型设计公司开在福田保税区的桂花路。设计师本姓方，名字既不好认，也不好念，曹老师见过多次都没记住，见一面就加了微信并记牢的是方头的太太孙菁菁。不仅因为孙菁菁热情好客、喜欢表达，与沉默寡言的方头恰成对照，还因了孙菁菁与曹金柳同行，都是教师，且都教副课，孙老师在罗湖区一所学校教科学。

电话中，曹老师问，方先生去澳洲半年多了吧？在那还好吗？她原本是想问立足了吗，灵机一动改了口；较之“立足了吗”，“还好吗”肯定更具有通用性，稳妥而亲切。一句话便引来对方的滔滔不绝，事无巨细地展列方头在袋鼠故乡的一举一动。好似方头不是与她相距万里，而是朝夕相处，耳鬓厮磨。这也难怪，孙老师与方设计师都是二婚，一般人的二婚若想将彼此的感情黏合得更牢稳，肯定要付出比初婚更多的努力。包括在亲朋好友的电话那头，也要不时洋溢出祥和、安宁与幸福的面容。

终于对方有了一个短暂的停顿，问道，你和肖医生什么时候有空？请你们一家吃饭啊，有几个月没见了吧？

曹老师答，是啊，好久没见了，我请你，请你是一个人，你请我们是一家三口，你亏大了啊！

孙老师沉默有顷道，我陪你们，是一陪仨；你们陪我，是仨陪一。到底还是咱赚了啊。不怕你笑我，一个大男人日夜在你身边纠缠，你会嫌累嫌烦，现在黄鹤一飞天地宽，你又会嫌空嫌虚。

曹老师笑了，每天百十个孩子在你耳边聒噪，还填不满你的空虚啊？

孙老师也暧昧地笑了，夫妻间的空虚，是别人填得了的吗？

忽然醒悟，曹老师今日来电话，该不会单为关心一个闺蜜不得已的分居生活吧？现在是微信取代一切的年代，就像七八年以前，短信覆盖了电话。遂问，听你讲话精神头儿十足，你们家熊大熊二还好吧？就因在大梅沙游艇中心见过一次，曹家两个男人蜷缩在沙发上，边吃薯条边看《熊出没》，孙老师就赐给曹家俩男人一对新绰号。只不过电视里是一双兄弟，沙发上是一对父子。

总算是把一只球踢到脚下了，这回轮到曹老师倾诉了。她把肖家父子的种种不端，从根到梢捋了一遍，譬如父亲为了让儿子在后阳台上观察两只刺猬侍臣乍见两只兔子公主的表情，大人帮小人抄写作业；又如父亲为了让儿子去看周末的岭南蝶蛾展，大人劫持小人翘课——那可是每小时二百五的钢琴课；还如父亲逼着腿疾未愈的儿子冒着小雨去跑“半马（半程马拉松）”，为的是培养小人的体力，暑假好去青藏高原追踪马鹿和藏羚羊……总而言之，肖家父子是狼狈为奸、沆瀣一气。只要是父亲的语录，不管中听不中听的，儿子一律照单全收。但凡建议建言来自母亲，即便包了糖衣、裹了缎带、镶了金边，那小子也从不会痛痛快快地、不折不扣地执行。

曹老师虽然是充满抱怨地一一条陈，孙老师却听出那是一个含辛茹苦母亲的欲扬先抑。她佯作同情地表示，那一对父子再要这样站在同一条战壕里，与伟大的母亲作对，母亲最好的办法就是撂挑子，做饭、洗衣、购物、搞卫生……一应家常琐细，都交给男人去打理。那头公熊可不能在地里撒了种、出来苗，就不管不顾了，只负责自己吃和睡，养足精神再去与其他母熊调情。

曹老师猜想闺蜜是误解了她的意思，她告诉孙老师，迄今为止，肖医生还算是一个很顾家的男人，除了在医院值班，很少出去应酬。肖医生说过不止一遍，就算外面的酒店没有地沟油、陈化米，全是店家宣传的真材实料打造出来的山珍海味，他也还是喜欢吃老婆做出来的粗茶淡饭。他的爱好除了去大鹏湾海上做帆船场地赛的业余水手，便是带儿子做户外运动——游泳、跑步与登山。

是啊，肖医生就是跟我们家老方在高总那条汉斯（HANSE）帆船上拉帆认识的，他俩成了哥们儿，我俩才成了姐们儿。孙老师咯咯的笑声很是清脆，这么漂亮的笑声很容易吸引一个未婚或失婚的男人。孙与方是在各自失婚两三年之后走到了一起，方头的第一次婚姻留下了一个女儿，归了前妻；孙菁菁则尚未来得及生育，就匆匆结束了对初婚的美好憧憬。

孙老师银铃般的笑声——世人通常都是这样形容女子笑声的动听——只是她下一段演说高潮将至的过门，曹老师赶紧将这次电话的意图兜出：

最近肖医生与方设计师有无联系？

曹老师告诉孙老师，最近观察到肖家父子，频频在地图上察看天下大势，目光多半停留在澳洲那块最大的遥远而陌生的土地上，不知有什么不良企图？曹老师想了好几天，肖医生与那个袋鼠和考拉的故乡，从国会议员到农场羊倌都没有一星半点的瓜葛。要想与那里搭上一丝儿关系，非得经过方设计师的门槛不可吧？

电话那头沉默了足足半分钟，才有一声叹息，曹老师你真是神探狄仁杰啊！咱家方头不让我跟你说的，可是也瞒不过你啊，你家熊大熊二准备去一趟澳洲耶！

是这个暑假吗？

好像不会等到暑假耶。

怎么可能？！

是耶，说是很快就会出发的。

不可能！金台小升初，正是最紧张的一年，怎么会翘课那么多去澳洲？绝不可能！

不可能的是你我，只有你我这样老实巴交的老师才会像齿轮和螺丝钉一样，钉牢在课堂上。

孙老师的话有一些悻悻然，曹老师呜里哇啦地连说几句不可能，就把电话掐断了，再不掐断她没准会大放悲声。如果说，肖家父子做出了那么重大的决定——且不说这背后有着怎样的义正辞严——却包裹得严严实实，远在天边和近在眼前的朋友都知晓了，唯独瞒着为人妻为人母者，这夫妻间还有忠诚和信任吗？

夫妻间不信任，等同于不忠诚，是可忍，孰不可忍！

鉴于认识孙老师两三年以来的为人处世，还有挂电话前她悻悻然的语气，曹老师没有理由怀疑她是想象与虚构，人家在外国语学校，教的可是科学课！

二

曹老师决定放弃年级组开学之后的首次聚餐，跟年级组长、一位五十出头的男老师觍颜说，来例假了，浑身不得劲。组长盯着她看了两眼，关心道，你脸色是不大好，回去多躺一躺。我家那位很多年都是这样，一来就像生了一场病。直到去年再不来了，这才告别了一月一病。

到校门口，恰好驶过一辆蓝色电动的士，一招手上去了。张口蹦出：地铁益田站A出口益田大厦，就再不想说话了。

家住益田村，私车有一辆丰田2.0。在深圳的夫妻俩一个医生一个教师，养一个孩子，其家庭收入，各配置一辆小车绰绰有余。可是肖医生却一直反对，他的理由是，中国人口多，如果像西方一些国家那样，成为轮子上的国家，会是全民的大灾难。他上班情愿乘地铁，如果出急诊就打车。曹老师赌气道，你不买就别坐！肖医生默认了。快十年了，曹老师成了这辆丰田当仁不让的主人，出乘率十之八九。今天因了曹老师有晚聚，或不免喝两口，这才早上出门前，将车钥匙递给了肖医生，让他负责接金台回来。

进得家来，门后换了鞋，把手提包往柜子上一扔，几步过去斜躺在了沙发上，对面便是一只椭圆的立镜。虽然年届四旬，曹老师依然保持着谦卑而非浮夸的身材，一身麻灰色的套装温婉却不失妩媚地勾勒出四面的曲线。每天上班前，她会快速却依然精致地画一个简妆，那套从香港莎莎买回的纯动物毛的脸刷、眉刷与唇刷，会把一个刚刚进入中年行列女子的面容，坦荡地保留在自信满满的起跑线上。

喝了几口温水，对着立镜正位、双侧位地照照。倏忽起身，将厅堂里的大灯小灯餐灯背景灯……一一打亮。

叉着腰，左右转转，走走，偶见立镜里一个与平素迥异的陌生女子，居然凶神一般地丑陋，立刻过去把镜子扭了一个身。镜子背面是曹老师和肖医生当年结婚照的孑遗，透出一股子褪了色的甜蜜。看了更让人生气，于是从衣架上扯下一件肖医生的西装，给不知趣的立镜兜头套上。

她脚步啪啪地走到前阳台，将灯光解放；旋即又来到后阳台——这里是金台的小天地，准确地说，是肖家父子合谋的领土，为人妻为人母者，则很少涉足，要过来也是搞卫生。

她将后阳台灯光打开的同时，两只蜷缩的刺猬，更加警惕地拱起了背脊，惊惶地向更深处躲避。一白一灰两只兔子以为是它们的主人，带来了可口的青草与胡萝卜，一旦察觉所来非善，原本欣喜摇摆的两对耳朵很快耷拉下来，兔头也急速转过去了，留给愤怒女人的是两只高高拱起、瑟瑟发抖的兔子屁股。原本这里还陆续驻扎过猫、狗、蛙、蛇、蜘蛛……甚至一只给鸡拜年，没安好心的黄鼠狼——学名黄鼬。这些人间常见、未必家家都有的宠物，要么来自宠物市场，要么来自菜市场，要么来自路边怜悯的收留。最多的时候，有七八个不同动物家族在这里聚会，喧闹；是女主人旷日持久的反对与抗议，迫使肖家父子一步步妥协。素有洁癖的女主人不仅出示了皮肤过敏反应的各类图片与报告，还下达了搬去学校租住单身宿舍的最后通牒。熊大这才带着熊二，含泪将动物家族送人的送人，放逐的放逐。以至后阳台曾经归零，落得一片空荡荡的真干净，真安静。年初新入住的两只兔子，则是金台加入了课外兴趣小组，要写观察日记的不得已留下的“备注”。紧随其后的两只刺猬，是曹老师心一软，见儿子在上学期期末考试得了语文数学双满分之后的一份奖赏。

现在看到两只缩头刺猬和两只拱起屁股的兔子，一股子奇特的尿臊气顽强地钻进了她的鼻孔，因为混杂了肖医生每天用来苏水搞卫生之后，又喷洒了芳香剂，更显得不伦不类、人间少有而难以忍受。

谁让爹妈给了曹老师一对接近比格犬那样灵敏的鼻子呢！

痒！一股细如丝线游走如蛇的瘙痒，从大腿蜿蜒上升，很快穿过了腰肌、肚腹，向四周扩散。有那么片刻，曹老师像被电击一般僵直笔立，她想体会那种很久没有过的感觉，是大脑幻觉还是身临其境？很快地，她在心里叫了一声妈耶，迅速退出，砰然一声关严玻璃大门，空留一片璀璨的灯火，照得四只不招女主人待见的动物无处遁形。

她甚至也不去厨房做饭，厅堂、卧室、阳台到处都大放异彩，唯独那个通向肖家父子幸福肠胃的厨房一片黑暗。

她要令赌气的氛围四处弥漫，充溢原本和睦的空间。

女主人就在这种郁闷与愤怒的情绪中走来走去。后来也真是累了，吃了两块饼干，再喝了几口温水，退到沙发上去看电视，电视频道换来换去，她一个句子也没听明白，矫揉造作的播音员都在扯些什么？

昏昏沉沉地睡了，忽觉身上悄悄搭了一条毛巾被。

她一把扯开覆盖，倏然起坐，这才见肖家父子，一前一后，两人大概刚从商场回来，肖医生手里提着盛满物品的大袋子——那是他每次出门必带的一只印有“环保购物，其责在我”的购物袋。金台双手反在后面，怯生生地拖着一只新买的拉杆箱，棕色的箱套上印着方方正正的“古思图”三个白字。

曹老师哼了一声道，我倒要看看你们俩在古思图干什么样的勾当！

她跨一大步过去，一把夺过儿子身后的拉杆箱，比脱衣服更利索地扯去箱套，打平箱子左右咔嗒了两声启开箱盖，暴露在一个愤怒的母亲面前的是：一副蓝色的面镜，一对绿色的脚蹼，一身藏青色的潜水衣，还有一些零碎小物件，总归都与大海有关。

她质问儿子，你放学以后不及时回家做作业，跑去买这些东西做什么？不会是想去深圳湾大桥跳海吧?!

大概有生以来从未见过母亲如此这般光火，这般恶毒，金台脸色煞白，嘴唇如风中芦苇簌簌发抖，转向一旁不知所措的父亲求援。

父亲尴尬搓手，上前道，不就是买一点东西吗，准备带他去……学游泳和潜水的，发那么大脾气多不好。前不久谁还跟我讲来着，你们家曹老师是荔林学校最温和的老师。

曹老师啐了一口道，我才不要听你的甜言蜜语呢……

忽然听见门边鞋盒旁有几声唧唧，瞪眼发现那是一团白色的东西，在一个房形铁丝笼子里蹿动。曹老师顿时浑身坟起疹子，连肠子都痒起来了，发抖问道，那，那是哪里来的老鼠？

金台麻着胆子道，妈妈，那不是老鼠，那是仓鼠，叫雪球仓鼠。

曹老师一弯腰，抄起两只拖鞋就朝鼠笼子砸过去。那只一身白毛如霜雪，两眼殷红似玛瑙的仓鼠，大概自出生以来，从没见过如此恼怒的女主人，吓得“抱头鼠窜”。女主人犹不解气，恨声连连，转身抄起了一只楠木凳子，作势要乘胜追击。

肖医生赶紧双手擎住。

金台哇的一声吓哭了。

夫妻俩在空中僵持的四只手愣了一会儿，一道垂下了。肖医生松开双手，抚着儿子的头道，不怕不怕，咱不惹妈妈生气，儿子进里屋做作业。他一边把拉杆箱合拢，归立一旁；一边蹑手蹑脚过去，轻轻提起仓鼠笼子，欲往后阳台去。回头的那一刻，才发现儿子蒙住双眼在那里偷看，哭是演戏啊！

曹老师的胸脯仍如山峦起伏，气息难平道，站住！你们今天不把这只老鼠扔了，就别想进我的家门。

正要进小房间的金台嘴巴一咧，又做哭相。肖医生竖起左手食指，挡在鼻嘴之间道，好好好，我们金台买这只仓鼠，也是为跟同班同学一道做科学课观察用的，阿福家养了两条狗，一条萨摩耶，一条泰迪。他们六（二）班四十多个同学，每个人家里养的动物都不大一样，这是老师布置的，希望多多观察，互相交流。

说着，肖医生已经把仓鼠笼子放到门外去了，进门时，还与仓鼠做了一个告别的手势，那意思大概是，别急，我跟你兄弟金台很快就会来看你的。

见儿子进自己的小房间做作业了，肖医生过去悄悄带上门。瞥一眼黑漆漆的厨房，进去开了灯，取下围裙腰间一拦，打开冰箱看看道，今晚本医生客串厨娘，菜单是清炒丝瓜、肉末四季豆、香菇菜心、清蒸黄花鱼，外加一个紫菜番茄蛋花汤。随着油锅爆香，医生的嘴里也哼出来不成调调的小曲，厨房门也被关上了。

待得肖医生将四菜一汤做好，已经半小时过去了。曹老师换了一身便装，从卧室拖了一只玫瑰红的新秀丽箱包出来，径直朝门外去。双手端着饭碗的肖医生一惊，赶紧迎上去拦住道，你这是干吗呢！

曹老师立定问，你告诉我，你是不是准备带金台去一趟澳洲？

肖医生尴尬道，是的，不是，准确地说，是去澳大利亚，本想今晚……想跟你商量的吗？

曹老师气愤道，你跟别人都商量过了，还用得着跟我商量！你是想不到暑假就去？

是的，肖医生自知理亏，嘟囔道，有些事情，太晚了就来不及了。原本不想带金台去的，他知道了，吵着要去。我想去一趟也好，让儿子长长见识。

他都六年级了，下学期就小升初了，你可以旷工，他还能旷课吗？现在竞争这么激烈，你疯了吧，上学重要还是旅游重要?!

这不纯粹是旅游，是考察……

哪里他妈的不可以考察！她骂了一句粗口。

肖医生一愣，沉下脸道，你怎么可以这样无礼，像是一个……

我无礼还是你无礼？你们俩都要出国了，别人都知道了，你老婆我还蒙在鼓里。我无礼还是你无礼？你们想跟老鼠兔子刺猬乌龟王八蛋过，你们过去！我走……说着，曹老师跨出门去，砰一声关上门。她的怒不可遏都在那一声巨响之中释放了。

结婚以来，肖医生已能从曹老师胸口的起伏弧度，判断她生气的等级。老婆摔门而去的刹那，他冒过上去拦截的念头，为不吓着孩子与惊扰邻里，终于止步。

他身后有一只小手拽衣襟，回头看是金台。他不知什么时候出来了，满脸写着担心问，妈妈要去哪里？

肖医生牵着金台的手到餐桌边，故作轻松道，你老爸是如来佛，她哪儿也跑不了。

吃了几口饭，金台抬脸问道，老爸，如果你是如来佛，我妈她是谁？是孙悟空吗？有人讲孙悟空是男的，网上也有把她叫“空姐”的？

男孩到了十二三岁，正是百事奇的年龄。肖医生吃不住这么一设问一铺陈，只有敷衍道，你看他是谁就是谁，空姐也好，的哥也罢，正如你看老爸是谁就是谁一样。

好在百花小学的小学生，对眼前这位深圳医院的医学博士、消化内科的副主任医师从不刨根问底、穷追猛打，倏忽放下筷子，跑到他自己的小房间去，很快取出一沓纸片来。里面是用铅笔、圆珠笔和各色蜡笔画的鼠相。

趁着老爸看图片的当儿，小学生惊呼道，我的仓鼠乖乖也饿了吧，还是在车上喂过一次的。说着就跑后阳台去了。原来，趁老爸老妈一个在厨房里炒菜，一个在卧室里收拾东西，小子把门外的仓鼠拎去了后阳台，此刻又拎回了客厅。

肖医生一边吃饭，一边翻看，儿子把不同署名的田鼠、冠鼠、仓鼠、竹鼠、非洲刺鼠、琉球刺鼠、澳大利亚珊瑚裸尾鼠……画得大同小异，只不过色彩纷呈而已。想想也是，世界上哺乳动物有四千余种，而以鼠为代表的啮齿类动物就多达二千八百余种，这就意味着，世界上每两个哺乳动物中至少有一个甚至一个半是鼠类，就是啮齿类动物学家，也未必能画出每种不同的鼠来，何况一个小学生！

最后一张画，是一个葬礼，荒郊野岭，一群叉手叉脚的大人和孩子，围成一圈儿，中间是一个坟冢，边上放置两盘硕大的缀满白花的花圈，挽联上写着：

地球上最后一只珊瑚裸尾鼠逝世

珊瑚裸尾鼠千古

后面的两棵大树上有猴子、兔子、刺猬、公鸡……还有几只鼠，一并在那上面看热闹。肖医生问，儿子你这树上画的什么啊？老鼠还是松鼠？

金台不屑地答道，松鼠是一条大尾巴啊，这一看就是珊瑚裸尾鼠！

你不是给地球上最后一只珊瑚裸尾鼠都举行葬礼了吗，怎么还会跑到树上去？

给它举行葬礼的时候，它又活了啊。重生就是从天上来到人间，先落在树上，再到地上，最后才到布兰布尔礁石上的……

不错，还记住了布兰布尔礁。

肖医生觉得这几天给金台讲的“珊瑚裸尾鼠”的来龙去脉，已然给他留下了深刻的印象。他叫儿子洗手过来继续吃饭，心里却惦记着，曹金柳老师现在会是在哪儿？

儿子匆匆洗手后，回到餐桌边，面有得色地诵道，布兰布尔礁在澳大利亚昆士兰州东北部的托雷斯海峡、大堡礁的最北边，面积约为五万平方米，上面覆盖大面积草地，最高点海拔不到三米。

肖医生一顿饭吃得心不在焉，问，你妈妈是不是去孙老师家了？

儿子迷迷糊糊地答，或许是吧，她俩玩得可好呢，穿一条裤子还嫌肥。老爸，你说我们这次澳洲行，能成吗？

儿子的关注点高度集中在能不能如意跟老爸飞去澳洲，对母亲的愤然出走，并没有伤心或挂念的意思。肖医生伸出一根食指，几乎要戳到儿子额头上道，曹老师要是知道她出走了，儿子并不难过，她肯定会难过了。

平日里，你要耐克买耐克，要阿迪达斯买阿迪达斯，她事事依着你。她时时刻刻把你学习的发条上紧，我时时刻刻把你学习的发条放松，看来，这次你是不能去了啊。

儿子抗议道，我要去！你没有把我放松，你带我去哪里回家都写了观察笔记的。我们老师也讲了，走进大自然就是不功利的最好的学习。

为了收拾回来一点对母亲的挂牵，儿子起身拢拢菜盘子道，我们给妈妈留点菜吧。

吃饭间，肖医生已经给他猜想到的曹老师的去处，用不同的语态发去几条微信。

收到的有效回复，果然来自孙老师那里，她的微信说，熊大熊二不用给曹老师留剩饭剩菜了，我们在海鲜城吃大龙虾呢。

三

曹老师出门之后，很快就后悔了，为肖家父子一次尚未启动的澳洲之旅就大动肝火，弃家出走，似乎用力过猛了。原以为肖医生会不顾一切冲出来，将她连哄带抱地拉回去，却未料他装模作样拦了一回，就没了后续动作，这才令她自怜与绝望。

站在楼下路边，连过两辆“蓝的”向她示好，她都没耐烦地挥挥手。她要想一想，“娜拉”如果真是出来，应该去哪里过夜才好。此刻想到去姐姐家，姐姐家在龙岗太远，外甥女今年中考，复习正紧张不说，扰乱人家思绪是其一，明天回学校上班不便是其二。学校的单身宿舍有一拨儿年轻的同事，也可以去挤一挤。本校年过三旬未嫁的大龄女教师有好几个呢，从来都是你跟人家阐发女大当嫁的好处，这下好，摔门而出，灰头土脸，正好给你平时苦口婆心劝嫁，戳了一个反例！

正犹豫间，手机响了，料得是肖医生打来的，一惊一喜，却跟了一股气猛然上蹿，赌气不看、不接。响了一会儿停了，再次响起，掏出来一看，一前一后两个电话竟然都是孙老师打来的，对方问，在吃饭吗？一个朋友给送来两三条好大的海鱼，说是给盒马超市送的也是这种，我一个人在家哪里吃得完！等会儿你叫肖医生过来取，还是我给你们送去？

还没吃……一句话卡了半句在喉咙里，便哽咽了。

怎么了？是学生欺负咱家的优秀教师，还是熊大熊二欺负咱家的优秀家长？过来告诉我，我帮你出头论理去！

一个小时之后，曹老师已经到孙老师家里吃罢饭，也将一肚子苦水倒了个一干二净。孙老师给闺蜜煎了一份银鳕鱼、一块七成熟的牛扒，外带一份青葱的蒜蓉芥蓝。曹老师忍不住打了一个饱嗝道，吃了你家的饭菜，任是什么饭店都再诱惑不了我了！

孙老师不以为然道，要是男人也像你这么单纯就好了。张爱玲女士讲，通往男人心的路是胃。那倒要看通往什么样的男人的心，喏，比今日更好的饭菜也没拢住那个人的心，还不是跑到天远地远的澳洲去了！

方设计师吗？还不是为了自己的爱人，从平面设计走向人生设计，为开辟一个新的天地打前站去了吗！有多少人想走还走不了呢！

这话显然孙老师听了受用。半道夫妻中的女人，最怕的就是明明看清了眼前的一片绿洲，转瞬间变成戈壁滩上的一道幻影。

孙老师不避隐私地跟闺蜜絮叨了自己的过往，第一段婚姻的失败及其大致的因由，听起来跟任一离异女子的理由大同小异。与方头结婚之后，原本是他想再生一个，她不想，年纪大了嫌累；后来她想要，他又不想了，他的理由跟大多数人不一样——认为地球坏得太厉害了。方头是跟你们家肖医生在高总那条帆船上认识的，受他的影响，才成了一个无可救药的生态主义者。方头认为按照现在这样地球气温上升的速度，不用等到子孙后代，到子这一代就够呛了。他想找一个生态环境相对较好的地方去安顿后半生，所以大半年前去了遥远的澳洲。

大概知道曹老师肚里有疑问，不大好问，孙老师代她发问并作答了，你或许想问，为什么他口口声声认识了我之后，才知道真有不可须臾离开的男女情感，现在他一个人先走了？一个他是自由职业，且搞设计是通用货币，走到哪里都吃得开；二个他要过去边做边看，才弄得清如何才好办移民。

曹老师幽幽道，人家办移民首先考虑到的是经济条件，你们家有个财神，不必担心这个，谁能跟你们家比啊！什么时候你们家的火车头安置好了，第一节车厢里有你，第二节或者三四节能不能有我啊？

是真的吗？你真想出去，就要早做盘算。孙老师与曹老师相向击掌道，第二节车厢就是你和我，熊大熊二让他俩乘坐第三节车厢。其实啊，方头与肖医生两人更像熊大熊二，不是亲兄弟，胜似亲兄弟。

女人说到亲密处，身心完全释放。孙老师原本就只穿一件无袖短衫，曹老师也将外衣脱了，露出圆滚滚的两筒雪白的胳臂，自惭道，也不知道这每天在忙什么，任凭肥肉到处疯长，两年前能穿的衣服，现在很多都穿不了了，捐的捐了，送的送了。

孙老师开启了一瓶2005年的波尔多红葡萄酒，边倒酒边叹气道，认识方头之后，很少买衣服了，不是不想买，是买多了方头皱眉头。她不喜欢看老公皱眉头，喜欢看他眉头舒展的样子，就像大鹏湾一年四季灿烂的阳光。方头给她分析，她年幼丧母，后来又经历婚姻失败，买买买其实是在不断填补心灵的空虚，说到底是一种心理疾病。有些男人的分析就像绣花针一样尖利，针针戳到痛点。

曹老师当然听得出眼前这位盛情款待她的女友，心里往外溢出的都是对远在南太平洋那个国家打拼的男人的爱慕，过于外向的性格与过于寂寞的日常，构成了一个鲜明的反差。她声声附和，一个女孩变成一个女人，常常都经历了无可置疑的改变，这种改变就包括身边和枕边的男人带来的。你看看，就一个儿子，既不随父姓，又不跟母姓，除了他肖医生，谁能这么想得开？她以前洗洗洗，大人小孩的外衣，几乎每天都要换洗。肖医生每次听到阳台上那台西门子滚筒洗衣机转动，就眉头紧锁，正告她，每洗一件衣服都要产生一千九百条微塑料。见到她将卧室里清扫出来的头发、碎屑，顺手倒进抽水马桶，更是大惊小怪，说每一样冲进水里的垃圾，经过各种循环，最后都会以不同方式回到我们的餐桌上。

肖医生曾给太太看了一则国外的报道：美国亚利桑那州立大学环境健康工程中心呼吁：别把隐形眼镜扔进马桶。他们经过调查与研究，美国有四千五百万人戴隐形眼镜，污水处理厂每年会收到六到十吨的一次性塑料镜片，这些镜片进入大海之后，细菌能把它们分解成无数的微塑料，成为海洋垃圾中的一员，不仅损伤珊瑚及海洋环境，最终还会进入各类海洋生物体，通过流动的生物链，转一大圈之后又回到人类的餐桌上。

曹老师放下刚喝一口的汤碗道，想到人家废弃的眼镜片成了自己的盘中餐，是什么味道？听多了他的唠叨，真的是洗脑了。原来我是天天洗洗洗，每到晾晒一阳台的衣物，就好有成就感。现在呢，懒散多了，外衣一周或两周才洗一次。原来几勺洗衣粉才洗两件衣服，看到洗衣机玻璃门内满屏的白泡泡，才觉得清爽；现在基本不放或者放半勺洗衣粉洗一缸，搁多了，就觉得菜汤里都是洗衣粉的味道。物质不灭，轻松甩出去的，都会不依不饶地跑回来……你看我是不是中了肖医生的蛊惑了？

俩女人且谈且饮，谈得放恣，饮得尽兴。

吃罢饭孙老师带她过去看卧室的衣柜，原本一个大大的衣柜装不下，还在边上晾了一根金属杆子，足有两三百件之多，现在的衣柜三分之二都是空的。她的衣物大都送给亲戚朋友了，父亲患病那年请一个阿姨照顾了半年，几乎每月送阿姨一大包衣物，弄得人家后两个月的工钱都不好意思要了。

曹老师一旁感慨道，要改变一个女人，说难也难，说容易也容易。我跟儿子以前都有牛仔衣裤，自从听肖医生讲了几遍，做牛仔衣费水，洗牛仔衣也费水，我就再不买了，也不穿了。金台小小年纪，受他影响更快更深，不肯我洗衣服，还常常把穿过的衣物藏起来，或者自己搓两把就晾出去。他哪里洗得干净，我一闻还像是醋缸里捞出来的！

看完了衣橱，再看阳台，曹老师心嘴如一地赞叹，孙老师的几间房子包括阳台，跟她的衣橱是一个风格：极简。

孙老师见她眼神犹疑，问道，要不你今晚就在这儿睡吧？反正换洗衣服都带出来了。人都出来了，就别放心不下了。

曹老师不好意思道，除了挂记金台，她没有什么放不下的。又加了一句，如果这时候他要带金台出国，我是万万不会答应的。

女人的心思，还是闺蜜能解。孙老师明白，这会儿她要回去，也得有个台阶下咯。便不管不顾地打开免提，与肖医生通话。她告诉肖医生，俩闺蜜已从海鲜城吃饱了大龙虾，回到她的小窝里了，他是来接她呢，还是让她在孙家留宿，由他决定。作为一个男人，千万不该的，还不是并非假期，有一个带儿子飞去澳洲的决定，而是做出这样的决定，居然瞒着孩子他妈！

那边啊了一声道，还不是想给她一个意外的惊喜吗！

还惊喜呢……曹老师一听他的狡辩就叫了起来。

孙老师赶紧关了免提，在唇边竖起一根噤声的食指。她走过去，走过来，声音忽高忽低，大意都是在讲曹老师如何如何地好。

那边唯唯。

孙老师下指令了，既然你讲了曹老师嫁给你之后，从来没有这么生气过，不管你是无心之失也好，有心之过也罢，总归是你不对……你就不要给她叫网约车了，违反一次环保原则，开车过来接她吧。万一网约车司机是一个钓鱼的，把一条美人鱼钓走了怎么办？我可担责不起哟！

肖医生唯唯。

四

孙老师跟踪着闺蜜的夫妻情感，虽然平地起了一道波澜，却很快和好如初。

至于肖家父子是否如愿以偿去了澳洲，她所知晓的结果是，金台没去，他老爸于4月中独自飞往。并保证去后，每天发视频回来给妻儿欣赏。

这一应信息，孙老师都是从她老公方头那儿得到的，令她对闺蜜曹老师咬牙切齿，难怪人家说了，再好的姐妹，也抵不过×××的男人。

却是由衷地开心。

其实，方头去了澳洲之后，总要在就寝前与孙老师视频通话近一个钟头，悉尼与深圳的时差也不过正负两小时，肖医生在那边的活动，点点滴滴，她都了如指掌，一点不比曹老师滞后。

方头是在悉尼机场接到肖医生之后，住了一个晚上就一起飞往昆士兰州最北边约克角半岛的凯恩斯——一个堪称袖珍的小机场。之后乘了几个钟头的汽车，驶抵大堡礁的最北端，与东北部托雷斯海峡隔海相望的是威尔士亲王岛。一百七十四年前的1845年，英国海员们就是在布兰布尔礁进行饮用水和食物的补给时，发现了一只体形庞大且不寻常的老鼠，它有着古怪的、隆起的鼻子和棕红色的毛——这是人们第一次发现珊瑚裸尾鼠的存在。十年前珊瑚裸尾鼠最后一次被人类看到；2019年2月，澳大利亚环境和能源部在官网公布了该国濒危物种名录的最新修订版，珊瑚裸尾鼠被从濒危物种类别挪到了灭绝物种类别。

黄钟大吕轰然响起，绝大多数人却毫无察觉。

澳大利亚科学家认为，这是史上第一种因全球变暖而灭绝的哺乳动物。

有了第一，很快就会有第二、第三……只要全球气温上升势不可当，这就是披着黑色大氅的死神的一支所向披靡的锋利箭头。

曹老师和金台陆续在视频里看到了如下的画面：

尽管是深秋，约克角半岛依然炎热如夏，肖医生和方头身着T恤，依然一头一脸都是汗。这或许与他俩不停地奔走也有关，再是心情的焦虑与起伏。

此东北角不仅没有游人，连居民也不多，即便是威尔士亲王岛都无人居住，更不用说布兰布尔礁了——随着海平面上升，早已开始日渐缩小。找不到舟楫可渡，就去不了当年英国海员发现珊瑚裸尾鼠的地方。近一周的盘桓与寻找出海的船只，几乎消磨掉了两个男人的体力，也一点点销蚀掉了两个男人的自信与耐心。干粮与补充电源几乎消耗殆尽，消耗殆尽的还有一辆租来的雪佛兰越野车的油缸。第七天早上，正当他俩准备后撤之时，但见一只帆船漂浮在海滩边，原来是两个来自新西兰南岛的小伙子，因大风骤然而起，偏离了固定方向，发动机出了状况漂到此处，面对不能启动的帆船抓耳挠腮、一筹莫展。

肖医生和方头上船之后，凭着在深圳汉斯帆船上做业余水手的经验，进到驾驶舱鼓捣了个把小时，终于将船发动了。

俩小伙子高兴地跳了起来，明白了他俩想去布兰布尔礁，俩小伙子表示了极大的回报热情，测定风向，定位之后直接向目的地驶去。

上了布兰布尔礁，两个皮肤晒得有如风干的山楂的帆船手，对两个中国人不远万里，特意赶来寻找与凭吊刚刚灭绝的哺乳动物珊瑚裸尾鼠大感惊诧。在他们的印象中，中国人很勤劳，很能干，很能吃苦，很能挣钱，也很喜欢去casino（赌场）赌钱，同时也很克制，很少动感情，现在怎么会为生态环境的变化这么伤痛？不远万里，来到布兰布尔！两人的拉帆、依据风向与浪潮转向都那么老到，尤令他俩啧啧称奇。

放眼望去是一片灰白色的突兀的礁石，海潮不断涌动的灰白之上，间杂着不知名的低矮的灌木，点点深绿。更远处，还有一小块一小块起伏的草地，黄绿相间；再远，便是湛蓝的大海，与天际一色，浩瀚而庄严。新西兰帆船手奇怪地看着两个中国男人烧纸——烧的是肖医生儿子画的各种鼠类，也包括珊瑚裸尾鼠。医生和设计师解释了半天中国传统的祭祀方式，最后也不知道俩帆船手听懂了没有。烧纸之后是点燃两根红烛，双手合十，朝天地及大海，拜了三拜。

最后，他俩在礁石缝隙里，戳了一块带过来的石牌，白底之上镌刻着一行黑字：

珊瑚裸尾鼠发现与终焉之地（1845—2019）

告别新西兰帆船手之后，肖医生与方头驾车回返。

很长时间两人都默默无语。直到即将进入一个小镇，开车的方头才问，你在想什么呢？

肖医生答，我应该坚持带儿子来一趟的，收获会比他坐在教室里大太多太多。俄顷又问，你呢？

车进小镇，方头猛踩一脚刹车，车身前后剧烈震荡了一下，停住了。他双手搭在方向盘上，失态地叫道，那么一个天远地荒、绿草如茵的岛礁上，地球上第一例因气温上升而遭殃的哺乳动物，偏偏在那里灭绝了，这是上苍的旨意吗？！

回到悉尼，因为赶上班，肖医生一天没敢耽误，持着事先改签好的机票去了机场。在登机口，方头给了他一个结实的拥抱，却什么也没说。

登机之后，肖医生收到方头发来的一条微信，只有八个字：普天之下，同此凉热。

孙老师从当晚得知，老公即将启程回国……方头在视频通话中连连摇头道，没有诺亚方舟。一个大男人说着说着，竟然呜呜地哭了。

肖医生回到深圳，将澳洲此行做了一个视频文件，给金台做了一个详细的解读，聊补对儿子违约的歉疚。

在荔林学校的美术课堂上，曹老师布置同学们五一期间任意做的家庭作业，就是观察身边的各种小动物，勾画出它们的生活百态。或许一段时间以来，在家里耳濡目染，她在课堂上给学生讲了、画了太多的珊瑚裸尾鼠，同学们看了老师展示的图片与视频之后，大都希望画出这种已然在地球上消失的小生灵。

周末，金台在睡梦中忽然大声叫道，快来看啊，我们的笼子里进来了一只珊瑚裸尾鼠!

隔壁听到儿子梦呓的父母赶紧起来，一个去安抚梦魇的儿子，一个到后阳台去查看，肖医生刚走到阳台边就惊住了：笼子里那只雪白一团的仓鼠不见了，取而代之的是一只体形庞大且不寻常的老鼠，它有着古怪的、隆起的鼻子和棕红色的毛发……

（原刊《人民文学》2019年第9期，为《小说月报》第11期，《新华文摘》第23期转载，收入《2019年中国短篇小说精选》，中国作协创研部选编，长江文艺出版社）

果　蝠

夜半三更，肖小静被手机静音之后的振动闹醒了，睡眠一向欠火候，常常一起夜就睁眼到天明，此时一股无名之火倏然上蹿，瞥见来电显示是缪嘉欣，依然问，哪里哪里？

听出了接话人的不悦，对方道，我是嘉欣啊！肖老师。

小静蹙眉道，这么晚来电话，不是告诉我，请我去吃芒果吧？

嘉欣呵呵一声道，对不起，这么晚打搅到您。只是昨晚想到现在，愁得不行，还是要给您打个电话，我怕这次凤梨天坑溶洞里面的蝙蝠躲不过去了，向您和刘传鑫老师求救！不过你们现在要是来，早熟的品种也可以吃了。

小静便一挺身坐起，拧亮台灯，这才细问原因。

嘉欣告诉她，自从年前新冠肺炎在武汉及湖北肆虐，很快波及全国之后，痛定思痛，上下检查严格了，县乡一些公开或隐藏的野味店铺起码表面上都收敛了，这是好事。现在却有一拨人盯住了玉笋山天坑溶洞里的蝙蝠，说是要将蝙蝠斩草除根，才能杜绝病毒卷土重来……

小静急问，他们怎么找得到这个溶洞呢？

嘉欣语带哭腔道，已经有几个人向我打听了，真心要下天坑去找，并不难啊！

小静问，你跟刘老师通过电话了吗？

嘉欣道，我是想先问您，再跟他讲。

小静道，那我来跟他讲吧。

嘉欣安静下来了，连声道，拜托您了！

挂了电话，小静觑一眼枕边的手表，才凌晨两点。这不是一个合适的叫点，关了空调睡下去，却是再无睡意。个把钟头之后，给刘老师微信留言：

果农缪嘉欣来电，上头瞄准了新目标，天坑溶洞里的果蝠小命难保，如何是好？盼示。

不到一刻钟，手机响起了语音通话邀请，是刘传鑫老师打来的。

小静将嘉欣那边的情况简单做了汇报，刘老师沉吟道，不待你来这个电话，我也猜到这一向会出情况。

小静道，微信这东西太谋财害命了，近期我限定自己早中晚三个时段翻看一下。趁着这个学期课少，我得赶紧把一个省部级课题做出来交差，时间都踩线了。

对方乐道，我原来以为小静老师是可以看开的。

她道，稻粱谋的事儿，哪里那么容易看得开啊。

他问，那你说……我们是不是去嘉欣那里一趟？

她问，何时动身？

他答，尽你的时间。

她道，我晓得你想讲的是，越快越好，那就明天吧。只怕你走不了？

他听出了她言语中幽幽的意味，一笑道，可以，我因为六七月要出一趟国，提前两个月把课上完了，你明早出门前给我电话和微信都行。

次日一早，小静开车到了世纪村小区西门口，刘老师已经提前在路边等候了。不待小静下车，他便开启了车后盖，将一个深蓝色大背包扔了进去。小静在驾驶座掉头问，你带上那么多家什，准备住个十天半个月啊？

刘老师上了副驾，砰一声关上门才道，还是过年时在迪卡侬买的一只露营帐篷，或许此行有用得上的地方。

小静戴上墨镜，松下挡位，车头一转身，悄然而快速地上了路。

他问，高德导航还没吱声呢？

她答，在市内我从不开导航，除非去一个完全不熟悉的地方。

他叹气道，难怪嘉欣半夜睡不着，也会先给你电话，你晓得为甚吗？

他瞥见她的嘴角撇下来了，那是一丝自得与善意的嘲讽吧。

却一句追问，为甚？

他答，一是你的车好，丰田越野；二是你的方位感强。还记得第一次我开车去找他的果园吗？在山里转了两圈就迷了路，那时候山里还没有信号，把嘉欣给急得，那一次起，定是心里留下阴影了吧。

听了此种解释，她是高兴的。一个女人，在一个她由衷欣赏却无法拢得太近的男人面前，即便听到一两句浅浅的宛如夜风拂过的夸赞，心里也会油然而生滋润与餍足。

因了多少有一些羞涩，她跳开话题，都讲我们文学院和艺术学院的老师浪漫，在我感觉，你们生命科学学院的老师，整天跟植物学、动物学打交道，才最是浪漫，出门不忘带帐篷，就是浪漫的标配之一。

他呵呵一乐道，还有不少跟微生物学、生理学和遗传学打交道的，那些在高倍显微镜下看到的蠕动的东西，有使你惊叹的，也有使你惧怕甚至毛骨悚然的，距离浪漫很远很远。

她想了想道，所以，浪漫还是刻板，与专业无关，只与个性有关。

他断言道，赞同。

从深圳到S县的这一段路程，高速并非纵贯到底，全程需要三四个小时。导航提示，躲避拥堵，还得绕两段省道。但凡出门，且无论远近，只要是与自己喜欢的人同行，情绪总是高涨的。小静问他，路途迢遥，给你三个选择，一是放倒靠背睡觉，如果你昨晚也跟我一样失眠或者半失眠的话；二是给我讲讲你那个领域内外的知识；三是……听书，我电子书里下载了大量的小说，长中短、古今中外的都有。

他从搁在脚边的背包里抽出一本《中国地图册》道，我得先看看一路经过的地方，补充一些地理知识。

她斜睨了一眼道，这条道我们也走了两三次了吧？每次都有新发现？

他道，每走一次，既是发现，也是重温。

她心中一热道，那你回忆一下，我们第一次是个什么情况，越多细节越好，对了给奖，错了当罚。

他斜斜地仰头，白了她一眼道，我们何尝有过第一次？

她面颊一红道，我讲的是第一次出行见面好不好！

他鞭挞道，拜托中文系的小静博士，男女之间的第一次出行见面，能省略掉“出行”或“见面”，简称“第一次”吗？

她明白若是顺了此话题，绝非他的对手，绕开道，那是三年前的暑假，本大学一群教职工自发组织的十几辆车粤西游，你上的那辆途观跟一辆东莞的车追尾了，在肇庆留置处理。车上四人分别来自建筑、土建、信息工程还有生命科学学院，你就拼车到我的车上来了。

他道，是我在路边与你四目相接，就觉得该上你的车了，名为拼车，实为缘分。

她道，车上同行者为何人，太重要了。一路上你讲的动植物知识，包括我们大学里的植物和鸟类，令我大开眼界。以前我太缺乏这方面的知识了。孔夫子说，诗，可以兴观群怨，多识于草木鸟兽之名。回去之后，不仅收到一本你主编的本大学校园的《植物志》，我还买了不少相关书籍。在旧书网上买的一本陆文郁编著的《诗草木今释》，收到一看，还是1957年出版的，一本相关《诗经》里面植物释义的旧书，薄薄一本，定价才七毛五分，我却花了九十多块钱！

他道，从1957到今天，六十多年过去了，一百多倍的增值，也是该的。其实，应该感谢那次事故，如果没有那次事故，我就没法搭上你的车，不坐你的车，和你就未必那么熟。十几辆车，五六十人的一个大车队，出去一周，大都只能是泛泛之交。

她道，认识你只是一道门槛，通过你这道门槛，结识了芒果大王缪嘉欣，才是源头活水。

于是他一个细节，她一个细节，重现了三年前在粤西S县拼车初识的一幕。

刘传鑫老师是在此次深大车队来的前半年应邀到过S县，县里做一个宏观的旅游开发规划，请了城规、景观、文化、动植物等方方面面的人，刘老师是作为动植物分类学的专家被邀请过来的。县林业局詹局长很健谈，一千多平方公里辖区内的动植物如数家珍，S县的玉笋山不仅有国家二级保护动物猕猴、锦鸡，还有红豆杉、桫椤、银杏、青梅、火桐等一、二级保护植物。玉笋山，连同它腹中一个天坑同时申报了国家级自然保护区，紧锣密鼓之中，需要各方面的力量包括专家的配合。正是那一次拼车，他与小静聊到了从深圳返乡的缪嘉欣——詹局长对这个从深圳返乡创业的小伙子赞不绝口，特意开车带他去嘉欣果园参观。不仅品尝了水果，还吃了一顿山珍——苦笋、竹笋、竹虫、猴头菇……

刘老师对小静道，你是中文系的才女，应该多采写人物，这个嘉欣值得你采写，也不枉长驱两三百公里来此，仅仅是一次风景游的话，那与后来一群游山玩水的普通驴友何异？

要么是为了感谢她的驾车之劳，要么是为了讨好一位适龄未婚的女性，总之返程前他俩脱队了，刘传鑫带着肖小静驾车径直去了玉笋山下的嘉欣果园。一看就是岭南人的嘉欣，生得瘦小精干，一张久经山里日晒的脸黑里透红，一双眼珠却黑得令人过目难忘。刘老师介绍，嘉欣90年代高考失利来到深圳，在龙岗搞过装修，在宝安开过网吧，后来在南山蛇口做了七八年的物流。十年前回到老家，接管了父亲的一个果园，两年内将面积拓展了两倍。果园以芒果为主，也有上百棵荔枝和龙眼，间杂一些杨桃、青枣和百香果。果园的水果以汁多味甜闻名，芒果因为产量大，储运较为方便，更是享誉省内外。

小静对果园一见倾心，说是若能早点退休就好了，到山里来安心做一名果农。

刘老师道，尽管你来深圳多年了，你这次吃过嘉欣果园的水果，才会发现还有这么好吃的岭南水果！

嘉欣卖关子道，小静老师知道是什么原因吗？

小静道，你们说得好，我都情不自禁流口水了。因为水好，空气好，温差大，日照充足？

刘老师道，你给出的回答具有通约性，却没有特异性，或者讲，差别性。

小静急问，什么样的特异性和差别性？

嘉欣正要作答，刘老师赶紧阻止了他。说是带她下到天坑去做一次现场考试，再上来品尝，答题。

那个名为凤梨天坑的，当然没法跟享誉天下的广西百色地区的乐业天坑相比，一听说能下到坑底，小静就来劲了，说是乐业天坑只能高高在上地眺望，凤梨天坑虽然小得多，能下到深处，就吸引人了。想象得好玩，终被路途的艰辛大打了折扣。只有一条嘉欣才能辨识的勉强算路的陡径，蜿蜒而下。恰逢前两天下了雨，不仅山路湿滑，不免攀附的树木也一直簌簌下残雨。小静头上的一顶白帽子很快就淋湿了，如果不是嘉欣和刘老师眼疾手快地前后扶抱，她就只能像孩童乘滑梯，一路滑到底了！事后回想，刘老师简直就是要看她的狼狈，才诱惑她一道下天坑的吧？

走到天坑的西侧，嘉欣从腰间抽出把一尺来长的弯刀，左挥右砍，辟出一条通道。嘉欣嘴里嘟嘟囔囔的，边砍边骂，终于气喘吁吁地来到一块平地，前面出现了一个巨大扁壶嘴似的洞口。嘉欣别上刀，这条路平时根本没有人来，即使斫出一条道来，很快就长拢了。洞口前面这块平地没有被茅草遮盖，全仗了脚下的石头。刘老师告诉她，这里都是石灰岩。天坑的形成有塌陷型，像广西乐业天坑群即是，这个凤梨天坑像是冲蚀而成的，确否则需地质学家来考证。

小静问，那从来没有地质考察人员来过？

刘老师摇头道，我前次来没有看到过相关痕迹。

嘉欣附和道，我也没听说过，我们拐里村知道天坑下面有溶洞的不少，来过的人可是屈指可数。

小静伸展酸疼的四肢道，行路难，行路难，多歧路，今安在？

刘老师道，不仅因为路难走，嘉欣告诉过我，还因为这里面有一样动物，他们以为不祥。说着他摆摆腰。

小静浑身一阵哆嗦，差点跌倒问，不是蛇吧？

刘老师一掌撑住她的背脊道，你是属鼠的吗？那么怕蛇，一起进洞去看看就明白是什么了。跟你说过，有一道考题的。

远看扁扁的不起眼的一个洞口，趋前便见也有十来米高。三人排成一行，嘉欣打头，刘老师殿后，小静夹在中间。入洞之后越来越暗，嘉欣手持一支强光手电筒，却低低地只扫射小静的脚下，叫她当心。

小静道，一般进溶洞就是看钟乳石，开发出来，布置彩灯，再附会各种传说，这个是麻姑献寿，那个是群英聚会……黑黢黢的，我们来看什么呢？

嘉欣伸掌捂嘴。

刘老师跟她耳语道，你很快就能看到了。

嘉欣立定，弓着腰小声道，看到了吗？

俄而，刘老师回应，看到了吗？岩壁上，尽是！

小静听得头顶嘶嘶的叫声，似鸟非鸟。

小静猝然看清是什么了。蝙蝠，成千上万的蝙蝠，倒挂在溶洞上，俄而有几只盘旋飞舞，又牢牢钉上了石壁。

嘉欣的电筒没当心倏地划过岩壁，顿时搅动了千年沉寂，世界末日般的黑色翔舞，瞬时拉开了一张厚重的黑色帐幔，从洞内急速盘桓着拉向洞外，原本敞亮的洞口瞬间关闭，聒耳的啸聚排山倒海，随着巨大的黑色布阵急速在空气中涌流。黑色的帐幔转瞬变成了黑色的瀑布，奔腾而下，啸聚而上。

小静惊呆了，一声锐叫倒在刘老师怀中。

蝙蝠却始终只在洞口往复，最后全都飞回洞内岩壁，一一钉牢在各自的职守。

刘老师轻轻拍着她的头道，别怕，它们不伤人。这次是我们不小心打扰到了它们。

大约过了一分钟，五分钟，抑或更长时间，洞口豁然，万籁无声。小静双手一推，站起来道，我刚才真是吓到了，毫无准备，从没见过，这么大的，这么大的阵仗。

嘉欣道，是我的手电光惊到了它们。

刘老师道，也好，上一回来，我也没见着小精灵们群起飞舞，小静老师今天也算是开了眼界了。五六万只，或者上十万只，无法计数。

出洞之后，爬上天坑，刘老师浑身汗湿，小静已是气喘吁吁。唯有嘉欣面色微微泛红，若无其事。他抱歉道，早晓得你俩这么耗费体力，该背一筐水果下来，解渴又解乏。

小静做了一个吞咽动作发问，一筐啊！现时有什么水果。

嘉欣笑道，应有尽有。

刘老师道，小静姑娘想吃什么就有什么。

三人加快步子来到一个南竹、杉树皮搭建的果棚。下面的一圈儿竹椅，围着一个天然石桌，打横坐着的是一个四十左右的丰满的女子，早已备好了各式水果在等着。嘉欣指着介绍，秋芳是他老婆，便吩咐赶紧烧茶，客人都渴了。

小静一看，芒果、菠萝、荔枝、青枣……都切了一片片，码成一粒粒，欣喜道，有水果就可以解渴，我可以不喝茶了。

嘉欣道，荔枝现时只有早熟的妃子笑，芒果是贵妃芒，菠萝几乎一年四季都可以应市，无所谓早熟晚熟，尝尝青枣，也有一股子清香。

小静只嫌生了一张嘴，每拈一种，都惊讶地叫道，妈呀，长这么大从没吃过这么甜的芒果、这么香的菠萝、这么脆的青枣！样样好吃，在深圳怎么就吃不到呢？

刘老师呼啦啦连吃了几片贵妃芒，才甩甩手道，在深圳能吃到，我就不用带你到这儿来见果王嘉欣了！

嘉欣自得道，深圳现在也能吃到，不过要我告诉您，哪里才能买得到。

小静央道，别卖关子了，告诉我深圳哪里买得到，就不消我年年开车跑这么远来吃了！就你这里的妃子笑，也不输给深圳的桂味、糯米糍啊！

嘉欣道，刘老师不会舍得你跑这么远的，有他吃的就有你吃的。你每年找他就好了。

小静转身对着刘老师顿足道，那以后我这张嘴就交给你了！

刘老师翻翻白眼问，光交嘴啊？

小静脸红了，哼了一声，那你还想要什么呀？！

嘉欣说早备了几个果盒，各装了两盒，让他们带回深圳。同时还给他们几只羽毛光亮、冠子鲜红的肥鸡，一起装在大盒子里。嘉欣特别强调，这不仅是走地鸡，而且是“无抗”鸡。

小静诧问，还有无抗鸡一说？

刘老师答道，所谓无抗鸡就是从鸡雏到出栏应市的肉鸡，从不用抗生素，吃的是无抗饲料。

嘉欣补充道，还得多谢刘老师，他将深圳安多福的“万金水”引进到我的鸡场做实验，就再不用抗生素了，现在订货都排到明年了，我人手不够，顾得了果园，就顾不了养鸡场！

小静拍掌道，这个太需要了，我的一个闺蜜，怀孕的时候体检，体内抗生素超标，她说怎么会呢？一年多没吃过头孢、没打过青霉素之类。医生问她，你吃不吃鸡鸭鱼肉？这才明白，日常饮食就逃不脱无所不在的抗生素！

一番感慨到了路边。

上车抬腿，小静才感觉腰腿酸痛不得劲，自觉是久未有适度的锻炼，今天进出凤梨天坑爬上爬下几百米，这才显出疲惫。

刘老师瞥她一眼道，那一边歇着去吧。说着上了驾驶座。副驾位子上的小静打倒了靠背，眯了眼道，有人给吃鲜美水果，有人给开车接送，有此两样，夫复何求！

上了高速，刘老师笑了，文人的幸福点不高啊，六十度就沸腾了。又问，那道题有答案了吗？

她反问，为什么嘉欣果园的水果都那么香甜？口感真的跟在深圳吃到的不一样，我想到的只能是，山水好空气好，日照时间长早晚温差大。

刘老师回望她一眼，沉吟道，水，空气，日照及温差确实是果园欣欣向荣的四大因素，当然还要种子好。我想，他的水果好吃，还有一个重要原因……

未见他往下说，小静转脸问他，施肥？农家肥？

他问，往深里说，什么农家肥？

她挺直道，草木灰？山里草木多。嘉欣有养鸡场，还有猪呀鸡呀的粪肥？

他道，你猜对了一半，除了鸡肥，他还有很多蝙蝠屎。蝙蝠屎含有很高的磷和钾……

她拍掌道，蝙蝠粪还是一味中药呢！学名叫夜明砂。我大舅是一个中医，我从小就被他拉着认识了不少中药，他还叫我背诵过含中草药的诗歌，其中就有一句，更喜夜明沙（砂）月色，重楼独上步青云。夜明砂可以清肝明目，散瘀消积；重楼可以清热解毒，消肿止痛。

他哦了一声道，黄芪党参当归杜仲之类，我是知道的。蝙蝠屎叫夜明砂，这么美的名字？还有那个重楼，以前都不知道。

她得意道，刘大老师也有不知的啊！传说南宋词人辛弃疾写过一首《满庭芳·静夜思》，里面是二十多种中药组成的，太长了，我勉强只能背出上段：

云母屏开，珍珠帘闭，防风吹散沉香。离情抑郁，金缕织流黄。柏影桂枝相映，从容起、弄水银塘。连翘首，掠过半夏，凉透薄荷裳……

你看里面有多少味中药材？我们学院教古典文学的老师说，查过好几个辛弃疾词选本，未见收入，兴许是后人的托名之作吧。

他道，很美。我原本也是想学医的，阴差阳错，读了生命科学，也是喜欢的。不过我若是学了医，肯定是西医，我父母都是搞工科的，受他们影响吧。

她道，你如果学了医，我们可能就互不认识了。一个人与另一个人在世上遇见，真是太离奇太偶然太难得了，小到不能再小的一个概率。

他道，是啊，你我相遇就是一个小概率事件中的一个小小概率。尤其是，在这么一个小小概率之中的擦碰，还有那么多相投的趣味……

再迟钝的女人，也能听出此间的幽微。

一个男人对一个女人的喜悦，往往在见面的刹那间便可形塑；一个女人对一个男人的好感，则往往需要通过一两次乃至更多次切近的接触才可搭建。对于小静这样已然错过择偶韶华的女子，矫情有几分，自失有几分，唯有精神与趣味的不可将就，难以逆转。

回到深大之后，他俩自然延展了接触，延续了活动，却也仅止于此。其间小静通过生命科学学院的一位老师，于有意无意之间了解到刘老师的一些情况，知道他结过婚，有一子，现在夫妻关系可能不好——证明之一，就是从未见他与妻子一道出来参加过院里的任何活动，是离异还是分居……没人说得清楚。大学的同事关系就是这样，只要本人不外露，其他人难以尽窥别家堂奥。也就仅此而已，小静并无进一步打听的迫切，顺其自然或曰等待，是她这种个性、这个年龄的人生规训。

即使如此，巴望收到微信、电话、见面及一道外出活动，依然不时浮现在闲暇的想象之中。

那一回，快到深圳了，他才兜底答案：我相信，嘉欣那儿的水果好吃，跟果蝠授粉有很大关系。

她惊问，你是说蝙蝠也会像蜜蜂、蝴蝶那样传授花粉？

他道，是啊，非洲有很多地方的果树包括芒果树，靠的就是蝙蝠授粉。嘉欣果园交通不便，十多年都没上去过蜂农，他自己养的几十箱蜜蜂根本采不过来。况且溶洞里上十万只蝙蝠吃什么？你以为有那么多昆虫给它们果腹吗？大量聚集的果蝠寄宿在溶洞里，吸食花蜜和花粉的时候传授了花粉，主观利己，客观利他；嘉欣则坐收了果实的丰收与甜美，这几乎是一种梦中才得见的生态啊。

两人紧赶慢赶到达S县，已是午饭时分。嘉欣早已开着一辆蓝舰皮卡车在进城十字路口等候，将二人引进小巷深处的一个“豉油鸡饭店”。店主是一个头皮刮得精光的后生，显然跟嘉欣熟稔，一上来就开着半荤不素的玩笑，嘉欣却全无心情，也不接店主递过来的菜单，摆摆手道，不要少了豉油鸡、野山菌，其他你配好就好。

店主领命而去。嘉欣便把情况大致说了。也不知谁偷偷跟上面打了小报告，讲是本县凤梨天坑里有个溶洞，溶洞里面藏了很多蝙蝠，没准哪一天就会出来祸害人。一旦又有一个什么疫情从本县出发，那领导可真是吃不了兜着走！你想想，经历过新冠疫情，东西南北，那么大的“封城”“封村”的阵仗，哪个心里不胆寒呢……

刘老师急着打断道，那又怎么样呢？莫非要像当年除“四害”那样，上上下下来一次除蝙蝠？

嘉欣道，是啊，林业局詹局长已经跟我通过两次电话了，讲是近日他们就要下来察看，怕是躲不过去了。

刘老师便拿出手机道，我给詹局打个电话，问问是什么情况，一般讲，我的话他还是听得进去的。

电话接通了，刘老师简单告诉詹局，他一早开车过来，现在和嘉欣在一起。那边便打断道，我晓得了，我下午到果园去找你好了。便把电话挂了。

刘老师面色一沉道，感觉问题不在县林业局，历史一再证明，但凡是上面压下来的，底下就未必顶得住。

饭后，两辆车一前一后开往玉笋山。到达果园之后，小静问，这次来感觉比上次快了许多。

刘老师道，你没感觉道路都硬化了吗，上次来还有几公里的黄土路。

进果棚坐下，嘉欣老婆秋芳照例备了茶，笑眯眯地倒茶、端果盘。嘉欣道，是啊，前一段才搞好的，我花了百把万，县里也配套给了四五十万。如果把蝙蝠搞没了，先不讲别的，我这个果园的损失就难以估算了。

小静道，我正想问你呢，刘老师告诉我，果园的水果高产，而且好吃，跟果蝠授粉关系很大，你看到过吗？眼见为实哦。

嘉欣道，我还真没看到过，一个是我从来没有晚上在山里守夜，那还不被蚊子吃了。我曾在山里放养过两头毛驴，有一头就被蚊子活活叮死了，另一头赶紧牵出来，不然是一样的下场。

小静问，不是溶洞里有那么多果蝠吗，为何没有吃尽蚊蝇？

刘老师道，万事万物都是一个平衡，如果都吃尽了，果蝠岂不要饿死！果树开花的季节，果蝠还有花蜜可食，改善一下口味，其他季节呢？这或许也是蚊蝇不可能都被吃尽的原因。

小静道，要紧的是找到果蝠授粉的确凿证据，这样保住果蝠就有理由了。

谈讲间，一辆锈铁色的越野车轰鸣着开了上来，猛然刹住，跳下来的却是一个戴着墨镜的小个子，平头，姿态矫健。

刘老师张手迎上去道，詹局好身手！

詹局一把摘下墨镜，眼光挑剔地横扫，在小静身上多停留了几秒。刘老师介绍她是文学院的才女，报刊常有文章发表。

詹局道，好啊，这次过来正好跟进报道一下我们的除蝙蝠行动。

嘉欣语带哭腔道，别，詹局，千万别……不然我这果园就完了。

刘老师道，还真有这回事啊？是不是太鲁莽了一些啊！

詹局道，一个是来自前一段的疫情，再一个是听传闻，澳大利亚大火之后几十万只蝙蝠涌入城市攻击人，加上不断有人写信给防疫部门，多方面的因素综合在一起，上面就不能不重视了。县里接到通知之后，已经开了两次会了，任务交给我们林业局来落实。文件还说，蝙蝠身体就是一个病毒储备器，埃博拉病毒、SARS病毒、马尔堡病毒和冠状病毒等引起恐慌的病毒，全部来自蝙蝠！

嘉欣道，请詹局向上面反映一下啊，蝙蝠好好地待在溶洞里，从没有招谁惹谁！况且，我的果园如果没有蝙蝠，哪来的品牌效应？哪里销售得到深圳、香港、澳门和新加坡！这个嘉欣品牌，也是为本县增了光的吧！

詹局道，你讲嘉欣果园的水果好吃是因为蝙蝠授粉的结果，口说无凭，你连一个视频甚至一张图片都提供不了，让人家如何相信呢？

嘉欣嘟哝道，我爸爸在世的时候是看到过的，可惜他那个年代没有相机能够拍得下来夜景。他还告诉过我，在一堵石壁上，看到过一幅蝙蝠在树林里吃花蜜的岩画。我爸爸四十七岁那年在悬崖上采草药摔瘫了，床上一躺就是一二十年，他不能亲自下天坑了，我根据他描绘的地形，就始终没找到那幅先人刻下的壁画。时间一久，估计长满了青苔野藤，后人就更难找见了。

刘老师道，现在先要找到问题的要害，除掉果蝠的理由是什么？因为它们身带病毒。可是携带病毒的远非蝙蝠一类啊！苍蝇蚊子蟑螂臭虫……证据确凿携带各种各样的病菌，你消灭得了吗？如果说这一类名副其实的害虫太多了，消灭不尽，那么鸟类也是一个病毒的传播源，这一二十年来，不时出现的禽流感，有不少也是禽鸟传播的，莫非也要将鸟类清除干净，以杜绝传播传染？又比如流感病毒的自然宿主是鸟，却也有寄居在猪体内的，我们就既经历过几次禽流感，也经历过几次猪流感，我们能从此不吃猪肉了吗？

詹局拍掌道，你讲的鸟和猪有说服力，可是我去讲没用，我虽然是林业局的一把手，可也只是一个传令官，或者讲是执行官，上传下达而已，要是上面下了指令，执行不力，头上的乌纱帽登时就会被人摘了去。这个要你去讲，你是深大生物学博士，副教授。

小静道，是啊，幸好刘老师今天赶过来了，多待个几天都不要紧，把天坑溶洞里的蝙蝠保住了，也就保住了生态，护住了嘉欣果园，这回就真不算是来玩了一趟。

刘老师眼睛一亮，看着小静道，是啊，保住生态，这才是第一位的。

詹局道，这样吧，我今晚回去，刘老师你准备一下，我呢，明天一上班就张罗一个会，请有关方面的人出席，最好是请到县里的一、二把手参加，其实他们只要来一个就好了，他们都很忙的。你们是跟我们一道回县里住吧？

嘉欣道，如果要想舒适呢，两位老师就跟詹局回县里；如果想看月亮就在我这里住吵。

刘老师道，我想就地住下，反正距离县城也就二三十公里，要过去快得很。要不小静老师跟詹局回县里，县政府招待所房子虽然老旧了，可院子里各式各样的竹子，蓬蓬勃勃，有厘竹、南竹、水竹、斑竹……十几个品种呢！

小静道，你要不过去一一指认，在我眼里竹子就剩大小粗细的不同了。

刘老师张嘴刚要说什么，小静赶紧道，我也住这儿吧，我喜欢山里的安静。

詹局于是告辞，跨进他的越野车轰鸣着开远了。

嘉欣道，詹局是华南农大林学院的大专毕业生，原本很有抱负的一个人，职场待久了，也疲沓了。讲起他的一拨儿老同学，离开本专业在深圳或广州下海的，都玩得有声有色，唯有他，既怕打烂了家里的坛坛罐罐，又不敢近墨者黑，结果什么也守不住，又什么也做不了，一无是处。

小静道，他不也是开了越野车吗？

嘉欣似有不屑道，一辆瓦滋猎人，十万就撑住了。

晚饭，嘉欣老婆秋芳备了一盆山沟里的小鱼，裹了蛋清面粉炸得酥香，又炒了一盘红辣椒石蛙，色相诱人；再是一只整鸡清炖，一揭盖便香气扑鼻。另配的两只青菜，也油绿可喜。

嘉欣取出一只手臂长短的竹筒，斟出的是自酿的谷酒，却是高度白酒，端至鼻前，便能嗅到一股竹子的清香。

刘老师喝了两小盅，很快地颧骨漫上了红晕，话也稠了，道，其实城里头待久了，最羡慕的就是这种农家的生活，自己动手丰衣足食。吃什么都是一个天然，吃什么都放心。

小静道，明月松间照，清泉石上流。山林与清泉同在，当然好。可是城里的一堆功名，刘老师怕是很难放得下吧？

刘老师叹道，是啊，放不下的不只是功名，还有……

小静想等他的“还有”，他却转移了一个话题道，其实，我头次来就想住嘉欣的民宿或者露宿。同时也真想碰碰运气，指望能看到蝙蝠月夜采花蜜的图景呢！

是夜，小静和刘老师分住民宿中的2栋和3栋。嘉欣的山林民宿有五六栋，皆为一厅两卧结构，平时并不对外，只为一些亲戚朋友和熟络的客户开放。他跟两位深圳客人说，尽管放心，我老婆特意搞过卫生的，秋芳搞卫生和做饭菜，都是一把好手。

两位客人都道，不好意思。

刘老师补充道，白带了一个帐篷过来，用不上了。

小静道，你要是睡帐篷，被蛇咬了怎么办？

嘉欣笑道，是吧，我们小静老师也不放心您露宿的。

刘老师和嘉欣先是帮着提行李到了小静住的2栋。进去之后小静就叫道，太好了，一股子木头的香气。又进卫生间，但见装有智能马桶盖，又是一阵惊喜道，一个厨房，一个卫生间，都是女性挑剔的地方。我老家在赣西宜春，以往每年放暑假，我都会去宜丰官山住几天，那是一个国家级自然保护区，从不对外，空气真是好。

刘老师问，今年呢？

小静道，这两三年都没有去了。为手头的课题所苦，想想要不是为了职称，真不该申报这些别人不爱看，自己做完也不想再看的课题！

刘老师道，是啊，红尘中人，看破不易，都有一样的苦恼。

小静道，也有看破的。我们文学院有两个教师，临到退休了，守住的就是一个讲师职称，二三十年以来从不申请任何课题，也不发表论文，更不用讲上什么SCI之类了。

刘老师赞曰，我欣赏这类的，尽管目前暂时做不到。

小静附和道，我也是，虽不能至，心向往之。

嘉欣见他俩似乎有话要讲，就告辞下去了。

嘉欣一走，两人反觉生涩无语。

他先道，早知道有两个卧室，开一栋就好，免得秋芳搞卫生。

她道，想起来了，我给他太太带了一支香水，香港买的，明天给她。

他道，香水是好的，我想，她最需要的不一定是香水。

她问，以一个男性的眼光，最该送给女性的是什么呢？

他踌躇道，我多久没给女性送过东西了，还真被你问住了。一般讲来，总还是实用一些吧。

她俯身去收拾衣物道，你是对的，女人总比较实在一些，落地一些，可是女性也有浪漫一面的。

欲再等他回答，他却一低头道，不早了，我过去了，明天见。

次日一大早，嘉欣过来叫吃早饭，同时告诉他俩，詹局来过电话了，县里安排了九点整开会。

刘老师惊道，他的动作真快啊！

匆匆吃罢早饭，三人同乘嘉欣的车赶往县城。路上出现了一起车祸，等到交警赶来处理疏通，到达县政府三楼的会议室，恰是踩点，县长等一行陆续进来了。

县长简短的开场之后，先由詹局介绍本县的野生动物现状，再由疾控部门的人回顾前一段疫情时期新冠病毒的传染情况……两人各讲了一刻钟左右，县长对两人的讲述都似有不满道，一个讲野生动物，不讲我们县有多少只野生蝙蝠；一个讲疫情的不讲蝙蝠是不是传染病的宿主之一。我们今天请来深大的刘传鑫教授，就是要论证一下这么多藏在玉笋山天坑溶洞里的蝙蝠，可留还是可杀？你们两个总还要提一提蝙蝠吧？

疾控部门的人默然无语，詹局起身道，天坑的溶洞里是有很多蝙蝠不错，是在本县林业管辖的范围也没错，可这种野生动物不在我们的保护名录之中，就像还有麻雀、灰喜鹊一样，我们基本无视它们的存在。

座下有一片轻轻的笑声，缓解了会议的紧张。

县长蹙起眉头道，有些动物，你无视它的存在，它可不会无视你的存在。

轮到刘老师发言了，认识他以来，小静这是第一次听他正经发言。他手上没有任何讲稿与资料，却从动物学的大致分类讲到了蝙蝠，几十种蝙蝠在国外及国内的分布，习性。本县的蝙蝠主要是果蝠。果蝠是狐蝠科果蝠属下的动物，主要分布在热带和亚热带，在中国则主要栖息在华南的森林里。果蝠大小都有，最大的飞狐翼展可长达两米。果蝠在黄昏或夜间出来觅食，我们这一带的果蝠以采食花蜜为主，虽然对果树可能造成一定危害，却同时传递了花粉，尤其在大面积果林没有足够的昆虫传授花粉之时，其正向作用就更为突出。还有一些食果蝠，杂食多种果子，果树的种子经其消化道排出之后，不仅有较高的萌发率，而且有较高的播迁率……

他的讲话语速偏快，对于那些思维活跃、反应敏捷的大学生是合适的。在这个场合似乎也有吸引力，小静感觉到了一圈儿听讲人的神情专注。通常说女性对异性的气味敏感，对小静而言，同样敏感的还有男性的声音。刘老师演讲之时的音质，较之平时闲谈，更厚实而富有磁性。

伴随着他半小时左右的讲话结束之后的谢谢，座下响起了一片由衷的掌声。这掌声中，自然也有小静的参与，四目相接之时，她相信他感受到了自己的赞许。

接下来县长让大家提问，并希望大家提一点有难度的问题，刁难一下我们的教授。

一个年轻的男子自报家门是学水利的，他问，如果能够通过解剖确定，我们山里的蝙蝠带有多种病毒，是不是消灭它们才是更正确的选择，避免重蹈瘟疫覆辙？

刘老师答，不用通过生物学解剖实验，我就可以断定，这一大群果蝠身上肯定能找到不止一种病毒，问题其实不在这里。根据目前出现的化石可证，这种会飞的哺乳动物，生活在大山里、溶洞中，至少已经有七八千万年了。人类才多久？至多是几百万年，连蝙蝠生存年份的零头都不到。我们有何理由去搅扰它们？彼此相安无事，岂不是岁月静好？换一句话说，成为各种病毒宿主的动物无所不在，譬如SARS的病毒宿主可能是刺猬、果子狸与穿山甲，莫非我们为了消灭SARS，就把刺猬、果子狸和穿山甲都干掉吗？中东病毒MERS，又称中东呼吸综合症冠状病毒，有此一说，它的中间宿主是骆驼，骆驼跟人类接触更频繁，我们能够从此把“沙漠之舟”斩草除根吗？诸如此类的例子太多了，举不胜举。

略有冷场。

一个穿花格衫的女子问，就算是蝙蝠能够给果树传递花粉，我们为何不能让蜜蜂来取代它们呢？

刘老师刚想说什么，侧脸见嘉欣在旁，便示意他讲讲。

嘉欣站起来，落落大方道，果园里是有一些蜜蜂，都是我父亲在世之时，本地野蜂的收养与延伸，适者生存。不大量引进外地蜂农，一是担心同时带进来不知名的虫害与病毒；二是现在到处喷洒农药，蜂农损失很大，种群逐年减少，不是想什么时候约来就约得到的。

刘老师补充道，这么多年以来，嘉欣果园里，蝙蝠采蜜授粉，形成了一个自然而良性的循环，这个平衡真的很好，千万不要轻易打破它。万事万物，自然的平衡，才是真正的永久的平衡，妥帖而平安。

有人嘀咕，蝙蝠采蜜授粉，好像谁也没看到过啊，都是推论的，连一张图片也没有。

嘉欣叹气道，我爸爸在世的时候是看到过的，我只要下点功夫，也能够拍得到，你们给我点时间就是了。

刘老师沉吟道，果蝠是否在嘉欣果园传递花粉，没有图例，且让它存疑。这甚至不是最重要的——当然，对嘉欣果园未必不重要。自然界多次给过我们惨痛的教训：任何一种平衡都不要轻易去打破，因为我们不知道会带来怎样的后遗症。惊扰蝙蝠，包括他们的肉身和栖息地，不完全是蝙蝠会采蜜授粉，灭绝了蝙蝠，担心没了好吃的果子，更怕适得其反，将更多的病毒释放出来。动物世界，人不扰它，它就不会扰人，我们何苦要去赶尽杀绝呢！病毒的一大特点就是寻找新的宿主，原本它待在野生动物身上，彼此相安无事，一旦你侵占了动物地盘，病毒很快就会完成从动物向人的迁移，这就是所谓“人畜共患病”。这类例子很多……

轮到县长做总结了，他倒是快人快语道，今天听到刘教授的演讲和解答，我不想恭维，听君一席话胜读十年书，但是却听明白了，归总一句话，no zuo no die，不作死就不会死！我们的玉笋山，正在一步步申报国家级自然保护区，那么多动物植物，都要保护起来，不要去乱动，不管是什么动植物，不管是什么等级，一个是不要乱砍，一个是不要乱吃。北方人讲我们广东人，天上飞的除了飞机，什么都吃；四条腿的除了桌子不吃，什么都吃。要彻底改变这个陋习！一切从我做起，大家讲做不做得到?

座下群起响应，做得到!

之后是一片热烈的掌声。

县长对詹局道，你把今天会议的情况，拟一个材料及时报上去。说着侧身对刘老师道了一声谢，告知还有一个会在等他，两人匆匆一握之后便卷起手中的材料快步离席了。

散会后，刘老师对詹局道，没料想这么短的一个会，很久没有开过这么高效的会了。

詹局道，县长上任时间不长，原是华师信息工程学院毕业的，从不见他开长会，也是因为太忙，每天都有好多个会等着他到场，忙得像陀螺一样。

院子里，刘老师与小静依旧上了嘉欣的车，他俩还是愿意回到山里去住。

车上，刘老师对小静道，今天唯一的遗憾，是没有听到你发言，早知这么快散会，应该让你先讲讲的。

小静道，我能讲什么呀，这个会，你才是专家，一言九鼎。

刘老师道，听听文科老师从审美的角度讲讲动物，也是需要的。

小静道，我可以讲故事，明代的文学家冯梦龙写了一本《笑府》，里面有一则蝙蝠的故事，凤凰过生日，所有的鸟都来祝贺。只有蝙蝠没有来。凤凰责备它："你屈居于我之下，怎么能如此骄傲呢?"蝙蝠说："我有脚，属于兽类，为什么要祝贺你呢?"之后，麒麟过生日，蝙蝠还是没有来。麒麟也责问它为什么不来的原因。蝙蝠说："我有翅膀，属于飞禽，凭什么向你祝贺?"不久，麒麟和凤凰见了面，说到蝙蝠，相互感叹说："现在这世界风气恶劣，偏偏有一个这样不禽不兽的家伙，真拿他没办法呀!"

听完，刘老师和嘉欣都乐了，嘉欣道，您若是在会上讲了这个故事，大家都要说，蝙蝠可杀了!

小静道，可是我也会说，中国自古以蝙蝠为吉祥之物，这种吉祥文化在中国各地的建筑雕刻和绘画中都能看得到。代表福、禄、寿的三样是蝙蝠、梅花鹿、寿桃，福寿双全则是蝙蝠和寿桃的组合，多子多福呢，不用讲是石榴与蝙蝠的并置。

刘老师叫好道，下次就请你专门讲一次，中国的吉祥文化，从蝙蝠开始……

小静幽幽道，好啊，但愿有下一次，我一定好好准备一下。

是夜，因了心情大好，嘉欣备了茶点，请两位老师品茗赏月。月晕很大很厚，月儿便显得萌萌的，有几分切近的躲闪和顽皮。一棵棵的果树，有的伛偻，有的挺拔，露出参差的行伍。林子深处不时传来几声梦呓般的鸟啼，在林间骤然扬起又倏然落下，分明是森立的树上，鸟们眠中的呼朋引类。

忽然起风了，不像是自然而来，却像是有人在身后挥舞着一把巨扇。随着呼呼的响声，嘉欣诧道，怎么回事啊?

便听得溶洞那边呼啸而来的一匹巨大的黑幛，扯过头顶，漫过树梢，遮过月光。

刘老师道，啊啊，今晚有福，要看到果蝠采蜜吃果了!

小静将双手堵住嘴边道，真的啊？

月光再度豁然一亮，群起的生灵们潜落在密密的枝头，却悄寂无声。像一大片流沙，很快泄露得点滴不剩。

三人才刚站起，群起的生灵们再一次鼓翼腾飞，飞向月光，飞向山头，飞向高远。

余下一地破碎的金色。

次日一早，三人相约下了天坑，都想看看蝙蝠们是否回归了溶洞。

他们亲眼看到的除了一地的蝙蝠粪，无论穹顶还是四壁，一只生物都没有，既无果蝠，亦无其他。

小静道，想起一个词儿，万籁俱寂。

嘉欣懊丧道，怎么会呢？从来没有见它们一去不返的。

刘老师道，是啊，离开了它们祖祖辈辈生活在这里的溶洞，它们还能到哪里去呢?!

就为了看看果蝠们是否回来，刘老师和小静多住了一晚，再到溶洞，耳闻目睹的依然是一片死寂。

与玉笋山嘉欣的果园告别，驱车返回深圳之前，刘老师对嘉欣道，这个谜我暂时也解不开，一旦它们回来了，你就告诉我们吧。

嘉欣双眼迷离道，真是不知道，它们去了哪里，还会不会回来啊。

回到深圳之后的第二天下午，小静又在案头蹙眉铺开了课题，接到了嘉欣的短信：詹局告诉我县里的材料上报之后，上面很快批复，疫情很可能出现反复，为防止灾祸，从源头切断，宁可错杀一千，不可放走一个。迅速组织队伍，将凤梨天坑溶洞里的蝙蝠及时全部扑灭。

小静问，那些蝙蝠回来了吗？

嘉欣答，一去不返，踪影全无。莫非它们事先得到了什么指令？

小静将通话记录，微信转发刘老师。

过了一刻钟，刘老师发来一段微信语音，念的却是托名辛弃疾《静夜思》的下段：

一钩藤上月，寻常山夜，梦宿沙场。早已轻粉黛，独活空房。欲续断弦未得，乌头白、最苦参商。当归也，茱萸熟，地老菊花黄。

他是照本念的，还是背下来了？隔着时空，小静一时琢磨不透。

（原刊《北京文学》2020年第8期，为《小说月报》第9期，《中华文学选刊》第9期，《长江文艺好小说》第10期，《新华文摘》第20期转载，收入《2020年短篇小说年选》，孟繁华主编，山东文艺出版社，收入2020年度《中国当代文学经典必读》短篇卷，吴义勤主编，获《北京文学》2020年度优秀作品）

疑心

下了第七、八节课，正是路上的晚高峰，罗沧水通常是在深大的教工食堂吃罢饭，再开车回家。今天却一定要赶回家吃晚饭，下课后翻看几条短信，都是妻子瞻云独家发来，中心意思只有一个，别忘了今天是大姨的生日，一定要回家吃晚饭，吃饭之中或之后，还要跟他的大姨做一次恳谈……谈什么呢？瞻云此前的意思很明显——两夫妻无数次枕边漫谈，核心议题都紧密围绕家庭团结展开——团结与不团结的总纲皆系于大姨一身，只要大姨跟走马灯似的保姆其中之一搞好关系，这个五口之家就将静似秋水，平滑如镜。可是三天前，瞻云不再坚持要大姨与保姆搞好安定团结，这是她对扭转一个七旬妇女的“三观”已经放弃了信心的表示。她有一个新的提议，希望作为大姨养子的沧水，能够说服养母接受这个提议，搬去另一个地方——盖因去那个地方，于人于己于社会，有百利而无一弊，或许，还将带来大姨人生的“第二春”。

就因瞻云这个让沧水难以启齿又难以拒绝的提议，连通宵玩电游，上课便瞌睡的学生都发现了，老师连着几天讲课不走心。

夕阳西下的滨海大道，由东向西来南山的车辆密如虫蠕，反向去到市区却一路通达。开车的都少不了这样的体验：自己这边开得风驰电掣，心花怒放，一篱之隔却堵得抓耳挠腮，心如汤煮，旁观的感受混杂了同情、侥幸与惬意。此时的沧水并非如此，与往常不同的是，今天回家吃饭，肩负着一项艰巨的使命。肩负使命的饭都不好吃，即使是家常便饭，也因为附带了令人踌躇的使命而会味同嚼蜡。

即使脚下留情，也就是二十来分钟便回到了益田村。泊车，从负一层进电梯，刚出电梯口就嗅到一股妖娆的菜香。沧水打了一个响嚏，不由脖颈一昂，振作精神，提醒自己，今天是大姨的生日，即使天塌下来，也不能叫大姨生气。开心，才是今天晚饭的主色调。

一对宝贝双胞胎女儿听见菲菲跑出去了，便知是爸爸回来了，放下作业双双迎了出来，一个帮爸爸从肩上卸背包，一个帮爸爸沙发下找拖鞋，却不及菲菲眼疾“嘴”快，一塌腰从厚重的樟木茶几下叼出另一只拖鞋出来配对儿。菲菲是一只乖巧的比格犬，见主人换鞋之际拍了拍它的头，受到褒奖似的愈发得意了，两只棕色的大耳朵扇个不停。大姨从厨房里开门出来了，端出的是一盘蒜香肉末茄子。沧水一边道，今天大姨过生日还敢叫你做饭呀！一边吩咐两个女儿，琼琼，瑶瑶，还不赶快去帮姨奶奶端菜！

大姨放下菜盘的两只手在围裙上赶紧一擦，母鸡护雏一般伸开来道，我们罗家的两个小姑奶奶呀，只要做好作业，学习好就万事大吉了！哪敢叫你们进厨房喔，烫了一根指头都不得了啊！

沧水摇头道，琼琼、瑶瑶都读三年级了，我上周到一个同事家吃饭，他家孩子才上二年级，就会帮助大人布置碗筷，端菜盛饭了。大姨，你不要太宠他们了！

大姨挥挥手，那是“我都懂”的意思。两个孩子却从她胳膊下一扭身，先后蹿进厨房去取碗筷了。毕竟，作业做腻烦了，饭前小小助力姨奶奶，权当是运动或娱乐了。

沧水正琢磨，家里没有嗅到女主人的气息，她可原本说是回来做一顿晚饭的。今天才工作一周的保姆陈阿姨回梅州老家了，说是一桩老屋过户的事情，需要三头六证的。阿姨不在，又是大姨生日，瞻云才谋划了这么一个晚饭谈心的活动，让大姨在轻松的氛围中接受感动，也接受瞻云的一个提议：送她去新建的深圳社会福利中心。大姨的生日，捞不着去外面请吃——沧水是建议去一家新开的烤鸭店，瞻云为了表现谦卑的力量，坚持在家里吃饭，这下好，请客的对象，自己还得亲自下厨，给一大家子做吃的！

听见门铃声，沧水拉下一张脸，抢在孩子前面去开门。开门之后，甩下一张宛如硬纸板没剪完的郁闷的脸，转身便去了厨房。两个孩子看不到这期间发生的故事，兴高采烈地抬起妈妈放下的一只大蛋糕，童心的好奇与嬉闹，其实远大过她们肠胃的真实表现。

瞻云嚷嚷道，今天是你们姨奶奶的生日，你俩都要给姨奶奶拜寿的。

随即她来到厨房，从沧水后背轻轻一拍，那是一种无声的安慰，当面拦住大姨，不由分说地解下她身上的围裙道，大姨真是不好意思呀，今天所里出了一点事，都不让早走。后来去一品轩取蛋糕，出来才发现面包店搞错了，把一个七岁男孩的生日蛋糕给我了，赶回去调换，一来二去就回家晚了。今天您生日还叫您下厨，真是太不应该了！不过，我也带回了您爱吃的几样卤菜，鹅肝、猪肚和猪脚。

大姨嘴里嘚嘚道，我要是才七岁，上帝也真该戴老花镜了。这不是阿姨回老家梅州了吗，要不呢，你们倒是喜欢吃她做的客家菜。

瞻云一边热油锅，一边用刀面拍蒜，道，大姨的湘菜也是一把好手，沧水常常念叨，您以前做菜，左邻右舍的小孩闻香都端了碗过来。要不是您年纪大了，到福田区或罗湖区租一个旺铺，取名就叫“天下第一香”，只怕门口树上的鸟儿都不肯起飞了！

虽然奉承得赤裸裸，听者毕竟受用。

大姨笑得一脸绽放，出到客厅里叫道，琼琼、瑶瑶，赶紧做完作业吃饭啰。

瞻云做事麻利，等到她加了一个清蒸桂花鱼、一个牛肉片配芥蓝、一个蒜末西兰花端上桌，才到上灯时分。

因为有了一只硕大蛋糕的诱惑，琼琼、瑶瑶对满桌菜肴的兴趣很快转移了，一边频频回头眷顾蛋糕，一边互猜里面有几层，各有一些什么样的水果在潜伏。

沧水给每个人盛饭以后，又帮琼琼、瑶瑶各夹了一些荤素。瞻云才坐下来便道，今天是姨奶奶的生日，蛋糕是给姨奶奶贺寿的，你们要把碗里的饭吃完了，吃干净了，才可以打蛋糕的主意。

大姨道，由她们，由她们，只要琼琼、瑶瑶高兴就好，大人尤其像我这样的老不死过生日，只是一个由头。

不说不吉利的话。瞻云边说边给大姨倒红酒，在给沧水倒的时候，使了一个不大不小、稳稳当当的眼色。她举杯祝大姨生日快乐，两个孩子也一起举起手中的可乐杯，左右乱晃道，姨奶奶生日快乐！

瞻云在给沧水加酒之时，很快睃了他一眼，却对着两个孩子道，姨奶奶在我们家，这几年为你俩的学习呀，生活呀，心都快操碎了。姨奶奶头上的白发都是为你俩操心操的，你们俩各自想好一段话，就算给姨奶奶的祝寿词吧。

这一下为难两个三年级的小学生了，不约而同咬起了筷子头，琼琼率先道，妈妈先讲。瑶瑶道，爸爸再讲。然后两个小人精一起放下筷子，兀自鼓掌通过道：妈妈先讲，爸爸再讲……

瞻云没想到一只球刚抛出去，这么快就被宝贝女儿踢回来了，窘道，妈妈是会计，只会算算术，讲课与讲话都是你爸爸的特长，谁教你爸爸当老师呢，爸爸讲吧。

两个孩子齐齐盯着爸爸，好似才发现跟自己朝夕相处的爸爸，是一个站了很久讲台的大学老师，这个发现因了需要爸爸带头讲话，变得如此切近与温馨。只不过，长到九岁了，还从未在课堂上听过爸爸讲课，两个人便在桌前公然议论爸爸的形象，头发太乱，表情太严肃，是不是也像她们的语文老师那样，把“然后呢”“然后呢”当做标点符号用？

沧水一厢应付着孩子对他的评头论足——女孩儿莫非对父亲的褒贬总比对母亲来得恣意而辛辣，逗得瞻云和大姨笑个不住，大姨干脆笑掉了筷子，一厢觉得这两年大姨确实衰迈明显。都说人不仅因劳累老，更会因操心老。想到这三年家里没有缺少过钟点工阿姨，可是大姨的角色也是不可或缺。缝补洗烫，收收捡捡，看门护家，林林总总，那是一个隔代老人存在价值的有力表达。

沧水举杯道，琼琼、瑶瑶嫌老爸讲话啰唆，我今天只有五个字的祝寿词：大姨辛苦了！随即一饮而尽。

瞻云与孩子也一道混叫道，姨奶奶辛苦了！姨奶奶长命百岁！

姨奶奶也举起杯子，脸上漾开了，嘴里却道，活久了，自己是一个累，还讨人嫌。

大姨这一辈子没有生育，沧水有四个兄弟姐妹，从小沧水便过继给大姨做儿子，待到初中毕业，转至省城读高中才回到生母身边。生养两头都是血缘之亲，故而沧水始终以大姨之名称之，心里却是明镜似的铮亮：大姨从来没有将自己当外甥看待，她与姨父一样都是爱意满满地把他视作了亲儿子，心里早早就发了宏愿，不管前程坦荡还是艰涩，一定给二老养老送终。

沧水结婚之后第二年，双胞胎女儿出世，瞻云的父母从江西过来帮了五六年，直到孩子上小学，他俩长吁了一口气，苦熬结束之后想回去过田园生活。恰恰这个节骨眼上，大姨父出车祸去世了，于是沧水顺理成章地将六十七八的大姨从湖南接来深圳，一是还愿赡养落单的大姨，二是两厢情愿，大姨还想老有所为，替一个大学教师与一个会计之家打理日常生活。或许她与大姨父结婚四十多载，感情太深了，很长时间她都没有接受永远失去了丈夫的现实，在家里常常对着丈夫的遗照或遗物悄悄坠泪，外出则有几次找不到归途，叫协警或好心人送了回来。有一次，她在益田村广场瞥见一个男人很像大姨父，竟然跟踪他进入某栋7楼的家门口……

长此以往，沧水真怕大姨患抑郁症，或阿尔茨海默病。所幸一年之后，大姨从痛苦的思念中渐渐回过神来了，这是沧水最感欣慰的，只要她精神与身体不出大问题，能不能做家务，并不重要。可是，她却与一届又一届的保姆较上劲了。她以边防哨所卫士一般的忠诚与警惕，守卫着罗家的平静与安全，却也在与保姆一次又一次的冲突中，将她的执拗、偏颇与多疑暴露无遗。

大姨来外甥罗沧水家之前，他家请了一个住家的全天候保姆，买、烧、汰、理……全方位的服务，月支四千五百元，大姨对着沧水嘴一撇道，这么高啊，抵得上我们老家一个科长的薪水了。沧水在唇边竖起一个指头，示意低声，不要叫厨房里正热火朝天炒菜的韩阿姨听了去。当晚，大姨到广场转了个把钟头回来，一定是从一群广场大妈那里得到了更为详尽的信息，趁着韩阿姨在卫生间冲凉，她告诉象牙之塔里的外甥，香港请一个全天候的菲佣，港币都比这个价低，你说她一个湖南益阳乡下阿姨，有菲佣那么能干吗？她懂英语吗？凭什么要那么高的价？沧水告诉大姨，深圳、广州固然都有一些菲佣，但那都是非法滞留打黑工的，不敢去惹那个麻烦。大姨说，她问到有个大姐，也是全天候地请了一个四川的，才四千三百块。沧水说，各有短长，比我们高的也有。见外甥不领情，她便求助外甥媳妇，瞻云却也不接茬。她便无奈道，好好，你们罗家有钱，不在乎这么个三两百的。

很快地她便从韩阿姨每日购买菜蔬的清单中，发现菜价都有虚高的成分，譬如冬瓜多报了五角一斤，桂花鱼多报了一块五一斤，排骨多报了两块一斤。如果说她发现的单价虚高只是悄悄告诉沧水夫妇——她到菜场去一一看过，都记录在小本上，那么虚报分量她就几乎要戳穿给韩阿姨看了——她用一把弹簧秤，一样一样当着购买者验收。一边过秤一边骂道，这些个菜贩子也太缺德了，短斤少两他们家能发财啵，发洪水还差不多！

大姨未来罗家之前，韩阿姨也是每天会将一张采买清单夹在门后的，只不过他夫妇基本不看。此刻沧水对价格虚高的“举报”将信将疑，毕竟菜场不止一个，菜摊更是五花八门，高高低低的价格都会有的，只要不是太离谱也就听其自然吧。对于这样一种放任自流，大姨简直要嗤之以鼻，认为这就是纵容，小洞不补，大洞成涌！

韩阿姨忍耐了两天的验收，第三天终于发作道，大姨要是不放心我，你就去买菜好了，我还省了一道子事。

大姨针锋相对道，花了钱请了你来，你不能这样耍态度喔！你的态度应该对菜贩子去耍，买菜就应该带上弹簧秤，要不就去复称台复一复。

韩阿姨冷笑道，买点子日常小菜还要去复称？我丢不起那个脸。三分钱买烧饼，还要看厚薄。难怪人家讲，越是有钱越是小气。

大姨还以颜色道，有钱怎么了，有钱就要浪费吗？有钱就要摆脸吗？有钱就要伸出王八脖子给人宰吗？

韩阿姨恼怒道，哪个是王八？骂人的才是王八！

大姨逼近道，哪个是王八？我骂了你吗？我骂了你是王八吗？

韩阿姨怯道，你有钱，你总不会讲自己是王八吧……

我要是王八，你就是王八蛋！大姨怒道，便听得啪的一声脆响，两人同时惊住了，一瞬间两人都在寻找这声脆响的发源地。很快的，一个从对方惊惶的眼神里，一个从对方红白的面颊上，感受到了这是一个巴掌与脸颊的不期而遇发出的异响。

好啊，你敢打我?！韩阿姨从台子上抓起手机就报警。

110接警之后，就近叫福保派出所迅速派来了警察。一个说，她先骂人，一个说，她没骂，无故挨了打。你一句我一句，又扯到了菜场买菜……警察一听便知，这是一桩小事，小到可以跟某些报警相提并论：小猫上到屋顶不敢下来，钥匙锁在房里进不了门。警察息事宁人，建议大姨给道个歉，大姨不依，坚持说她不应该先骂人王八。于是又纠缠，哪个先骂的王八。警察不想再陷入这桩无厘头的家务事，拔脚欲走，韩阿姨便扑过去要验伤。

等到沧水夫妇下班回来，韩阿姨早在社区验伤回来了——很可惜脸上的巴掌印子影影绰绰的，并没有长期作证的打算，却是哭泣着讲完了一桩令人难堪的故事。大姨则始终绷紧嘴，一言不发，将韩阿姨做了大半的厨事接手做下去。

韩阿姨是瞻云同事一年前推荐过来的，这年头，会做事的帮佣也是人才，要打起灯笼去找。早已经习惯了韩阿姨做饭理家的女东家，事后悄悄给她送了两件衣服以示慰勉。韩阿姨也得到沧水的提醒，大姨心理有病，无论她今后怎么批评，你都低眉顺眼，听着便是。韩阿姨长叹一声，留下了。

可是大姨对韩阿姨的疑心却日重一日，今天讲她炒菜盐下得重，明明晓得她有高血压，想她不是脑梗就是心梗；明日讲她雨天也把地板拖得精湿，赚她不是绊死就是绊得骨折——大姨很注重体检，六十之后体检一直提示有骨质疏松……

沧水从旁劝说、解释、开导，一概无用。大姨振振有词道，你讲的道理我都懂，但是她如果存了心想害我，一堵墙都挡不住，要是一下子害死也就得了解脱，要是害成一个半身不遂，困在床上要人服侍，那必是害了你和瞻云哪。

瞻云只是一个外甥媳妇，即便不想袖手旁观，又哪里插得进话。

关系终于还是闹到不可开交，一天大姨从社康做血糖测试回来（餐后两小时血糖），忽然头晕，心律不齐……她跌坐在沙发上，脸色苍白，质问端来热水的韩阿姨：你是不是偷偷混用了消毒液与洁厕灵？我闻到了一股浓浓的漂白粉的味道，这种味道应该就是氯气！提醒过你几多次，电视里都播过了，消毒液与洁厕灵混用，轻则伤肺，重则死人！

韩阿姨连忙否认，她知道不能混用，绝不会混用。

大姨揪住自己胸口道，好难受啊，我要死了！我批评过你的错误，你就搞，搞……报复啊！

眼见大姨好像就不行了，又无一个旁证，韩阿姨眼泪就掉下来了，赶紧拨打了120，扑通一声跪在大姨身边，哽咽道，大姨你千万不能死，你要是现在死了，我就是去大梅沙跳海（周日全家去大梅沙，也带她去过）也洗不清了啊！

呜哇呜哇……

十分钟之后，救护车停在楼下，嗵嗵嗵地上来两个白大褂，进门听了大姨的心律，量了血压，虽是快一些，高一些，却也未见明显异常。问大姨要不要去医院留医观察，大姨腾地在沙发上站起来道，不去了，我是吓的……

医生离开之后，韩阿姨揪住领口，犹自哭泣道，我才是吓到了啊，我为什么要去混用呢，混用要死人也是我先去死呀，明明白白是我在搞清洁啊。

韩阿姨一直等到男主人下午回家见面，抹着泪将上午发生的事情简要叙述了一遍，提出结账辞工，明天绝不来了。

大姨一旁咻咻道，讲你是一只纸老虎呢，你又老虎屁股摸不得。跟你讲，我现在还闻到了一股氯气……你这个人是有病啊。

韩阿姨一直没接茬，这种无声的抗议，比对吵更令她难受，何况韩阿姨将工薪揣进口袋里，临出门还说了一句自残的话，我是有病，我拿了钱这就出去买药吃！

韩阿姨走了，生活还得继续，阿姨也如断线之珠，一颗颗溜走了，又一颗颗续上。

第二个是云南的李阿姨，第三个是湖北的方阿姨，第四个是广西的黄阿姨，第五个是江西的万阿姨……当大姨与来自安徽阜阳的第六个刘阿姨大吵了一通，便严重怀疑刘阿姨在做饺子皮的面粉里加了消毒粉之后，沧水与瞻云都感觉，被大姨撵走与气走的阿姨，如果说不同程度都有一些毛病的话，病得最重的，毫无疑问是大姨。

周二下午沧水在深大打羽毛球，下场休息与一旁的心理学牟教授聊天，谈及大姨的疑心重。牟教授说，这是有心理创伤，可能与她青少年的某个深刻记忆或经历有关，心理创伤在精神病学上被定义为"超出一般常人经验的事件"。牟教授强调，提到心理创伤，自然就会想到战争，洪水，地震，火灾及空难，等等，尤其是目睹了事故中突如其来的亲人死亡，创伤很容易形成，其实心理创伤远不只是这些强大的突发的事件，还有很多细小的在我们日常生活中可能会长期经历到的，也容易被忽视，譬如情绪伤害、躯体虐待或者语言刺激，都会促进心理创伤的形成。有一个外国知名作家，小时候因为母亲有一次忘记在睡前过去吻他，就给他留下了心理阴影。

好脾气的瞻云扛不住了，她在一次周末晚上与沧水的百般缱绻之后，一骨碌挺起身，在床上坐正了，一脸正色道，要么是沧水带大姨去疗治心理疾病，要么将大姨安置去深圳社会福利中心。这个新建的福利中心在龙华的观澜，硬件是一流的。她觉得心病难医，根本的选择应该是后者。

生性如水、柔而不刚的沧水，足将进而趑趄，口将言而嗫嚅，几次欲言又止。他或许可以在一个合适的机缘，劝说大姨去看心理医生，却绝难开口叫大姨搬去福利中心，除非她自愿。

瞻云却兵临城下，不仅悄悄打听好了入住福利中心的一应细节，而且在大姨七十大寿的关节点上，摆下一场家宴——在沧水看来，这就是一个鸿门宴，瞻云让他劝说大姨，换一种活法，人生更精彩。在沧水看来，劝说自己的父母入住福利中心，他不会有多大的心理障碍，面对大姨——他的养母，叫他开口劝她去选择一个更精彩的人生，那难度不亚于叫他一举拿下一个国家级重大课题。

于是，吃饭、吹蜡烛、祝你生日快乐、分切蛋糕……原本的一个鸿门宴，转变成了琼琼、瑶瑶的小型嘉年华，孩子都喜欢参加各种小人与大人的生日派对，因了好吃，更因了好玩。姨奶奶被两个聪明伶俐的小孙女戴上了头冠，红绿纸板剪成的头冠上，栽有“寿比南山”四个稚嫩的童字，眼下这个三代人欢宴的场景，如山溪一般流畅。

如果说，瞻云一开始话语甚是甜蜜黏稠，直至两个孩子离开饭桌，到一旁去边吃蛋糕边看动画片，她便对沧水频频使眼色，这个木头老公只作没看见，她就对他没有好颜色了。趁沧水与大姨收拾桌子，将一席碗筷捡去厨房，瞻云干脆进了主卧室，将门关得砰然有声。

沧水瞥一眼厨房里的大姨，庆幸那边水声哗然。

待得沧水连哄带压，招呼两个丫头洗漱完毕，与大姨各自回房间就寝，他来入主卧，才发现门被反锁了。往好里想，门被瞻云砰然关闭之时，带动了反锁，当然，她有意反锁的可能性更大。略一犹豫，他拉了灯，猫一样无声地摆平四肢，在客厅沙发上躺下了。

蒙胧入睡之际，他的额头上贴了一只绵软温热的手掌，是大姨端了一张矮凳坐在他身边了。他刚要起身，大姨按住了他，悄声道，我们就这样谈谈心，好。

好一阵无声。下弦月移到了窗口，大姨的脸廓有一根线条，执拗而又复杂，在不欲拐弯的地方被脆然一声折断了。

沧水瞬时想起小时候家住袁河铁路水泥厂，大姨对他的多种多样的好，他道，……我们家左边那个邻居，她儿子叫黑皮，有一次在放学路上抢我的球，我不给，他就踢了我一脚，还把我的球扔在臭水坑里，我一路哭着回家的，你反复叮嘱，他一家都是坏人，以后尽量躲着他们。后来，我见你趁他们一家都上班去了，将他家一床晾晒的被单从竹竿上扯下来扔在泥水里，算替我报了仇。他们家大人，尤其黑皮妈妈真是个泼辣货，回来以后对着被单骂天骂地，我都为你担心，风也可能吹下被单，那时候又没有这么多监控……两人说着往事，不由得都笑了，又担心里屋听见，赶紧捂住嘴。

沧水摸一把，脸上、额头上各滴了一点凉，大姨哭了。

儿时的事情，开心又伤心啊。

沧水忽然想起牟教授的心理创伤学说，问道，大姨，是不是那个年代的一些人和事，给你带来的伤害太深了，你讲出来，发泄出来，心情就不会那么沉重了。

大姨抹抹眼睛，叹了一口气道，很久，很乱，一下子也理不出个头绪来。你讲的那个黑皮，姓周。他妈妈周腊梅从来就是一个积极分子，跟我一起下放在温汤……

原来，大姨与周腊梅都是袁河铁中老三届的同班同学，高中毕业以后一起插队去了五十里外温汤公社的一个知青点。周腊梅积极上进，事事奋勇争先，大姨暗地里比照着她学习，却怎么比都觉得很有差距。有一次周腊梅来了例假也坚持在田里“双抢”——抢收抢种，几天下来，终于体力不支昏倒在田埂上。大姨将她背回知青点的宿舍，眼见一脸煞白的老同学情况不妙，当即叫上一个男同学开了手扶拖拉机送去县医院。在县医院补充了葡萄糖等营养品，腊梅缓了过来，要求返回知青点。回返途中，山道弯弯，忽降大雨。车上仅有的一件蓑衣、一顶斗笠给了她。淋得一身透湿的大姨冷热夹杂，加之也是几天劳累，回来之后，几天高烧不退，说胡话，幸得一个乡村土郎中连着开了十几帖发汗解表以及温中散寒的药，将她从死神手里夺回来了……两个月之后工作组在知青点开展了一次学习与批判活动，周腊梅却揭发大姨胡爱珍曾主动借过《苦菜花》《军队的女儿》《林海雪原》给她，并说胡爱珍还在日记里抄录了少剑波写给白茹的情诗，她在夜晚到水库边散步的时候，背诵给腊梅听过：万马军中一小丫，颜似露润月季花，体灵比鸟鸟亦笨，歌声赛琴琴声哑……下面的句子太肉麻了，太黄了，她腊梅都不好意思背出来了。工作组叫胡爱珍交出日记本，在粮仓里开了一次胡爱珍的现场批斗会。

这一次学习与批斗活动，给大姨胡爱珍留下了极深的印象，大姨道，如果说青少年时候有什么心理创伤，就是那一次“双抢”周腊梅给我留下的。

甥姨二人聊着聊着，沧水建议可以一起回老家去见见周腊梅一家，看看他们怎么样了。大姨略一犹豫就答应道，离开袁河几十年了，结婚以后就再没有回去过了。

周日的一个大早，沧水带大姨到了深圳北站。现如今有高铁，从深圳去袁河也就四个小时，袁河距离高铁站还有二十多公里，往返的小巴多如蝼蚁，却都破旧不堪。大姨屁股下垫了报纸，嘴上捂了口罩，嘟哝了一句，真是回不来了。原来所在的铁路水泥厂，20世纪八九十年代之交就停产了，剩下一堆退休老人与留守的中年人。旧物仿佛，东一处西一处的搭建却令人觉得似是而非。一路问过来，到了周腊梅家，蹒跚出来一个满头白发的老妪，双方略一迟疑，随后是一声惊呼，互叫对方的名字：腊梅！爱珍！然后四只手紧紧攥住。

坐在略显暗淡的屋里吃茶、叙旧，才晓得周腊梅的丈夫十年前死于肺癌，四十二岁的黑皮如今在长沙机务段工作，说起儿子当了副段长，周腊梅满心欢喜，还讲再过几年，身体不那么好了，就要到长沙去住了，儿子早就给她备好了一间房。边吃茶边谈讲，一两个小时很快过去了，大姨始终没有谈及当年“双抢”的那一件伤心事，如同几天前瞻云在客厅里频频给沧水使眼色一样，现在轮到沧水频频给大姨使眼色了，大姨视若无睹。

三人来到马路对面的“袁河人家”吃午饭，已是下午一点多了，想到饭后就要离开，沧水实在忍不住了，他扯起话头来了，从当年大姨与腊梅阿姨在铁中同学，讲到插队在温汤，讲到“双抢”……他期望她俩任何一人主动谈及当年的伤痛与疙瘩。没有，她俩回忆了当年的千辛万苦，没有菜，顿顿干辣椒打汤，酱油拌饭，蚊子太多不能睡，把六六六农药倒在剖开的竹片上，点着了熏，蚊子熏走了，人也熏倒了……她俩都笑了，笑中含泪。伤痛如雀鸟一般飞了，只剩下一道痒痒。后来，俩人又互加了微信，周腊梅给她讲，有初中同学率先在微信群里发起了抱团取暖的养老方式。

沧水给腊梅夹了一箸菜问道，腊梅阿姨还记得一次“双抢”晕倒了，我大姨送你去县医院的事吗？腊梅阿姨想了想，点点头。后来呢，我大姨送你回来淋了雨，大病一场。腊梅阿姨想了想，点点头。再后来呢，学习与批判，你揭发我大姨给你看了《苦菜花》《军队的女儿》《林海雪原》。腊梅阿姨想了想，摇头道，不记得了。再再后来呢，你还揭发我大姨在日记里抄录了少剑波写给白茹的情诗，很肉麻，很黄。腊梅阿姨想了想，坚决地摇摇头道，没有啊。说着转头望着大姨，一脸无辜地求证。大姨讪讪道，过去几多年的事情，水淹过，灰盖过，哪里一件件都记得清楚，不提了，不提了。腊梅阿姨也道，小时候的事情，你中有我，我中有你的，哪里记得那么多。人老了，就要快快活活。

说着，两个阿姨都记起明年是高中毕业五十周年，要好好张罗一个聚会。接下来便历数班上谁已经先走了，谁是大老板，合适出面张罗一个聚会。

在当天下午五点的返程高铁上，沧水沮丧而不无责备地问大姨，好不容易千里迢迢来一趟，你为什么不追问呢？周腊梅阿姨是真忘记了，还是故意装憨的？

不晓得呢。大姨淡然道，不想追问了，提起旧事，人家不高兴，我也不舒服。

那你是放下了呢，还是没有放下呢？你这么多年的待人处世方式，都和那个故事有关啊，你放得下吗？

大姨转脸窗外，不再搭理略感不悦的外甥了。她脸廓的一根线条，执拗又复杂。

回到深圳，举目一片灯火灿然。出高铁站台的那一刻，大姨忽然凑近沧水身边道，我晓得瞻云的意思是什么，周腊梅讲起当年的初中同学在微信里发起了抱团养老，如果我们那些老同学原本心里都没有芥蒂的话，抱团取暖算是一个不错的主意呢。

是夜，沧水与瞻云比肩而卧，见沧水好没意思，瞻云主动握住他一只手问道，怎样，此行有收获吗？

沧水平静地叙述了一个大概。

瞻云评价道，……你大姨这个人有不少优点，吃苦耐劳，整洁卫生，有责任心……大的缺点也有一个，疑心太重，对谁都不放心，都警惕，都多心，怎么讲呢，她把所有的人都当敌人，结果只能是天天都跟自己过不去。跟你讲一件事，今天吃完晚饭，琼琼发现自己那条白裙子破了一个洞，周一返校她当升旗手要穿的，琼琼竟然怀疑是菲菲咬的，毫不留情地连踢了菲菲两脚，叫它认错，菲菲吓得钻进床底不敢出来；瑶瑶在一边不但不制止，还捂着嘴笑，这一幕太令我惊讶了，琼琼、瑶瑶是从哪里学得来这样嫁祸于狗，无端猜疑的?！瞻云把手抽出来淡淡道，跟你提个醒，罗老师，你对大姨的感情我能理解，可是为了孩子，我也要考虑带她们搬出去住了。

沧水心中咯噔一下，缓缓道，你看你，一件小事，你也多疑了不是……

（原刊《北京文学》2018年第9期，为《小说选刊》第10期，《小说月报》第11期，《新华文摘》第23期转载，收入《2018年中国短篇小说年度佳作》，孟繁华主编，山西人民出版社）

痛　点

下班之前，骨科朱医生照例来到他负责的病房查看。

27床是一个头发自然卷曲的三十出头的小伙子，他的右腿因骨瘤截肢，五个月前永久地消失在朱医生的手术台上，此刻他一身白底起黑条的T恤，右臂胳肢窝下随意地挟着一柄银色的金属拐杖，坐在那里毫无动静。朱医生在26床给一位膝关节疼痛病人耐心做讲解，告诉这位锻炼不得法的水利局的公务员，常年登山是他半月板损伤的原因之一，膝关节之间几乎没有了间隙，如果不欲进一步发展，最佳办法就是减少乃至停止一切运动。公务员匀称的身架子及黑红的脸膛，都证明运动是他可以与饮食、睡眠等量齐观的一项生存理由。他低眉顺眼却又语调执拗地跟眼前精瘦的朱医生较真，不能爬山，难道也不能游水吗？都讲游水是最好的运动，不是吗？

朱医生掏出一进来就放在白大褂口袋里的左手，一手托起他的膝关节，一手帮助他强力屈伸。公务员疼得哇哇直叫，神态夸张又坚忍。朱医生背对着的正是27床，他能够感觉到一双淡褐色的眼珠紧紧盯着自己的后脑勺，漠然、冷酷而带芒刺。朱医生道，如果这么痛，你目前最好的状态就是休息、进一步检查与治疗。你看看你周边一些朋友，即使做了那么大的手术，照样一声不吭，哪像你，鬼子还没有进村，就吓得屁滚尿流。

屋里的病人、病人家属和护士都笑了，27床依然不响。没有声响不意味着他没有痛觉，恰恰相反，这个病人的痛觉惊人地敏锐。做了截肢手术之后，因为疼痛，他这是第三次入院。疼痛的部位不是左腿、左脚，也不是攀援而上的髋关节，以及前胸后背，恰恰是右腿，是右腿曾在，如今却虚无缥缈的位置，痛点甚至可以准确到膝盖上十五到二十厘米的一段区域。如果讲，患者在医生面前还可以装痛，27床的女友却告诉朱医生，端午节那天，她记得很清楚，男友半夜痛醒，咬牙跪在床上，发出来的吼叫惊动了邻居报警。

朱医生在揶揄这位鬼子还没有进村就吓得屁滚尿流的公务员同时，也嘲弄了自己一把，他讲自己初中毕业那年夏天，上山砍柴贪吃野蜂蜜，举着茅草爬树熏蜂巢，被蜂子蜇伤了额头，回家躺了几天消肿了，还叫痛。他奶奶给他额头上缠了一条月白色的手帕，就像村里的月子婆那样怕风怕凉，直到手帕脏污得失去了底色，他依然没有取下来。那半个月，每天吃两个红糖煮蛋。

公务员一边搓腿一边问，是真的痛了半个月，还是为了享受月子婆的待遇，每天吃两个红糖煮蛋？

朱医生道，恐怕两种因素都有，现在回想，后一种因素应该占了主要。你是70后吧？你不晓得，那个时候每天吃两只荷包蛋是怎样一种奢侈。边上的病友们便议论，现在要叫孩子好好吃饭是一件多么叫人犯难的事情，他们宁肯吃麦当劳、肯德基、路边食材可疑的烧烤以及香味熏死人的膨化食品，也不肯吃荷包蛋！接着便把话题从亚硝酸盐致癌扯到了怎么叫孩子多吃健康食品，扯到中小学生多学国学重要还是多学奥数重要，不同观点迅速分化，分贝提高，唾沫星子几乎溅到对方脸上。

这样的争论有违朱医生的初心。朱医生尽管一直在查公务员半月板的损伤，意味却在27床消失的右腿上，他想通过辗转的敲打、鼓励与回忆，提醒27床不要钻牛角尖，激发他战胜疼痛的信心与决心。

一股莫名的沮丧与郁闷，袭上忙碌了一天的骨科医生心头。恰恰此时，一个身材姣好、怀抱一束鲜花的姑娘进来了，朝大家也包括朱医生嫣然一笑，便朝27床走去。朱医生回了一个微笑，扯扯衣领，脚步匆匆离开了病房。

朱医生在办公室收拾桌面的时刻，姑娘进来了，他下意识地站了起来。玻璃门弹了回去，她后面并没有跟进她的男友。姑娘的第一句话带着些许微笑：朱医生，又来给你出难题了。

如果说，医生为研究兴趣也好，为晋升职称也罢，都喜欢在做论文的时候，引用疑难病例；现实之中，却既不想在手术台上看到任何疑难，更不想在术后复诊中，看到任何意外。27床的术后疼痛而且是在截肢部位的疼痛，这是疑难加意外。朱医生检索过相关文献，这种术后找不到痛点的疼痛，国内外都有过报道，究其原因却莫衷一是。

27床第一次过来检查是三个月前，春天的海滨城市还没有进入燠热，他的黑白相间的T恤后背却是一片汗湿，他女友讲是疼痛所致。

不存在的部位，也会让人痛不可当。朱医生行医一二十年，似乎还是第一次碰到。

骨科医生敏锐地觉得这是一个很好的论文题目。朱医生连续三年申报正高职称，皆功亏一篑，缺论文，缺课题，缺获奖，也缺国际学术论文大会的论文宣读。同事中一个比他小两岁的黄医生，三五年前在马来西亚一家中文医学杂志发表过一篇论文，两年前在东南欧巴尔干半岛的马其顿参加过一次学术会议并宣读论文，二美并，桂冠落，去年如愿以偿地站入了主任医师的行列。尽管后来有人举报，黄医生的所谓国际学术刊物发表的论文才刚三千字，且大马的那家医学杂志被曝为华人所办，主办方就是一家华人诊所，一年才有一期到两期，形同自我宣传的会刊，却撼动不了黄医生头上已经戴上的冠冕：若无十分强硬的理由，怎么可能推翻终审评委的投票结果呢？职称评定原本就是各种因缘凑泊的怀胎，尤其到了终评，一大堆与被评者有关系没关系的高级评委靠在那里，眼光游离，各怀心思；他们是少许懂行的更多却是隔行的专家——从专家库里随机选出来的非机器人，对手机短信和微信朋友圈的兴趣或许大过对眼前一摞枯燥表格的兴趣。通过这么一道生死攸关的评审，表格里满怀憧憬的各式男女得到擢升或被贬黜，其概率各为百分之五十，有如从ICU直接推到手术台前的病人，成也一刀，败也一刀。

黄医生成为幸运者的同时，朱医生陷入了连续几年的沮丧与郁闷。朱医生其实不仅在科室正骨一流，凡是疑难都想到找他，也能够做心灵抚慰包括自我抚慰，每天上班之后，他都要面对一堆可知与不可知的病症、手术与患者，他知道心理焦虑的排解与胳臂或大腿痛楚的排解同等重要。他给一个远赴加拿大的同窗发电邮：职称不评少一笔月俸，两三千块钱的损失呗，出去走一次穴就来了！所以有没有正高职称，充其量只是一个面子问题，如果里子——吃喝拉撒SEX一道解决了，面子是个屁！不抵半夜自慰来得爽快！

在一个论文与课题而非手术刀的锋利与否决定职称高下的时代，朱医生压根看不起一大摞发下来就可以扔到废纸篓里去的杂志，他跟一个企业内刊《赛璐珞》的主编讲过，看那么一些无聊的东拼西凑的论文，我还不如看《赛璐珞》里面的姑娘养眼！可是现在，他觉得动手写一篇可以疗救心痛的不同凡响的论文机会来了，27床的乌有之痛是个绝佳的案例。

此刻，27床的女友站在面前，一件粉红的尖领衬衫掖在一袭素底起白花筒裙里。光洁的额头下面，是一对不无矫情却也真情流露的大眼睛，眼光孤立无援却又充满狐疑。朱医生迅速调整脑海里的措词，挖空心思搜索安慰的话语。十多年的临床经验告诉他，即使碰到蛮不讲理的医闹，感同身受的哀兵也比假以颜色的骁将更能拿下道义的制高点。

他为什么会那么痛呢？她叹了一口气道，他跳得多么好啊！

这是两个完全不相关的句子，他顿时松了一口气，眼前的这个姑娘是一个思维活跃分子，她脑子的灵动完全可以跟她舞姿的灵动媲美。他惋叹道，上次你给我看你们国标舞的照片，真是精彩啊！

姑娘眼前一亮，从随身带的一只深褐色LV包里取出几张黑白照片，她说皆是一位胶片机发烧友拍摄的。凭着一名骨科医生不俗的黑白摄影知识，朱医生也认可这些照片的灿灿亮眼。他单手一抖，擎起照片，像是借助透光欣赏自己一幅幅正骨之后的底片，啧啧赞叹，国标舞是一种艺术，黑白胶片摄影也是一种艺术，两种艺术的叠加就是两种美的叠加，真可以拿出去发表的！

心里却是冷冷地宣判：27床与女友线条清新、刚劲且柔美的舞姿，只能永远定格在照片上了。

姑娘两只幽黑的眼珠倏然一弹道，是吗？可以拿到哪里去发表?!

朱医生脑袋瓜子快速一转道，我认识一些企事业单位的内刊主编，他们还送过一些杂志给我，里面是刊登照片的。说着，他从纷乱的抽屉里扯出一沓报纸杂志，翻出一份刊物《赛璐珞》。朱医生道，你不要小看这一份杂志，一个名不见经传的企业，人不多，年产值也过亿，主编去年爬七娘山摔了一跤，担架抬来的，起先去了一家很有名的外资骨科医院，人家说脊柱神经损伤了，即使做了手术站起来的可能性也只有百分之十。我给他仔细做了检查，结论相反，做了手术之后站起来的可能性是百分之九十以上，不做手术则一辈子躺在床上的可能性是百分之百！他既激动又紧张，他老婆是一个叫红门会计师事务所的掌门人，家财千万，都不相信我给他开出的利好大单，要给我打赌！姑娘的左手揪紧粉红的衣领，噘着小嘴夸张发问，什么赌码？

朱医生不无骄矜道，一辆第四代路虎揽胜。

姑娘一声哇塞，一百多万吔！结果呢？

结果吗？那位红门会计师事务所的掌门人输了，朱医生牵起自己的白大褂衣襟道，当然是白军胜了红军！路虎我哪敢要，即使他送我一辆捷安特山地车，我也要衡量一下得失哟。

姑娘双手捏蝴蝶羽翼一般，捏起自己的两片粉红的尖领尖叫道，呜哇，我们是白军还是红军吔？为什么没有一方得胜?!

朱医生双颊顿时遮过一片羞红，结舌道，医生和病人是一条战壕里的战友，也不能讲没有胜啊？丢卒保车！

姑娘摇头道，一条右腿哪里是卒，是车！车马炮，车是重兵器！

朱医生坚持道，医家对患者的最大责任是力保其生命。生命是什么你应该很清楚，就是将帅啊。为了力保将帅，必要时车马炮都可以舍弃的呀。

姑娘眉眼一黯，幽幽道，你会知道的，车马炮有的时候，跟将帅简直就是血肉相连，谁也离不开谁的。前段微信，见一个孤老太太走失了爱犬，愿意以一套房子相抵吔！

朱医生离开办公室之前，告诉姑娘，《赛璐珞》的主编这两天约他吃饭，可以请美女一道就餐，景田北一家酒楼，现做的烤鸭不输北京的全聚德。

姑娘粲然道，美女尤其是舞蹈美女要保持身材，一概拒绝美食诱惑。舞蹈美女告诉他，这些照片是前年第十届国际国标舞拍摄的，周六开始第十一届国际国标舞比赛决赛，问他有无时间。

朱医生道，去，当然去呀！我本来准备了买票都去看的，国标舞决赛从来场场不落。我可是美食美色两不拒，我把主编带去，让他见识你优美的舞姿，更有利发你的图片。

姑娘咬牙切齿地更正道，是我们的图片……

周六上午，朱医生拿着27床女友给的两张门票，邀请《赛璐珞》主编去海滨的“春茧”体育馆。主编如约开着一辆宝马驶到彩田村口，朱医生刚好顶着大太阳出来，双手遮顶，不尽张望。主编好烟，口里不停地嚼着口香糖，依然避免不了嗅觉如狗的朱医生一进去就闻到一股缭绕蚀骨的烟味。朱医生叹道，嗨嗨，跟你讲了好多次了，千万不要在车内抽烟，烟味渗透进了顶棚座椅，乘车的人都要吸你的三手烟，逃都逃不掉！

主编一踩油门，闯过即变的黄灯，龇着一嘴黄牙道，就这点小趣味了好不好。一不嫖二不赌三不抽——我是讲不抽K粉，当代好青年我入选不了的话，他们评委算是有眼无珠好不好?!

朱医生瞪一眼他一头的稀疏，鄙夷道，就冲你一片濯濯童山，还青年呢，还好青年呢！你的三不主义，可以蒙你办公室的小编们，蒙不了你每天看X光片、动手术刀的大哥！

主编嬉皮笑脸道，碰到一个好可怕的拿手术刀的，明天见谁不顺眼，人家左腿有病，他把人家右腿给卸了……

朱医生头发倏然直立起来，猛然啐道，你别胡说八道！

主编吓得头一偏，依然笑道，你不会是让我一语成谶，不幸而言中了吧！

朱医生遂叹道，病人对医生好坏的看法，基本就是一个判断标准，能否健康如初？医院就是一个修复站，对大多数病患者而言，修旧如新很难，修旧如旧就不错；推倒重来固然好，推倒之后再也不能重来，哪里就是医院的错啊！

主编啊啊道，感谢你让我推倒重来了。

那是你的幸运！朱医生冷笑道。接着，朱医生跟他讲了27床的情况，手术之后，27床出院，住院，再出院，再住院……还有他女友，两人是一对情侣，也是一对国标舞的业余爱好者，拿过大赛金牌还是银牌的。搞体育舞蹈的失去了一条右腿，打击可想而知。尤其可疑的是，27床一直感觉右腿有痛，因为痛点还在，反复住院。我不能怀疑他是装的，那么痛苦，相信他是真痛……

主编好奇地问，那又如何？只要手术正确，挽救了生命啊。还是应该感激医生的。

朱医生道，我不求感激，但求问心无愧，岂能尽如人意。现在，我感觉他或者是她总有怀疑，怀疑当初的医疗结论是否正确，手术是否该做，等等，好像我掩饰了事实真相。次数一多，弄得我自己也觉得好像在装。

到了“春茧”，半年前朱医生在体育馆的回廊里看过一次菏泽牡丹展，拍了几张差强人意的片子给主编登在封三，每张片子获稿酬二百元，主编说这是最高标准了。主编忽然从脚下的包里抽出一本杂志，递给朱医生。朱医生打开看时，里头夹着一个《赛璐珞》单位的信封，标注稿酬六百元，再看封二，封三，都是他的作品，封二《出海》是一艘双体大帆船漂荡而出——他的一个老板患者年初买的澳大利亚进口帆船，不时邀他及朋友一道出海，玩各种水上运动，每次出海，都有几个新面孔的青葱姑娘。封三拍的都是姑娘，取景、用光及人物神态都不错。朱医生自矜道，这么好的照片放在你的内刊上，有些可惜。主编道，你还可以外投好不好。实话实说，外刊的稿费，还不定有我们高呢！

从地库乘电梯上来，朱医生没有想到，27床的女友正在门口等着他俩，一袭缀着宝石片的曳地摩登舞长裙，将一个视舞蹈为第二生命的姑娘衬托得愈发挺拔高挑，右首发髻是一朵绽放的白底透蓝的绢花。朱医生一连声道，来来来。忙不迭地取家伙，进到大厅，便以海报为背景连拍了几张。主编恭维道，都讲舞蹈演员未必漂亮，今天是一个意外的收获。姑娘鄙夷道，你进去看看，满满一台都是意外！朱医生随手把杂志递给她，告诉她下一两期就可以在《赛璐珞》上见到她的靓照了。姑娘道，先登那几张黑白的，那都是我今天的舞蹈搭档拍的。

朱医生和主编落座在正中第十排的位置，右侧靠台阶，方便进出，这无疑也是观舞的最佳视角之一。主编从包里掏出了一只望远镜，演员相继登场亮相之后，信手递给了朱医生。即使没有这只美式二十倍的“博士能”望远镜，朱医生一对既不近视又不老花，在无影灯下做手术五六个小时都不多眨巴的锐眼，照样能够欣赏摩登舞的优雅雍容与拉丁舞的激情活泼。有了这只望远镜，朱医生的炯炯双目就不再盘桓在表演者的服饰、舞姿与声光雷电的场景了，他的专注点停留在表演者的细节上了——除了脚步的配合，身姿的嵌合，他更观察到男女之间呼吸的应和、眼神的顾盼以及彼此精气神的浑然一体。

本市举办的各层次国标舞比赛，朱医生几乎场场不落，他喜欢这种体育与舞蹈的联姻，力之美的强劲与线之美的婀娜，充分演绎了人之各个骨关节的万千灵巧，在骨科医生眼里就是互为表里，天造地设，浑然一体。他看过却并未十分留意27床和他女友的表演，此前他似乎太注意异邦他乡的表演者了，当27床把一条无可挽回的病腿搁在他面前之时，他的心情前所未有的沉痛，他知道一条腿对于一个健康人的意味，更何况眼前是一个国标舞的领奖者与领跑者。此刻台上，27床的女友手里，无疑是一个新的搭档，看得出这个新搭档却有着不少国标舞表演者不具备的芭蕾功底——踮立之时，他的足背可以撑成一条直线。大多数舞者只能用大幅度扭动屁股来弥补胯形的呆板与单调，她的新搭档却在不经意间灵活运用了顺胯、逆胯、抖胯，尤其是他的撑胯弹而不绵，晃胯细而不弱，摆胯急而不乱，看得朱医生目瞪口呆。国标舞是男女配合的艺术，在这一点上它与交谊舞高度一致：男子的引领及技高一筹，令女子焕然生辉！

27床女友的眼神是羞怯的惊喜，生分的意外，矜持的感激，奉迎的退却。如果把她比作雨后的一朵玉兰，他便是蓊郁蓬勃的一捧绿叶；如果把她比作山涧的一条清溪，他便是突兀光洁的一块卵石；如果把她比作河滩的一只鹳雀，他便是苇草浩荡的一片堤岸。体育加舞蹈的魅力就体现在这里，它是属于竞技的，它又是属于表演的；它是属于力道的，它又是属于情感的；它是属于敞放的，它又是属于内敛的。此种欣赏令朱医生深深折服之余，更为27床失去一条右腿的同时更失去了一片广阔的天空而浩叹。此其时，朱医生的太太——一位电视台记者已经请假去上海观看传统经典昆剧《潘金莲》，各自的趣味与追崇不同，并不妨碍夫妻俩成为两个艺术品种热烈交流的对手，即使是自说自话，各有沉迷，见过那个场面的朋友也无不为之欣然。

望远镜加深了演员细部表情的捕捉，额头蜿蜒的一线汗水，腾挪失重的一丝歉疚，回旋完美的一缕惬意，更有两相配合默契的楔入与退出，取长与补短，俯瞰与仰视，挺直与柔软……都可以从那转瞬即逝的流星顾盼间，得到衬托与诠释。

朱医生在欣赏整体与细部的同时，嘴里啧啧有声，那是比一声叫好更有力的赞许。“春茧”曾经举办过汪峰和周杰伦的咪咕演唱会，成千上万的听众，将自己等同于咪咕这个活泼、时尚、善良、可爱的音乐小精灵，挥舞着一片如落英般粉红、如海涛般幽蓝的荧光棒，尽情地向自己心中的偶像倾吐正当或变态的思念。朱医生和主编都乘过山车一般溜过了舞台偶像崇拜的年龄，各自有了内心的苦闷与欢欣。如同朱医生喜欢国标舞这样的节奏、线条、色彩与律动，主编更喜欢在云南的热带雨林、西藏的纯净天宇以及新疆的戈壁背景之中，寻找与捕捉镜头感。可是这个时候，主编或是被同伴的专注感染了，或是急于领略另一个美学范畴的精妙，他不停地发出叽叽咕咕的提问，并不时将嘴里的泡泡糖吹出弹出即收回的小面人儿，小面人儿高度抽象，却是有身子、有手脚。

主编忽然问了一个很俗的问题，你讲，国标舞的女角儿，是大屁股好看还是小屁股好看？

朱医生并没有被问住，也没有放下望远镜，他说，桃红柳绿，各有其美。如果讲，小屁股多半是瘦身锻炼的结果，大屁股可能一开始就是错误的扭胯功法的副产品。除了天生一副小屁股，扭胯功法得体到位，也会使得刻苦者收紧后臀，使之弧线起落、劲健有力；大屁股则不然，这类表演者，跳舞之时喜欢扒裆，左右两片股骨头向两边扭出去，髋骨向外延展的同时，左右臀肌以及肛肌势必旁逸松开，腿部肌肉以及膝关节也是外敞。准确地讲，大屁股较喜欢扒裆，而且，扒裆也加强了大屁股的发展趋势。当然，扒裆也是一种造型，比较优雅严谨的线条，夸张风骚也未必不是一种美啊？

主编啪嗒一声收紧嘴里的小面人儿，哇塞一声，你好懂哟，环肥燕瘦，各臻其妙！

朱医生没好意思说，业余除了欣赏，他也会寻找机会跳跳国标。这边厢在解析与欣赏小屁股与大屁股其美其妙的同时，朱医生紧扣双筒望远镜的双眼渐渐蹙紧了，他是从聚焦着的一对舞伴不时出现的以秒计算的小小失误中窥探到了什么，然后打量他俩的动作，再回到他俩眉目间，是她而不是他，眼神里最先出现的异样，很快给他以传染。那一丝异样如小蝌蚪掉尾一般的波颤，从眼角传到手臂，再遍及躯干与大腿，直到不断旋转的双脚……

对于一个娴熟到可以频频获奖的国标舞表演者来说，这样的异动与异常，不会源自身体，只会源自情绪，更准确地说是源自心理。朱医生在万分惊诧的同时，脑子里电光石火般一闪，猝然如同被击中了一样，后脖颈凉飕飕的，从她眼神的余光不肯再朝这边张望的生硬或刻意之中，他领会了，即使高山大川、关隘一千重，也掩饰不了、制止不了、阻挡不了情人视觉的一线牵，紧接着牵动的便是灵魂与躯体！

朱医生叹息了一声，这才将望远镜滞重摘下，先是放在双膝之上，很快单手递给主编，用蜷着双手的拇指关节，按压疲倦的眉骨，连带疲惫的还有心情，一道深沉的叹息浮现：可惜了。

主编一会儿擎起望远镜，一会儿摘下望远镜，张皇四顾问道，出现了什么意外？

朱医生始终没有回过头去，却提醒他道，你看看后面，他来了……一定是他来了！

主编莫名所以，问，谁来了？！他站起来朝后面扫描，忽然被电击了一般倏然落座，嘴里剩下空洞的啊啊啊。

如果这时候朱医生起身或弓腰朝后望过去，一定会比主编看得更清楚，半道进来了一个浑身上下肌肉精紧的三十出头的小伙，一领白底起黑条的T恤，右边胳膊下起先挟着一柄银色金属拐杖，席地而坐之后就放下了。对比铿锵有力的左腿，他右裤腿之下是一条令人泄气的绵软。他大概进来之前还与守门人发生了几下无声的拉扯，守门人很快发现眼前这个面善者，就是上一届国标舞的获奖者，冠军？亚军？总之是前三名。他进来之后，并没有找空位入座，便屈起一条单腿，坐在高高的台阶上，那一级台阶平行二十八九排吧，光线晦暗不明。守门人起先也劝阻他，希望他不是坐在台阶一侧而是入座。通常这类比赛，售票与赠票各半，即使决赛，空座也随处可见。但是他偏不入座，他情愿选坐在台阶上，可奈我何？如是这般，工作人员也就不再勉强了。

朱医生的两腿抖动起来，开始是微波涟漪，随后便越来越剧烈，需要双手扶住才能避免撞到两边的人。

他心里道，不早不晚，适时而来；功亏一篑，覆水难收。

还有一个场景是事后得知：那天直到散场，27床都坐在台阶上，任匆匆的脚步在身边或急或缓地退去。最后的“春茧”如同捅了一竿子的鸟巢，除了渐次熄灭的灯光，就剩下他，以及提着裙裾在他身边安静坐下的女友。是的，对于他来讲，这是最后的“春茧”，人去台空，包围他与她的无边的滞重与寂寥。

朱医生再次见到27床与他的女友，是某周三一个阳光稀薄的下午，斑驳的光影透过窗外一棵大榕树，鬼画符一般洒在他书写流利的病历上。这一段时间，他已经在为一篇论文腹稿而心动神迷，他相信这篇论文即使不在业界引起轰动，也一定会凸显令医院同仁耳目一新的分量。说实在，他已经越来越难以容忍同事黄医生日炽一日的骄矜与愚蠢。43床的一个女性患者，雨天骑车摔跤，导致股骨干骨折，牵引复位之后小夹板固定治疗失效，于是改作切开复位及内固定，内固定之后又出现四头肌与股骨粘连，引起屈膝困难。此其时黄医生被邀请参加全省第十七届骨科学术会议，说是本市也就邀请了他一位，他的论文宣读排在第三。会议中间不断在微信圈里发他西装革履宣读论文或与各路骨科英豪合影的图像，行前将两三个痛苦不堪的病人扔给了同事，43床分配给了朱医生。43床是一位中学的音乐教师，为保持身材导致的副产品——骨质疏松也一望而知。询问及检查过程，朱医生发现黄医生一系列的小失误，推演出了当下的结果，原本是牵引并未复位就上了小夹板，改为切开复位及内固定之后，又未提醒或者没有严格督促患者早期活动——有些患者怕痛，不肯锻炼，失去了最后的康复时机，遂有粘连。毋庸讳言，责任医患双方都有。这一些细节他当然不能都讲，不仅因为黄医生毕竟是他的同事，且是科室领导之一，更因为现在紧张的医患关系，没事还躲呢，有一点事那还了得！

仅为论文写作，他也需要跟27床及其女友多聊，更何况他从来就是一个自诩与人为善之徒。著名医史学家西格里斯曾经说过：

“每一个医学行动始终涉及两类当事人：医师和病员，或者更广泛地说，医学团体和社会，医学无非是这两群人之间多方面的关系”。他更愿意世俗地将医患双方解读为“利益共同体”。没有哪一个真正的医生乐意见到患者的痛苦，或者，希望将患者治疗得更坏而非更好。心里想的，手上做的，乃至是否有好运眷顾，却往往不是一条轨迹上的三点一线。

他们一道去过东莞松山湖，惠州的巽寮湾，还有位于深圳大鹏的浪骑游艇俱乐部。一个好医生如果乐于交际，总是有各方面的人际资源可以发掘。朱医生又想起双体帆船的拥有者高老板，彼此因为玩摩托艇冲浪导致伤筋动骨结识。高老板在深圳打拼不几年，便建立了一个农副产品配送小帝国，他的资本业绩骄人，以他不断变换玩儿的花样为证，玩进口名犬，到世界各地打高尔夫、滑雪，之后是买游艇，现在将买来不到半年的游艇，置换成一艘双体大帆船。朱医生将27床及他的女友带来“浪骑”，同来的还有主编。高总早备好了晚餐用的红酒、卤菜、点心与水果，连同晚餐一道备好的，还有四五个要么衣装夸张，要么裸露得叫人不忍直看的女子。

帆船飘摇出海，放眼一片天蓝水净。姑娘们一会儿搔首弄姿、自恋自拍，一会儿拉拽晒得黑似木炭的水手陪衬留影。

即使丢失了一条腿，27床如削如镂的面容，精壮强健的四肢和幽黑冷峻的眼眸，依然令几个花团锦簇的女人“惊艳”！或许从女人的欣羡中，他寻回了一丝自信自豪，27床顺从朱医生，被女友牵到船首，前面一根白色桅杆兀然而立，白花花的海浪之后是丛簇的山尖。朱医生导演他俩立在船首的桅杆前，女友双臂伸展如鸟翼，他双手扶住她袅娜的腰身。连拍两张之后，朱医生啧啧道，好一艘大鹏湾的泰坦尼克号，好一对世纪情侣迈克与露丝！

“露丝”纠正道，给一个迈克和露丝的封号也就算了，还扯上一条沉船！

朱医生马上单膝跪下，边拍边检讨道，该打该打！

27床今日心情大好，忽然大声唱道，every night in my dreams（每一个寂静夜晚的梦里），I see you，I feel you（我都能看见你，触摸你）。女友和唱，that is how I know you go on（因此而确信你仍然在守候），far across the distance（穿越那久远的时空距离）and spaces between us（你轻轻地回到我的身边），you have come to show you go on（告诉我，你仍然痴心如昨）……

拍完之后，船已泊在可以望见岸边芭蕉树的海中。一对昔日的国标舞伴侣旁若无人地在船头拥吻，众人噼里啪啦地拍个不停。之后，众人都到船尾逐一下海，或游泳或玩摩托艇。女友陪27床坐在驾驶舱下，朱医生招呼主编带27床女友下海，27床毫不犹豫地推搡女友，让她下去玩儿。她直起身，朝海里船后望了一眼，那几个姑娘一身泳装，分散在不同的摩托艇上，紧紧抱着驾驶者，一声声华丽的尖叫夹缠在海浪里翻飞。

27床女友边走边鄙夷道，要玩就我自己玩，我才不怕呢！主编双肩一耸，表示无福消受。她再从船下卧室里出来，已然换装，粉红底起白花的两片分解式泳装，将一个注重形体训练的体育舞蹈者的身材暴露无遗。她佩戴一副墨镜，略略抬高一条腿，弓身涂抹一管雅诗兰黛防晒霜，在双腿，甚至脚背，均匀而轻柔地涂抹。见过她的形体之后，你不能不承认，有比较才有鉴别，有的人其形体就是一件上佳的艺术品。大海、蓝天，以及一身少到极致的泳装的衬托，更将她由得天独厚与打磨之功获取的身姿阐释到无以复加！其时，一拨莺莺燕燕水湿淋淋地上船，面对一副冷峻而高扬的面孔，惊愕、欣赏、嫉妒、暗中较劲……各种情绪油然而生。27床女友就在众目睽睽之下，一步一步下到水面，骗腿跨骑在一条玫瑰色的摩托艇上。高老板和主编都热情地弓身下去教她如何将保险挂在左手腕，如何使用左手下的绿色打火键，如何前进与后退。

她冷冷地说了一声谢谢，手指一揿，玫瑰色狠狠一顿，便如同箭镞一般射了出去。

众声喧哗。

主编、高老板各下了一条摩托艇，一条雪白，一条幽蓝，几个姑娘趋之若鹜。于是，每条摩托艇上都上了两个姑娘，一前一后夹击着驾驶者，或者说，三人共同驾驶一条艇。三条艇就是三条银色的白练，也是三道尖锐的犁铧，在约莫一平方公里的海面上争逐、斗气、摆脱、缠绕。两条艇毕竟各载三人，哪里是27床女友的对手。她由开始的惊惶，很快进入熟悉的状态，开得从容、大气而又野心勃勃。因了她的娇美，不大的一条摩托艇在她胯下，俨如一只硕大的玩偶。

朱医生陪着27床靠坐在船头一侧紧张地张望。

朱医生毕竟不忘使命，不时插问，你的疼痛是白天多，还是夜间多？疼痛只在右腿这个位置，还是也会转移？梦中会痛醒吗？想到疼痛就疼痛呢，还是注意力转移了疼痛就减弱了，甚至消失了？……心里道，这篇论文要请最好的翻译，争取发在美国的《科学》或者英国的《自然》上，气死他们！

27床单腿站起来，一手扶着船舷，一手举起手里的拐杖，像挥舞着一面胜利的旗帜，尽情舞动着。面朝大海，目光像雷达一样紧紧追随着他的女友，却不时朝朱医生扔下一句，痛啊，没有规律可循，白天晚上都痛；里里外外痛啊；不想痛会痛，想到痛更痛……

他女友双手紧紧抓把，头朝前，下巴颏扬起，微微欠起一副线条劲捷的圆臀。玫瑰色时而跃起，时而跌落；跌落是为了更高地跃起，跃得越高则必定带来更重的跌落。雪白和幽蓝像两条凶恶的狼狗，咻咻地围追堵截，玫瑰色固然在突围，毕竟不敢远遁，犹疑与盘桓之间，便被迫近，于是张皇四顾，时时在寻找，时时在挣脱。

朱医生再一次感受到了——这次不是在舞台上，却是在大海里——那一丝异样如小蝌蚪掉尾一般的波颤，从她心里传到手上，再通过抖动得不正常的玫瑰色，不时展现出来。与他有细微同感的，一定还有身边的27床。

一条雪白从左侧迫近，一条幽蓝从右边包抄，高老板与主编的合谋，更准确地讲，还有四个姑娘的浪声叫阵，阴阳羼和，雌雄连体，阴险地紧逼与围剿。

27床探出半个身子在船外，拼命地挥动手里的拐杖，大声呼喊，往左！往右！跑！快跑！加大油门!! 不要管……!!

一片混杂的喧腾之中，她听到了吗？她听到了什么?!

玫瑰色困在一窝喘着巨大白色泡沫的浪花之中，猛然一顿，霎时鹰隼一般冲天绝浪而去。

一条雪白与一条幽蓝几乎迎面碰上，一声巨大的叹息，随同滔天的浪花一起坠落之后，是猛然的风平浪静。

玫瑰色一直踏浪飞跃，应着残阳，很快便渺如一掌、一指、一丸，直至消失在落日辉映下的海之泱泱。

一道银色的流线，从船尾飞速而下，27床单腿直立，将拐杖奋力掷向大海的同时，顿然全身松弛，扑通一声单膝跪下，俨如一尊米隆的《掷铁饼者》，只不过他的头不是朝后而是朝前，目眦尽裂，凝视天之尽头。

朱医生抹一把脸颊，已然泪流满面。

（原刊《广州文艺》2016年第6期“特别推荐”）

乘三号线往返的少妇

人流潮水一般朝前涌，少妇几乎是被人群推着朝前走。偏偏自动扶梯又坏了，她左肩一个花格子挎包，右肩一只画架子，一只手提着奔奔的书包，另一只手还得牵着奔奔大步朝上跨。奔奔额头上汗爬水流，一脸哭相。少妇带着儿子左冲右突挤进地铁站台，地铁列车刚好进站，这条从双龙始发的3号龙岗线，从少妇进来的龙城广场开至母子落车的少年宫，总共二十三个站，时长一个多小时，一路站立的辛苦不言而喻。上车有空位的机会极少，座位却总是有人相让，毕竟她手里一刻不敢松开的奔奔才五岁。

在深圳的地铁上，有谁会对一个五岁的无座孩子无动于衷？君不见他背后还立着一个云鬓汗湿、双眼殷殷的年轻母亲！她能够记住晚近这几个周末让座的乘客，一个黄毛的姑娘，起身之时，眼里还没有离开手中白色的iPad；再一个着海蓝色学生装的男仔，手里是一个沉甸甸的双肩背；还有一个白头发的老者，见她犹豫，他说了一句，我一人离位，可以安插两个人，合算不合算？没等周边反应，他自己先乐了。

今天让座的是一个黑衣男人，四五十岁？更大或更小皆有可能，他这样的面相属于最不好揣度年龄的一类。眼珠很黑，眼神有些迷离。这样的眼珠和眼神，似曾相识，令人油然而生好感。胖人不宜穿淡，瘦人自然不宜深色。偏瘦的他，一袭黑色衬衫肯定是名牌，一丝皱褶也没有地无声地服帖在身上。下身却是一条米白色西裤，一根小指宽的钻石菱形纹皮带，扣紧毫不显露的腰身，一双深赭色的无带皮鞋一尘不染，肩上还有一只质地很好的黄包。略有洁癖的少妇对任何一个爱干净的男人，总会多打量几眼；何况眼前这个男人，给她母子让座之后立在面前，屡屡被骤停骤起的列车拨弄得跌宕起伏。

少妇心里有一些遗憾，黑衣男人让座之时，她边坐边让奔奔说谢谢，奔奔却绷紧嘴角不发声。少妇连连催促了几次，奔奔一次比一次更不耐烦，最后不仅嘴唇收成了一条线，连双眼也绷成了一张弓。少妇又道，奔奔昨晚背的几首唐诗，给妈妈念念。孩子置若罔闻。为了缓解尴尬，少妇歉疚地问黑衣男人到哪里下车，他回答少年宫。男人道，在车上我见过你俩，在少年宫也见过。她有些意外，盯着这张似熟非熟的脸回忆道，是啊，我也好像见过你的。闲聊中，她知晓他在中心书城南区二楼做英语培训；他知晓每周六她带儿子来回乘坐近三小时的地铁，在北区一个少儿美术培训机构学美术。一般陌生人该聊的话都聊完了，才觉得地铁也是城市地下的绿皮车，慢腾腾的，怎么还不到站呢？这种初识者的谈话一旦结束，接下来最好的安排就是再见，却是又过了四十分钟，少妇母子与黑衣男人才从少年宫D出口一道出来，之所以一道出来，除了顺路，还因了她起身之时，画架不知怎么就滑落到了他手里。他原本想与奔奔大手牵小手，未料奔奔拒绝了。她心中浮起的尴尬，跟黑衣男人让座那会儿奔奔不肯道一声谢，一式一样。

在中心书城楼下道别，是她鼓起勇气要他留下电话；他眼里闪过一丝朴实的狡狯道，你报手机，我记下，给你发短信。

她报了一遍，他复述一遍，就记下了，与奔奔拜拜。奔奔依然固执。牵着奔奔往北区走，少妇心里陡然有些火，没好气地对奔奔道，真不是一个乖孩子，一点不懂礼貌！

带着奔奔来佳佳美术，是一个朋友介绍的，朋友的一个女儿学龄前，在这里培训过半年。刚到门口，玻璃大门已被满面笑容的小谢老师拉开了，画架被顺手接了过去。儿童培训毕竟不是学校上课，家长来得陆陆续续。少妇到得早，通常是这样的，住地远的，往往先到。佳佳美术，好就好在麻雀虽小五脏俱全，有静物，有素描，有油画，有国画，还有剪纸，麦秸苇秆，捏泥人……奔奔喜欢这里，更甚幼儿园十倍！一进门，他总是摩拳擦掌直奔捏泥而去，一大堆五彩缤纷的泥土，能够激发他上天入地的想象与豪情！即便一架波音777捏得像是一条长着翅膀的毛毛虫，机头和尾翼完全扭曲，老师也赞美不迭，说是鼓励为主，不要扼杀了童年美好的想象！老师你也真敢夸，要是你捏着一张机票上波音，结果停在面前的却是一条携带翅膀、歪歪扭扭、龇牙咧嘴的毛毛虫，你还有勇气上去吗？

学美术，一是孩子喜欢；二是给孩子周末一个去处；三是有意无意追随千百万城市“孩奴”的脚步，带着孩子奔向四面八方的培训机构；四呢，与她人生情感的驿站，遭遇了一个刻骨铭心的画家有关……趁奔奔玩得尽兴，她从兜里取出一个保温饭盒，悄没声息地来到大门外。大门外便是车水马龙的红荔路，对面是绿树成荫的莲花山。头顶上凌空跨过的大天桥遮蔽了好大一片天空。暑热之际，屋檐下也透出阴凉。她吃了一块红薯，一个土豆，还有一只鸡蛋，再喝几口水，已然饱了。还有一份是留给奔奔的，劝奔奔吃饭，是天下第一难，每次都是连骗带哄。即使大门近在咫尺，且是佳佳美术的唯一出口，她还是很警觉，不时朝后张望。

独生子女难带，你再生一个试试，就不会这么紧张了——这是画家跟她处着的时候跟她讲的——再一个原因，你是单身妈妈，加重了不由自主的焦虑感。

跟画家的相处，最初就是由于他的智慧，句句都是经典；一拍两散之后，回过头来咀嚼，尤觉字字珠玑！带孩子的紧张，天下皆然；深圳或者中国城市里的妈妈，有几人不是日夜萦怀加之疲劳奔命？那次偶去华侨城一家小妇人读书会，一位两个孩子的妈妈感慨，以前只有一个孩子，时时提心吊胆，生怕孩子消失在自己的视线之外，后来又添了一个，忙是忙，心里却踏实了不少。那个清一色中青年妇女的读书会，除了主读经典，还有茶道、花道、美术，甚至烘焙！可惜她住在龙岗，之后未能再去。

进得屋来，立在角落里的桌边，她用叉子将一只熟蛋切成若干块，悄没声息地来到奔奔身边，趁他画（玩）得兴起，朝他嘴里送。奔奔才吃了两口，嘴角就抿紧了，饭盒里还有四块。少妇说，最后一口。奔奔朝妈妈不耐烦地瞭了一眼。少妇哀求，最后一口。奔奔竖起一根指头，那是不可以再来的意思，勉强将坚扃的口齿城门半开，少妇像在战场上偷运军火，勉强塞进一块。口齿从此抿成了一道固若金汤的城池，任你花样百出，诡计多端，休想再下一城！小谢老师看不下去了，走过来，一边夸赞奔奔手里的狮子捏得高大威猛，一边接过少妇的手，想继续进攻城池。奔奔嘟哝道，人家不是捏的狮子，人家捏的是猴子！小谢老师恭维道，这只黑猴子真像金丝猴，滇金丝猴可珍贵了！奔奔一转头道，人家捏的是猕猴！到底没给小谢老师一丝一毫取悦之后再进攻的机会。

少妇一声叹息，接过去饭盒。小谢老师安慰她，他不想吃，说明他不饿；饿了，他自然就会吃了。

少妇端着双臂，围绕每张台子走走，看看，却是心不在焉。她不时看看手机，没有短信，更没有未接电话。

后来就找出随时带着的一本书来翻阅，这也是当年画家送给她的，却并非画家一人独著，画家只有一篇论文收在篇末，论述的是中国画要不要讲究笔墨。才读之时，少妇觉得这个问题好无聊啊，问国画要不要笔墨，就像问天冷了要不要加衣一样，无聊。读着读着，越来越觉得有味道。里面是十几个画家的画论，都是自说自话，凶焰万丈，不可一世；却又都那么顽皮可爱，歪打正着，自成一家之说。跟她处过的画家，乃本书主编之一，所以他的文章置后——这也是他告诉她的。她问，为什么要这样？我觉得你的写得最好，最讲道理！画家呵呵道，你眼里，讲道理的就是最好的。她道，你们写文章都是老子天下第一，做起事来，排起位来，又都往后缩，自以为都是梁山好汉啊！她还讲，读了艺术家的画论，就像是在没有道理的地方，蹚出一条道来，道上铺就的地毯就成了道理。画家啊了一声道，你要来一篇论画家，肯定别开生面。画家的两只眼珠，黑得像两口深潭，难怪画画漂亮，文章也好！

肩背黄包的黑衣男人，十二点差十分走进佳佳美术的大门，她已经缩在门边矮矮的布艺沙发上睡着了，却没有适时地直腰抬头。他头一歪，几分欣赏，却对她道，儿子饿了吧？吃饭去！他的话音不是命令，却是不由分说。她过去拉奔奔，孩子在水彩画前玩得正欢，十指尽染，鼻头额角全是汗，依然欲罢不能。

一行三人，出门再进门，黑衣男人问，儿子，想吃什么？

她相知或未相知的男人，叫她的儿子，要么跟她叫宝宝，仔仔，要么叫奔奔，要么叫全名，直接叫儿子的，只有两人，一个是画家，一个是眼前这位着黑衣的英语老师。奔奔鼻息咻咻道，不吃，什么也不吃！黑衣男人道，我知道，你是变形金刚。奔奔道，不是！我不喜欢变形金刚！再问，要不是大力水手？答道，也不是！黑衣男人猝然悟道，我知道了……奔奔开始抬头看他了，再执拗的孩子也脱不尽一份好奇心。他双手捂住黄包，不吱声。奔奔盯着包，鄙夷道，里面是一只癞蛤蟆！黑衣男人将手伸进黄包，却如同一个魔术师，不到观众的胃口被充分吊起，不肯抖包袱。他像被火灼了手似的龇牙咧嘴，却拔不出来。奔奔已经完全被他的表演吸引了，扑上来，想知道黄包里的秘密。他跟奔奔抢夺，一只胳膊横抬起来，将奔奔悬空吊起。就这样吊着一直上到二楼的“城市扒王”，终让汗流浃背的奔奔得逞了，奔奔自己从黄包里取出了一只奥特曼！

一段不短的时间了，日本圆谷株式会社拍摄的科学空想特摄电视连续剧，令奥特曼风行中国，俘获了亿万孩童的眼睛，成人却未必都知晓，黑衣男人真是有心！奥特曼玩具奔奔不是没有玩过，莫非得来不易，他今天显得特别激动与兴奋，黑衣男人跟他讲条件，今天分给你的饭菜一定要吃完，做得到做不到？

答得干脆，做得到。

犹记画家也是这么对付不好好吃饭的孩子，画家说，孩子三岁了，就应该训练他自己吃饭，甚至穿衣。画家用几张动漫画像，引诱孩子吃了一顿中饭，可惜，到晚饭孩子便故态复萌。

牛扒最先上来，之后是一盆豆腐，两条黄鱼，一道叶子菜。黑衣男人在奔奔的盘子里一样一样添置，他将两条黄鱼肚皮上柔软无骨的一段悉数给了孩子，肚皮上的黑色部分小心剔除，最后再用叉子一截截验收，确认安全可靠，才道，可以开吃了！

少妇举起茶杯对黑衣男人道，谢谢你！奔奔，谢谢……老师！

孩子这一次听话了，响亮地嘟哝，谢谢老师！饭间，少妇与黑衣男人的对话一开始还有一点斟酌，很快就无甚顾忌了。他知道她在孩子两岁的时候，离婚了，目前在一家外资企业做部门主管，算是一介中层吧。想要继续升职，也是不敢乐观，一则年轻的大学生、研究生年年都有闯入，自己的学历实在不好启齿，江西一所名不见经传的财经中专；二则，外资企业的岗位，越往上走越难，几无规律可循，全凭顶头上司的好恶，所以是战战兢兢，如履薄冰。

他不以为然道，微软的比尔·盖茨大学并没有毕业，苹果的乔布斯压根没有学历，二十年前腾讯的马化腾毕业于深圳大学计算机专业，也只是一个普普通通的理科学士。现如今倒好，满街都是博士，非博士不能进大学教书。想当年，陈寅恪在欧美、日本游学十三年，不曾拿一个学位，却成了教授中的教授。钱钟书数学只考了十五分，被清华破格录取，吴晗数学考鸭蛋其他成绩优秀也一样收在囊中。放到现在，可是痴人说梦！

她道，不敢比，人家没有学历，却有真本事的！

眼前的英语老师与画家是如出一辙地愤世嫉俗。

那次喝茶，画家讲到他所在的学院重美术史，画论，轻视画家原创，评职称、获奖、拿项目，都摒弃画作，气不打一处来道，去他妈的史和论！没有《韩熙载夜宴图》《富春山居图》《清明上河图》，你哪来的画史画论！画家的一组油画应邀在俄罗斯、日本开展，还在法国获得法国美术家协会夏尔·科泰奖，回来却不被晋升教授采信。如今的大学，国家课题第一，国刊论文第二，论文获奖第三，上课多少第四。原创只作评定参考。画家用了一个虽粗俗却很形象的比喻，就像一头母猪很会生崽，不去赞美猪的子宫和受精卵，却在那里一个劲给猪头猪尾猪屁股乃至四只猪脚颁奖，佩戴大红花！画家以自己的经历为例，讲了许多一刀切的荒唐：画家本科学的是外语，难怪他编的书都有英文目录！从小却喜欢绘画，后来研究生读的是美术史，画画却是最爱，影响也最大！后来求职很费周折，人家总觉得不好录用他的专业——首尾太不一致。

那是她人生旅途一次至关紧要的喝茶，喝毕，画家跟她乘了最末一班地铁去了她家。可能是在刚刚过去的职称评定中落败的缘故，处于愤激之中的画家，全没了往日的细心和柔婉，一路上忽略了小不点奔奔，奔奔对这个当夜随他妈妈登堂入室的大男人颇有敌意，不肯冲凉不肯睡，俨然是妈妈的卫士；到夜半熬不过，甚至不脱衣服就睡了。少妇离异之后，中途有两次一夜情，皆浮皮潦草无章法，过后便忘诸脑后，第二个竟然连姓名都想不起来了。认识画家有一段时间了，他也是单身，曾以一句“性格不合”将一团乱麻似的离异，贴上了简洁明快的标签，今夜带他回家，也算水到渠成。

是夜，久违了的男女激情，一开始却无比舒缓。她宛如一具月白色的古琴被徐徐褪下猩红色的琴衣之后，袒露的是圆润的峰峦，起伏的丘壑以及略显干旱的草坪……他像一位返老还童的考古修复大师，小小心心地剥离一件旷世的出土物件四周的锈蚀、尘埃与沉闷，给它注入溪水的透明、森林的青葱、时间的柔韧、岁月的丰渥。她的寂静被激活，沉沉被唤醒，干枯被点燃，是的，点燃——如同星火燎原，恰是从夐古的洞穴开始，然后向周身蔓延，多米诺骨牌似的摧枯拉朽，所向披靡，一直温润而又激荡地燃烧，势不可当地游走于四肢百骸。

她痴长了三十五年的身体，何曾有过这样令人惊骇的点燃?！是一根火柴投向了蓄谋已久的柴薪，是一块卵石掷向了昏睡已久的深潭，是一支响笛吹向了仓皇已久的森林。是这样的吗？我的肉体怎会化了？我的眼睛怎会湿了？我的灵魂怎会飞了？有多少缱绻就有多少翱翔，有多少耳语就有多少雷霆，有多少发掘就有多少迸发，有多少埋藏就有多少裂变……春雨请你停一停，耕耘在这里，在这里；鹧鸪请你停一停，播种在这里，在这里；晚风请你停一停，刈草在这里，在这里；秋阳请你停一停，收获在这里，在这里。

她不仅是水做的骨肉，还有一圈一圈扩大荡漾的涟漪；她不仅可以冲浪，还可以一而再、再而三地自潮头直坠谷底，不断翻然鱼跃；她不仅有身体的百花盛开，还有灵魂的玲珑剔透。不知过了多久，已然走过亿万斯年，是轰鸣而后的悄寂，高峰而后的平原，辉煌而后的素朴，金戈铁马而后的偃旗息鼓。从此岁月不再流逝，白云不再吟唱，河海不再行走，山谷不再翻腾。

她躺在那里一动不动，慢慢伸手，触摸到他的手腕，余温犹在，也是一动不动。她就那样紧紧握着，生怕骤起的一切转瞬归于乌有，不禁泪流满面，抽咽不止。

他太累了，随后响起了轻微的鼻鼾。她侧起慵倦而满足的身体，向他额头虚虚地一吻，她不敢打扰他了，一个原本应该在画布上尽情驰骋才华的人，却要在恼人的职称、复杂的人际以及没完没了的世俗中浪费脑力与体力！如果有可能，她真想帮帮他，哪怕只是一根手指的功劳。那一刻，她想到了开画廊，尽是他的张挂与摆设——国画、油画与手工；她想到了做他的经纪人，协助他绕过一个又一个居心叵测的陷阱；或者就干脆做他的专职家庭主妇，让他衣来伸手，饭来张口，每天将他的衣裤熨平，让他精神抖擞地出席一个个画展；每周将他纤长而智慧的十指攥紧，一枚枚指甲剪干净，修整齐……一个女人能想到的好，她倾其所有啊，她乐意。她现在能为他做些什么呢？她蹑手蹑脚地起身，将他的内衣内裤、外衣外裤一一捡起，这才发现外裤两只荷包的扣子全掉了。找来针线，借着昏暗的台灯缀上，又将衬衣松垮垮的几粒扣子一一加针缝牢。挂上衣裤之时，不禁摇头，没有女人在侧的画家，衣裤全是皱巴巴的。她从门后移出熨衣板，悄然支开，接通电熨斗，先熨衬衣，再熨长裤，再后来，忍不住将他的内裤也熨平整了，全都挂起来……

在卫生间里，她就这样毫无羞耻地揽镜自照，眼角的泪痕，脖颈上的痦子，左乳上一颗红痣……她此前无比的委屈，在今夜画下了一个句号加一个惊叹号：却原来，她的前夫正是以她性冷淡为由，在外面拈花惹草，终至载舟之船一朝倾覆。如果没有画家的一夜悉心弹拨，直至垂垂老去，她也无法给自己的身体一个响亮的证明，一个颠覆的回归，一个凿空而来的催生。为此，她怎么感激也不觉得过分。人之一生短暂，尤可贵的，难道不是遇见一个同时唤醒你身体与灵魂的人吗?!

很快地，奔奔就圆满消灭了自己的盘中餐，到一边与奥特曼较劲去了。

英语教师叫来几听喜力啤酒，给她斟满一杯，给自己斟满一杯。酒液淡黄澄澈。碰杯之后，他说，就喜欢喜力的口味，建议她平时也喝点啤酒；要么，喜力，或者德国黑啤。

她喜欢他带点霸道似的推荐，画家也喜欢德国黑啤，尤喜欢猛士牌。她问，为什么不推荐红酒。

他踌躇道，红酒当然好，好红酒当然很多。可是，国内的红酒太过鱼龙混杂，不如啤酒门户单纯。

她很欣赏一个男人的语言表达，语言是一个人的个性最难遮掩的外露，语言干净利落的男人，举止必定干净利落。你看他讲的是门户单纯，多么独特、简洁却又有力道的表达呀。

英语老师欣赏地看着一旁沙发上玩得入迷的奔奔道，男孩就是这样，有的玩，就肯做任何事情，别讲吃了!

他一笑，左边一个酒窝特别明显，跟画家亦何其相似。

她诉说一个女人带一个男孩的苦恼，通常讲，母亲给孩子亲密性，父亲给孩子独立性，两者相辅相成，奔奔现在缺了一块。他微微颔首，眼里流溢出赞许道，是的，如果讲，女儿可以多跟母亲在一起，那么男孩最好多跟父亲在一起。平时你可以带他多参加一些社会化活动，尤其与男性较多接触的场合，另外……他斟酌道，如果你有两个较为私密一些、常态化一些的男朋友，就更好了，带上他一道吃啊、玩啊。

她仔细分辨他讲的私密化是什么，常态化又是什么，这两个互为排斥的词放在一起是什么意思?画家讲过具象、抽象。画家讲他喜欢的绘画风格是又具象又抽象，合二为一、融为一体是为美。

另外，他的口头禅是另外吗？画家的口头禅是然后。另外也得让他多跟同龄的孩子玩耍，从小注重孩子的合群性、交际性与自我管理的培育，比教他背诵《三字经》《弟子规》和唐诗宋词重要得多。忽问，为什么选择了叫他画画？他喜欢吗？

她答，他还算喜欢，那个画家朋友说过，孩子对色彩和线条都比较敏感。

是吗。他的问句里并没有问话的意思，他是一个停顿，或者过渡：音乐的感觉也可以提早培养。所有的音乐家基本上都是从童年开始练习与培育的。

那个画家本科学的却是外语，画画是他从小的喜爱。我也想过让奔奔学习一样乐器，你看呢，男孩学哪样好？

无所谓好坏，还是兴趣吧。一定要我表态，我推荐小提琴。

为什么是小提琴？钢琴怎样？我们小区还有一个管乐队，管乐队的人讲男孩可以吹长笛或者圆号，会了乐器，又练了肺活量，一举两得。

小提琴是弦乐里最重要的一样乐器，接近人声，表现力尤其鲜活多样。一则这个弦乐掌握了，触类旁通，可收以一当十之效；二则小提琴演奏可坐可立，练习的时候，独奏的时候，都是站立，玉树临风，有挺拔之姿。

一番话下来，她对英语老师的好感油然而生，他的表达跟画家如同一个模子里倒出来的，用一个词来讲，言简意赅。还不仅仅是言简意赅，有细节，有温度，还有画面感。奔奔平时坐没坐相，站没站相。你看他现在斜躺在沙发上摆弄奥特曼，我滴个神，一个法力无边的超人，被他折腾得丢盔卸甲，神气全无。他自己也是头脑委顿，双腿高挂，一只小雀雀趴在空荡荡的裤腿边张望也懵懂无知。

如果孩子站立挺拔不驼背，该多神气啊，原本就是白白净净的一个男孩！

儿子——他居然是这样的表述，省略了定语你的儿子，或者，这个儿子，他直接就讲：儿子的优点与缺点都很明显。

是吗？她当然想先听听儿子的优点，儿子的缺点她知晓得肯定比英语老师更多，我看他除了还比较干净，饭前便后会洗手之外，没什么优点。哦，晚上睡觉前会去主动刷牙。

儿子还比较聪明，我刚才注意到他玩奥特曼的节奏，先后顺序几乎不错，直觉很好；第二点，做事情还算专注，不是坐不住的那一种。

缺点呢？她问，英语老师讲的这两样优点，已经使她受宠若惊了。

缺点是，一不懂得感谢，感恩，今天早上地铁上，我让座，你让他谢谢，他不肯说。原本，这么大的孩子，自己主动说就对了。谢谢一词，要成为孩子的语言习惯，而非大人的提醒，更不能在提醒之后，拒绝反应。

她叹道，是啊。其实，我本来想，不让他坐下，给他几句教训：不谢谢就不能坐。大庭广众之下，又不想伤害孩子的自尊心，晚上回去，是会讲给他听的。

他摇头。

她问，你是讲，当时就该教育他……

你可以不言教，却该身教。

她眼里的问号，画出一个明显的期待。

换了我，我会站起来，大人孩子一起，不接受让座。手牵着他，一起站立，那是无声的未可原谅，当然也是对让座者的感谢与道歉。

她哦了一声，这一个哦，既包含了猝悟，也包含了感谢：还有什么缺点？

第二，感觉不大合群，当然，如果有耐心多跟他玩玩，可以调教过来。是不是在家里而非幼儿园待久了？

是啊，上幼儿园老生病，他的爷爷奶奶就抢去带个一年半载了。你一个奥特曼，就让他接受你了，平时他可抵触生人了，熟人都抵触。

才刚接触，所讲都不一定对，与其讲是观察的结果，不如讲是一种直觉。

没有错，那个画家也讲过，他太喜欢抵触、敌视，我想是不是跟大人的婚姻失败有关。

哦，画家。他道，这可能跟你的婚姻失败有关？也不一定，有些孩子先天就敏感，敌对是夸大的一种自我保护。离异的母亲特别要警惕的是，总觉得自己欠孩子太多，总以为孩子所有的不良，都跟自己离异有关……所以就总是在设法补偿啊，补偿啊。这样一来，好嘛，孩子也以为亏欠他太多，性格是扭曲的，要么骄纵任性，要么内向怯弱。母亲所期望的，与收获的结果恰恰相反。

她有一种被击中了软肋的感觉，头脑里轰然作响。

他道，恕我直言，在深圳，也不仅仅在深圳，不少独生子女家庭的男孩都有宠溺过分的问题，单亲妈妈的儿子，尤其爱有余，缺失挫折教育。

恍惚间，类似的指斥就在昨日，那次是她三十三岁的生日，画家假一家日本料理店请客。画家送了一只从香港铜锣湾买来的LV包，一万五港币啊！画家淡淡道，女人手里的东西不要多，有一件，品位就出来了。如同艺术家的桌上再乱，有一块汉砖，或者一面古镜，感觉就在那儿了。奔奔什么都尝一口就不要了，甚至舔一口就扔回盘子里。画家眉间的阴云越聚越多，终于叫道，奔奔好没教养！

她信手抽了孩子一个耳光。哪是抽呢，讲是抚摸也是可以的，却是抽的一个姿势，奔奔就哭了，声震屋瓦地哭，石破天惊地哭，上气不接下气地哭。与其讲她抽的是儿子，不如讲她抽的是画家。奔奔好没教养！这话是你讲的吗？你是孩子的爸爸还是妈妈?！你生过他养过他，乃至给过他孕育一颗精子的贡献吗？你现在还不是孩子的继父！我是跟你同床共枕了，是的，却并没有办理过任何关系。你充其量是孩子妈妈的……男友，姘头！她心里万箭齐发，为了一个奔奔好没教养！这句话她能讲，奔奔的生父能讲，你画家却不能讲！她心里的杂乱、气愤，伴随着孩子报复似的干号而奔涌、蒸腾，瞬间有一种自虐的疼痛与快感。

那以后，她有两周没大搭理画家，画家通过电子邮箱给她邮寄了一幅半抽象画，一只狗熊在前面哼哧哼哧地奔跑，一只狗崽在后面跟随，狗崽后面是一只瘸腿的母狗在后面狂吠。想了很久，不得其寓意。几天后揣摩出来了，画家大概是想说，自己是狗熊，想当然带走失怙的狗崽（或者带它出去觅食，或者带它跑步运动），却得不到理解，懵懵懂懂的母狗，总以为狗熊带狗崽，毕竟不是亲生子，终究不会给狗崽好果子吃的。

往后几日，她越想越觉得画家其实没错，将自己沾有唾沫的甚至吃过的东西扔进盘子里，在自己家里或许不是事儿，如果出去做客就是事儿了。试想，换一个角色，如果自己在朋友那里吃饭，她家的孩子如此无礼，吃不完就扔进来，吃一口就吐回去，能不恶心！画家虽言重了一些，那是没有将奔奔当外人啊。这么一想，就觉得自己不对了，完全不对，太过分了！如此一来，逐渐回想起画家的好，人脉宽广，出手大方，经验丰富，判断准确——大都准确，很少失误；还有，床上的好。有过了那种彼此忘我，浃肌沦髓、共赴高山大川的经历，想忘却实在太难，另外寻觅，又岂可轻易得之！

画家与她不止一次探讨过性感受，画家的认知是，相较男人，女人的性感受比男人深刻得多，也宽泛得多。男人的高潮就是一种，女人却各各不同，或者一人兼及多样。《红楼梦》讲女儿是水做的骨肉，不仅有清爽澄澈之意，还有包蕴丰富之意。

可是啊，那晚画家在她家摇曳多姿、开天辟地的一次，两个忘情中的大人却忽略了孩子的感受，留下了深刻的后遗症。她怀疑，孩子在母亲生日上的任性，与此前对画家的抵触有关，抵触因而嫉恨，胡闹。她觉得不能自己贪图享乐，忽略孩子的精神安放，之后在晚上孩子就寝之后，才给画家通话。周末则基本是陪伴孩子度过的，不是阅读，就是去美术培训。这样一来留给画家、相见画家的机会就很少了，停一停吧，肌肤相亲、物我两忘的日子。

她怎么也没有想到，那是彼此最后一次见面，她道，等儿子大一些，大起来就好了。

画家问，怎么叫大，小学？初中？高中？大学？

她苦笑道，想不到那么远啊，走一步，看一步吧。又加了一句：如果你想等，就等等吧；如果等不及，我也认了啊……

后一句，并非情愿，可是她必须讲，讲到位。她相信爱情就是等的艺术，男人不是女人，如果讲女人都等得起，男人——他更有千百条理由，等待一个身体和学养都落在他后面的姗姗而来的女人！

画家起始也就认了，每晚的电话，有她主动，也有他主动——也谈事情，巨细无遗；也谈感情，夹缠轻亵。却也有牢骚，你是毫无意义的自虐，既虐自己，也虐我！

后来，画家的电话有如断线的风筝，自由东西；再后来，就是周末也很少给她电话，打过去，或者说忙，或者没接，却很少主动回过来的。

再再后来，记得是中秋节吧，问他何以不接也不复电话，他道，在外地。她问，一个人，还是两个人？他迟疑了一下道，当然是两个人。她问，两个男人还是一男一女？他调侃，当然是一男一女，我又没有“断背”倾向。还问，他就挂断并关机了。是夜，她哭了整一个后半夜。将他的电话号码无情地删了，却是刀刻一般记在脑子里了，想好了万语千言再打过去，还是一句：对方已关机！一周以后，因为频频出汗，夜不能眠，去看医生，医生东问西问之后，轻吐一个句，我看是抑郁症。

抑郁症？扯他妈的淡?！都讲抑郁症是一种城市现代病，跟成人的艾滋病、孩子的自闭症一样，时尚而流行。她从未设想过自己会抑郁，当年她前夫找了一个似是而非的理由，先劈腿紧接着就协议离婚了；她是感伤、丢面子，却从不曾大悲大痛，更不曾大哭大闹。什么年月了，谁又离不开谁呢！大人有失，孩子无错。她像母鸡护鸡雏似的，小心呵护着奔奔。父母多次电信交加，催她将奔奔送回江西老家，也方便她朝下一步走；她宁死不从。学龄前的孩子，情商和智商都在萌芽、塑形，还是不隔代地带着好。苦一点，累一点，看着他天天向上，那叫甘之如饴。她有奔奔在侧陪伴就行，整天都觉得精神抖擞，她会抑郁？鬼才相信！小区里有一位退休不久的大学女教授，为了安静，将房子买到了龙岗中心城，成天乐呵呵的。女教授听说她年纪轻轻离婚了，就讲自己离婚之时也不到四十，除了手头做的方言研究，上帝什么都可以拿去，包括老公！她这样讲着，哈哈大笑，笑到涕泗横流，摘下眼镜来擦拭。女教授研究方言，也能讲很多种方言，譬如她能准确区分赣方言中的南昌话、抚州话、宜春话与萍乡话，天哪，这样的细分，就是她这个土生土长的江西人也不能，女教授竟然是东北人！

在医院精神科就诊，面对那个跟自己差不多大小就已经小有名气的博士，一层嫩青的胡须并不能增加一个初出茅庐者的老成。她自贱且自负道，我就是可能得艾滋病，也不可能得抑郁症！事实上，艾滋病即便如瘟疫一样席卷全球，她也可能是一个独善其身的另类。她的两个一夜情对象，都是她毫不犹豫地亲手给小叫鸡套上笼头——避孕套是事先准备好的从正规药店购买。与画家的一夜酣战事先未作任何准备，事后才做避孕补救，与其讲是一种可以原谅的疏漏，不如讲是一种连带冒险的冲动。事事中规中矩也未必是一个外资企业部门主管的品格。在第二次男女攻防阵地战到来之前，她还是很快从京东网站速购了两份美国雅培的艾滋病试纸，不仅自己做了检测，且给画家做了检测。一边检测一边安慰画家，试纸检测没事了就没事了，试纸检测有事也未必有事，再去医院或者防疫站进一步确定。见她采血之时，一副认真的表情，画家调侃，你这种洁癖女人，真应该去学医，保证不会闹出什么交叉感染的事故来！画家自我暴露：我这辈子也经历过一些女人，换一个是谁这样虐待我，早他妈的一脚踹了！

画家的骂娘，女主管听了并不反感，相反却有一份得意留存。试想，画家这几年的画作捷报频传，都是在国内外参展（多半不是自费的），拿奖（完全不是交费的），研讨（有企业愿意赞助，条件可以谈，如送几幅画给企业），深圳各大主流媒体，隔段时间没见到画家的信息，人家就会怀疑他是不是生病了？或者，如画家哥儿们调侃的，是不是到隔壁哪个城市去洗脚搓背被将了军、扫了黄了？

精神科的男博士跟她说，虽是抑郁症，还有轻重之别，她是轻的，却未必可以掉以轻心。需要多交际、多旅游，多做开心的事情！如果必要先吃点安眠药吧。她想起一个闺蜜的耳语：要想人生痛快，少打麻将多做爱！不禁扑哧一笑。男博士问她笑什么，却又道，这就对了，随时随地笑，笑是对抗精神疾病最好的药！

麻将她根本不会，多做爱暂时也没有了条件！出了医院，她想起某档健康类电视节目一个女医生的忠告，做爱是医治各种女性多种疾患尤其是精神疾患最好的药。男博士心里肯定明白，只不过还嫩了一点，不敢给女患者开出这样一张放之四海而皆准的免费处方。离开画家之后，她已经快两年没有性史了，不是没有过一夜情或多夜情的机会，一是嫌脏，二是她不愿意饮鸩止渴。从身心上自我打量，她还是期望找到相知相契的另一半。画家其实就是一道鸩，饮后不死便难忘！

那是一种多么甜美、痛彻而缥缈的回忆啊。画家曾经批评过她过多关注房子啊，投资啊，等到孩子大了什么职业受欢迎啊，缺少精神追求。她当时反感的批评，现在都嚼之如橄榄，犹有余味。如同断线的风筝，他消失在她的视听中。去原单位打听，说他提前退休或者辞职，去了澳大利亚。大概有近半年时间，她每晚都在穿衣镜前将此前取悦过画家的首饰与衣物一一展列，穿戴：珍珠项链，银手钏，硅胶隐形文胸，情趣内衣，裸背曳地黑裙……想象画家就在她身边，手握一杯啤酒——画家也喜欢啤酒甚过红酒——无论她如何妆扮，画家都颔首、欣赏与赞美。如今，身边没有了画家，这一切自己喜欢的装饰，顿觉黯然失色。那么画家呢，你到底在哪里呀？你的每一幅新作，如果没有了少妇的颔首、欣赏与赞美，即使卖的价格再高，是不是也留有深深的遗憾？

她连饮了两三听啤酒，已然微醺了，却是没有酒力的。话语恣肆不羁，陆续将与画家的一段恋情都曝光了吧？越到后来，英语老师越少开口，喝得也少。她道，轮到你了，你该讲点什么，人不可以这么若无其事的……他谦虚道，平时讲得太多了，忽觉得，最幸福的事情是当个听众。我不大爱讲话，所有人多的场合有人讲话，我就是哑巴。之所以人家觉得我还比较喜欢讲话，是因为职业而非性格。

是啊，你跟画家一样，都是教师！能到你们的培训部门去看看吗？

可以的呀。他看看表道，下午是两点半开课，现在才一点多。

于是牵了奔奔一起往南区去。这一回，奔奔的小手握在老师的大手里了。上台阶了，老师上一级，立定等他，再上一级，再立定等他。老师是一个有细节的人，还有，爱心。看到博时培训的落地玻璃大门了，径直进了教务长办公室，他先去开了窗，又将空调打高。他道，我其实最喜欢自然风。他穿着长衣长裤，她明白他打高空调，是为了她母子的一身短打。

你们几个人合办的培训?

是的，三个股东，我是其一，主要分管教学。

坐下之后，他告诉她，他原先也是一名教师，后来被朋友鼓动出来合伙做，一开始只有投入并无产出，房租，人工，水电……压得心里发毛，咬着牙顶了一年半载，慢慢起死回生了，现在宝安、龙岗和龙华有三个分点，管理人员有四五十人了。

万事开头难。她道，我其实也一直想过自己出来创业，几个项目都在肚子里煨熟了，就是欠一份勇气。

打工有打工的好，自己做有自己做的好。关键是机遇、项目及推动力。

我想自己做的原因，一是检验与考验一下自己的能力；二是希望有更多的闲暇时间陪孩子；三是目前打工总是重复劳动，关在公司办公室，没有提升空间，也失去了很多与外面交流学习的机会。

他抬腕看表，不知觉，已近开课时间。她讲马上带奔奔去佳佳美术，难得出来一天，就在里面一泡一整天。出门之时，她犹疑道，我想听听你讲英语，方便不?

他无声地笑了，伸出左手，做了一个请的姿势。

她先去了隔壁教室，小班制授课，总共只有十来个学员，三三两两扎堆谈讲。多半是三四十岁的少妇，只有一个男生。她手里有个奔奔，一看就是旁听生。坐下之后，她叮嘱奔奔有点耐心，听一会儿就去佳佳美术。奔奔手里的玩具还没有玩腻，并不理她。她瞧见教室里的女学员个个衣着光鲜，不是高级白领便是后有靠背的太太，手里有钱，行动有闲，所为何来，充电可以讲得，交际可以讲得，时尚也可以讲得。借着大门的反光，返视一张略显憔悴的面容，她心头不禁滑过一丝自悯自怜。

老师进来了，学员们鱼一样滑向各自的座位。

一上来就是英语板书，龙飞凤舞，煞是漂亮，太太们发出由衷的赞叹。全程英语授课——讲台上方也是如此标识，他请同学们自由发言，举出本周以来一两件自以为紧要的时事，辅之以点评。举手踊跃：有讲威尔逊台风重创海南，有讲福喜问题肉，有讲沪昆高速湖南段两车相撞引发爆燃……提到与点评最多的还是空难，一周左右，马航客机坠毁于乌克兰，台航客机失事澎湖，阿尔及利亚飞机失联以后发现坠毁在马里。他问，通过这一些事件，你们感受最深的是什么呢？几乎是异口同声答道，不安全！他答，是啊，饮食不安全，海边不安全，地上不安全，天上不安全……座下一起笑了，奔奔不晓得她们笑什么，停下来问妈妈。

老师没笑，他抬起阴郁的眼睛，尖利地朝下面扫看一周，反问，这些事故有天灾，更多人祸！他双手缓缓抬起道，全体起立，为刚才讲到的和没有讲到的所有事故中丧生的人们，默哀。奔奔也站起来了，她拽紧奔奔的手，怕他捣乱。坐下之后，她猝然明白了，瘦瘦的英语老师，为何今日穿了一袭黑衣！

他分析了诸种事故的大致成因，解读了英美法以及国内的新闻评述，有的基本一样，有的大相径庭。

因了自己的学历低，她曾经在英语上狠狠下过两三年功夫，希望单兵突进，为适时转换门庭，积累一些资本。虽然学习中辍了，听他的课并不费劲，或许比在座的那些有钱又有闲的太太们更能听答自如。这么一想，猝然鼻头一酸，人是不能比较的，尤其不能在某些敏感的场合比较。她猫着腰牵着奔奔撤退，出了博时培训的玻璃大门，才发现眼已迷蒙。

回到佳佳美术，奔奔找到自己的书包，取出一包餐巾纸，抽出一张递给妈妈。妈妈掩饰地擦擦鼻子道，你去吧，写字还是画画？

奔奔答，上午画了，下午写字。

好，奔奔下午写大字。

中午喝了酒，有些犯困，便倚着沙发打盹儿。不晓得何时，听得手机短信，是他发来的：下午几点地铁返程？我再送你娘俩一段吧。

犹豫了片刻，她回了一句：不客气，可能会回得比较早。

他没回，生气了吗？接下来几个短信，迫不及待去看，要么是电信的，要么是药店的，还有一条是推销：想监听男友或女友的电话吗？

半小时之后，他回了一条，精练有如他的身板：好的。

心中怅然如有所失。

再过半小时，奔奔起身了，她也起身了。牵着奔奔去卫生间洗净手脸，自己也从花格子挎包里取出几样，补了补淡妆。

出门折进书城大门，想起应该去音乐店看看，径直到了小提琴柜台，挑的两盒《东方弦梦》，皆出自中央交响乐团首席小提琴赵坤宇。奔奔要动漫书，再去了书店，奔奔挑了几本贝贝熊系列的《实话实说》。经过散文柜台，瞥见一本书名《燃灯者》，心有所动，也不管内容，捎带买了。

自少年宫D出口进3号线，已近五点了。

周末乘车人多，3号线自益田始发到少年宫才四站，却人满为患。刚站定，背后好熟悉的声音，小朋友好，小朋友妈妈好！

果然是英语老师！已将黑衣更换了一件果绿底子起碎白花的T恤。他将她肩上的画架子挪到自己肩上，花格子挎包也顺势到了手里。有人收紧臀部，给奔奔留了一捺之座。奔奔上去之后，小屁屁左挤右挤，哪里荡漾得开。妈妈道，妈妈不坐！奔奔迫不及待拿过去母亲的手机，插上耳机找动漫图画及音乐。

车子开动之后，人便不由自主地一晃，他的唇吻砸向她的右耳廓，瞬间留下了一缕久违的鼻息。

她心里一热，并未抬头道，这么巧！

他道，无巧不成书啊。

是一种很自然的耳语。他的唇吻距她的发梢及耳廓都很近，所谓耳鬓厮磨是不是就这样的？

她道，你讲了一天课，一定很累了，要不叫奔奔起来？

他几乎用气声在她耳廓边吐了一个不字。

你可以抱他坐呀，他喜欢你。她心里认同这样的认识，男孩的成长，需要多有男人在旁边。

他未必接受了我，起码，还不是瓜熟蒂落……

为什么是瓜熟蒂落？她想，他为什么这样比喻？是有什么念想还是什么暗示？

抬头看他，一张轮廓鲜明的脸，眼珠很黑，眼神有些迷离。

两个人的眼光，都落在了拉手塑料牌的小广告上：亲们，夏日炎炎，请来××妇科医院将难言之隐一洗了之。这样一条有伤大雅的广告，贯穿了整趟地铁列车的拉手牌。奔奔认识几个字就喜欢显摆，上回就半蒙半猜问妈妈：什么叫“一先（洗字他不认识）了（他读成le）之”？

他看着她道，下次来，你就会看到已经置换成了我们博时培训的广告了。

是吗？那多好啊！

接下来又语涉孩子的教育，喜怒哀乐，事无巨细，婆婆妈妈。他的解答，即使未必令她茅塞顿开，却也颇多启发。真是奇怪，言谈举止，总想拿他跟画家做比。

渐渐地，乘客下的多，上的少。到了龙岗中心城，他跟着一道下了。她奇怪地问，你不是到终点站双龙吗？他不好意思地道，昨天是在一个朋友那儿喝多了，留宿双龙了。我住南山。

她愕然道，那你跟我们一道坐车这么远……

他坦然道，我有空，闲着也是闲着。

她心里一字一顿，就为送我们？

或是看出她心里的疑惑，他道，你放心，我……没别的意思，早上一道出来，看出你母子的辛苦。我，也是一个自由人。

他一直将她母子送下月台，送到一辆绿的上，然后看表道，还有最后一班地铁从双龙发出，我得走了。

拜拜，他没忘记给奔奔一个招呼。奔奔耳机一直没撤，却是敏觉地回礼了，点点头，道拜拜。

绿的里面，奔奔递过去一只耳塞给妈妈道，这支好听！她耳边噪响，心里却在不断地考问自己，为何不挽留他？他讲也是一个自由人，意思再明白不过。既然他是一个自由人，他对你及孩子都好，你还有何顾忌呢？留宿他起码是一个礼貌的表示啊，他送你母子这么远。他的博时培训，你也去看过，不虞有诈！况且，留下他聊聊，也不一定就走到那一步，她还不至于那么轻浮，萍水相逢第一天就上床！可是，可是他今天给你留下的印象，确实是过目难忘……

帮助奔奔洗漱，招呼他在隔壁睡下，却没来由地烦躁不安，至夜半也毫无睡意。脑子如同倒带机，来回闪现从早到晚的一幕，忽然惊愕万分地想：今天这个黑衣男人，这个英语老师，怎么眉眼、声音以及神态都酷肖一个人，那个消失了一两年的画家？！是他吗？或者，是他的兄弟？画家本科学的是外语，况是一个极为活跃的人，转来做外语培训也不奇怪呀！

她为这个想法激发得越发兴奋，跳起来，光着一双脚丫子，在地板上走来走去。去客厅倒了一大杯凉白开，咕嘟咕嘟喝下去，依然没有一丝平静的意思。回到卧室，拴上门，她毅然拨响了对方的电话。电话有三声长音之后，接通了。

她道，你……还没睡呢?

你不是也没睡吗?他的声腔，不像是睡醒才接的。

她抑制住音调里的颤抖问，你是画家吧?我觉得你就是我认识的那个画家，你不是做过美容吧?

啊啊，我可能是，也可能不是……呵呵，成为像你这样一个好女人忘不掉的男人，是哪个男人的福气啊……

不管你是不是，我都想跟你……是的，有些事情，想跟你聊一聊。她径直切换到画家，她记不起哪些午饭之时讲过，哪些没讲。她只能这样竹筒倒豆子一般，讲了两个人的初识，相知，难忘——当然走到了同居，却略去了床上的细节——后来因为孩子，孩子接纳一个陌生男人肯定有困难，她不希望因为大人选择的过错，伤及孩子，所以希望他耐心地等待，一年两年是个等，五年八年也是等。如果他真的爱我，能等不起吗……他果然等不起，他跟其他女人走了……说着，她流泪了，哽咽了，为了一去不返的无法忘怀的过去。作为一个女人，一个孩子的妈妈，这样选择有错吗?可是，难以忘记的，怎么都忘不了。难怪那个嘴唇留着嫩须的医学博士，见她睡眠不好，情绪不安，就讲她得了抑郁症。

她叽叽呱呱、不厌其烦地诉说着，他只是一个耐心的听众，除了礼貌的嗯嗯，便是适当的是啊，是啊。她想从他话语的蛛丝马迹中，找寻一道熟悉的湍流，一座似曾相识的峰峦。可是，把握不住，是他掩饰得太好，抑或，确实，确实，不是?

她记得在与画家的一个私密饭局中，他好似漫不经心地表示：在基本物质得以保障的前提下，精神性的追求应该放在更高位置，这一点，很多父母没有给孩子做出示范。中国人都太追求物质了，这仅用中国人穷怕了，不能完全解释……事后想起这话，画家应有所指，是不是对她委婉的批评呢？

她终于停下来了，她需要安抚、解释，或者批评。这时候对方不管怎样批评她，她都不会反感，她知晓自己在哪里卡住了，过不去了，需要今天这个一见如故的男人帮扶一把，从心理上的深切帮扶。

他缓缓道，其实，你遭遇的这个画家，我见过；不但见过，而且认识；不但认识，而且很熟悉，堪称难兄难弟。他刚跟你接触之时，我就知晓了。他喜欢你的率真、善良，还有细心、能干。你们交往了一年多，无疾而终，关键是这中间夹着一个孩子。他并不讨厌你的孩子——尽管在教育方式上，你俩一定有差别——这一点上，他有西方男人之风。只是作为中国母亲，你没有逃离绝大多数中国母亲，尤其是白领母亲的为人处世的窠臼：以为孩子大了，一切就好了。即便适时接触了一个十分满意的男人，脑子里终究怕儿子受委屈，等孩子读了小学再说吧；之后，读了初中再说吧；之后，读了高中再说吧；之后，读了大学再说吧……永远在等待，便永远在失去。最后，你会发现，失去的不仅有自己的幸福，还有孩子健全的品格。不是讲一个单亲妈妈带大的孩子就一定不好，却很容易滋生问题，不是过于娇宠，胆小怯懦，就是过于放恣，横行无忌。在城市里，尤其家庭优裕环境下，前一种产生的概率更高……这一切，你想过没有？

你真不是画家吗？她嘟哝道，后来，也不是没有想过，回避的时候却更多；你今天这么一讲，我更明白一些了。

他呵呵两声，明白了一些就好，慢慢来吧。哦，一点半了，太晚了，早点休息吧。

不，不晚！她提高了声调，忽问，我怎样觉得你很像那个画家呢？坦白告诉我，你就是那个画家？!

对方笑了，问，你觉得我哪里像呢？

哪里都像，今天我看到的，感受到的，无一不像啊！

你觉得像，就权当像吧。

到底是不是啊？你不讲，我会疯掉的！

你呀，太迷那个画家了，心里永远放不下，是不是？看到一个稍微顺眼一点的，就往他身上靠啊。

那……你是他派来的？派来潜伏……不，游说的？她有些语无伦次了。

今天太晚了，休息吧！啊。

不嘛，就不！如同画家就在眼前，她重现了当年的放松，撒娇，直至胡搅蛮缠，不依不饶。对方已经挂了电话。她眼前叠加的是画家的影像，耳边充满的是画家的声响，鼻子嗅到的也全是画家的气味。这个早晨在地铁相遇、晚上送她母子归来的男人，是不是画家或许不再重要，重要的是，他重新点燃了两个人的缱绻与对望，激烈与喘息，戏谑与悄语，海誓与山盟，高歌与哭泣……

“愿郎千万寿，长做主人翁”……

（原刊《山花》2014年第10期）

选　边

下午五点半从龙华一所中学高中部讲座出来，刚出校门上了语文组长给我打的一辆快车，手机响了。自从微信横扫千军以来，人世间像模像样的电话就越来越少了，常常是急促的铃声骤然而起，手机屏上便同时亮起了红灯警示：本次电话为高频电话，请谨慎接听。我正待习惯性地顺手摁掉，忽见来电人是靳小燕。

师父在忙吗？

嗯，还好，刚在一所民办中学讲了一堂课，出来了，上滴滴了。

对面忽然压低声问，就你一个人吗？想跟师父说点事儿……现在滴滴车上都有录音录像，师父不开免提才好。

我瞥一眼前排的司机，才刚大剌剌的一个人，甫上车就问我讲一堂课又挣了多少外快——他一定是见我手里捧了一束大红大紫的鲜花，便料定我绝非本校教师，当得知我任教于深圳大学之后，此时眼角又流露出好奇之意。我素不喜与有窥探癖的人同行，便跟小燕说，今晚有两个朋友约在益田大厦三楼吃饭，你如果没事就过来吧，见面再聊。

小燕一迭声说好好好。

在我带过的研究生当中，小燕是比较特立独行的一个。这其中就包括她是唯一一个只叫我师父而非老师的女生。

一般中文毕业的学生，无论本科还是硕士，几乎清一色都去考了教师岗，或公务员，散淡一些的，也非某街道、某馆站、某中心而不取，再不济也去了江河日下的传统媒体。小燕是那个“再不济”的，却只在某报社待了不到半年就请辞了。问她原因，不说太清贫——这是时下不少从媒体跳槽者可以通约的由头，却说忍受不了报社的聒噪。她舌下吐出来的聒噪，可以意会难以言传，可以是复杂，可以是太累，也可以是无聊……

后来她去做绘本，搞数字传媒，办文化公司，甚至还张罗办了一个印尼餐馆，我只去吃过一次，见她领着两个打下手的忙得汗流浃背，端出来的菜肴却既无色又无味，就断定这个餐馆不会比四个音节活得更长久……她干得最长的一行是张罗大小会展与婚庆——如果当年她果断地去主攻播音主持，那么深圳的一颗主持新星，没准儿会在深圳卫视的荧屏之外频频曝光。可惜，当她头上还顶着几片婚庆司仪活动中的红屑，出现在第三十五个教师节上为我祝福之时，脸上已难掩劳神不走心的活动刻下的疲惫与厌倦。

我说，你又该换地儿了。

她点头，连瞅一眼旁边喜气洋洋的师兄妹的热情都耗散了。

在她嚅动的嘴唇下，吐出了一行字，一颗一颗的金属纽扣一般，穿过觥筹交错的叮叮当当，送到了我的耳边。其实，我几乎是从她嘴唇的辨形中得知了意思：昨晚我做了一个梦，梦见下一个工作是师父帮我定的。

我在一激灵的刹那，也愣了一下，这是一个多么有个性的学生，父亲在她十三岁那年因为肠梗阻误诊耽误了治疗去世了，母亲也身有残疾。她的同学都认为，不到万不得已，谁都别想让靳小燕开口求人；包括这个她宁可称作师父而非老师的我。我希望她再说一遍以便辨认无误，她却转而举起红酒杯道，祝师父教师节快乐！随之将半小杯红酒一饮而尽。

就在这个空当，我已经判断出她说的那个“定”其实就是“找”的同义词。过往的生活将她打造成一个与同学不相类的铿锵女子，却也让人常常感受得到她的委婉与柔软。加之她不寻常的出身，这或也是会让我与其他老师，每常对她生出几许怜惜之意的缘故。

我的话答得文不对题，她却应该是听懂了。我说的是，让我来看看有没有办法。她的两眼灿然一亮，自顾自地又饮了半杯，那就是答谢的表示了。

一星期之后，靳小燕就以研究生学历、六年工作经历的身份进入了位于龙岗工业园区的一家台资企业，达达玩具厂，担任行政人事部（习惯简称人事部）主管，月薪税前一万二。她给我微信说，比上不足比下有余，知足了，谢谢师父！介绍她去玩具厂的是我一个发小，当年高考恢复，我们几个数学先天失养的跛足儿清一色上了文科，唯有小学与初中同学刘晓刚以知青队长七年的履历，直取了南京工学院的机械系。后来他便走了职业经理一途，如今在一家香港上市公司——亚洲最大的注塑机厂深圳工业园区任副总经理。

小燕几乎与我同时到了益田大厦一家杭帮菜馆。

小燕道，有一段没见师父了，师父还是那么精神。

我说，你夸师父一是嘴贫，二是词穷，就不能另铸新词吗？

她于是一本正经地说我今天穿了一件红衬衫，特显年轻，话未说完就捂着嘴哧哧笑了，又问，今天的客人还有谁？我告诉她，今天过来的是深圳出版集团的两个朋友……一翻微信，才发现记错了时间，明明人家约的是周四也就是说明天此时！

小燕大乐道，那正好今天我请师父吃饭，平时难约。

一边起菜，一边问她，去达达玩具厂已经半年了吧，感觉如何？

她双眼一垂道，今天正是想跟师父讲讲近期的难处……

原来达达厂的人事部经理月前调来一个三十七八的新人，女的，姓桂。原来的李经理却也没有被宣布解职或调离，只公司总部来一个人宣布了几件工作事宜之后，附带说了一句，目前桂茹花经理与李春上经理共同执掌行政人事部，两人既有分工又有合作……

依我多年的工作经历，感到这样做，既会让桂李之间产生矛盾，也会让部下为难。一家台资企业为何要出此下策呢？

小燕也一脸茫然地看着我道，我也觉得奇怪呀，有人说，既然宣布的时候，把桂经理摆在前面，李终究是要调离的，只不过一时没有合适的位置安排他，所以暂时共管兼治。也有人猜测，让他俩在一起水火不容，其实是上面角逐的表现，桂是财务总监的老乡，李曾任执行董事的秘书。

我道，你就做好自己的本职工作，跟他俩都是上下级关系，保持等距离就行了。

她啧啧道，师父毕竟在象牙塔里待久了，高校虽然也有权与利的熏蒸，却还比较好独善其身，平时课讲得好，学生欢迎就好，如果多发一些论文，多拿一些课题，就好上加好。企业包括我们这些外资企业，却是一个小社会，权力等级、趋炎附势，一点不比行政单位少。

我道，你也算是各种世面都见过的，个人创业的拳打脚踢，一点不轻松吧？

小燕聪敏，看出我在勉励，赶紧道，一个是我要珍惜眼前这个工作机会，每个月缴纳五险一金及个税，到手也有近一万，比我这个三脚猫的所谓创业，到处作揖求人还是轻松得多；再一个是我觉得自己以前的工作经历还是单一化了，不利于积累更丰富广泛的生活。师父没忘吧，徒儿虽懒，却还一直在坚持写作。师父的话徒儿一直牢记：如果不能写几篇乃至一两部像模像样的作品，你不要轻易在外面说自己是中文系毕业的研究生……现在的工厂题材其实写得好的不多，尤缺信息量大、人性掘发深的精品。

我记得当年请非虚构《江城》的翻译李雪顺来深圳书城做客晚八点周五书友会，小燕也在现场，她提问表示很喜欢《江城》与《寻路中国》，认为有很细腻的观察，使得中国读者可借助第三只眼看自己的社会及文化，并希望翻译家合适的时候带来原书作者彼得·海斯勒（中文名何伟）。翻译家推荐她再读读何伟的华人太太张彤禾写的一本非虚构《打工女孩》。

看完了《打工女孩》之后，小燕理直气壮地说，这样的书我也能写，我现在唯一缺乏的就是工厂生活。半年前推荐她去达达，她不曾有任何犹豫，是否就蕴含了要写一本工厂手记的心愿在内呢？

我问，你今天想跟我讲的是不是两个顶头上司并置的矛盾，接下来会不知道听谁的才好？

她的两只眼因为轻度近视却不肯戴眼镜，故而总扑闪着一种迷离。她点头道，这是难点之一，当然我一定会顺从自己内心去认真做好每一件事情，且不管它来自谁的指令。问题是我已经感觉到，周围的新老同事无一不在窥探桂与李，究竟谁会占据上风，一种普遍的观望之风正在悄然弥漫，在这种形势下，孰对孰错已经退居第二位了。再说，达达的人事部非一般国企或事业单位可比，除了劳动人事之外，还包括了办公室、外宣、车队、保卫、保洁等等。

我问，你能不能具体给我举一个最迫近的例子，说明你的无所适从？

她道，自去年以来，出口形势不好，区里对出口型企业给予一些补助。我造了一个表格，列出一些岗职项目，分别呈送给桂茹花与李经理。桂让李先看，李基本无意见，只做了一些小的修补；桂拿过去之后，红笔一画到底，认为要大改，也提了比较具体的意见。

我问，排除任何偏见，你认为谁的有道理？或者说站在区政府的角度，哪一个方案获得补助的可能性更大？

她不假思索道，当然是我做的这一个，我是综合了厂与区的双重角度，还悄悄参考了其他企业的方案。春上先生的补充也不可或缺，以我有限的观察，他坐在现在这个位置上是屈才了，他应该有更大的腾挪空间才算人尽其才。

我相信小燕有这一份机敏。以她的活跃及人缘，跟区政府的相关部门及工业区其他企业搞好关系，她能出具的不仅是自信，还有能力。可是她毫不掩饰对“春上先生”的褒奖，也令我隐隐生出几许担忧。这个李春上我并不认识，是通过老同学刘晓刚推荐过去的，小燕应聘之后的第一印象就是：春上先生很帅。当下的一线城市，不仅“白骨精”落落寡合（婚）者伙矣，即便小燕这样与严格意义上的白领、骨干与精英还有不小距离的女性，也汇入了晚婚晚恋的潮流。我曾在小燕文化公司的开业典礼上，见过她那位温文尔雅的半辈子腿有残疾的母亲，当母亲的显然相信，孩子所信服的老师的劝诫比家长的耳边风更管用，个把小时的闲聊，将母亲的千叮咛万嘱咐浓缩成一个金句：女大当婚，小燕会听老师你的！

现如今，老师连自家的女儿都未必搞得定呢，哪里就说服得了别人家的千金。

小燕不止在一种场合表示过，男子一帅二聪明才能入她的法眼。她眼里帅的具体指标不详，但听得她对一些公认的明星的褒贬，就知道那不是可以轻易越过的横杆。可是她去达达第一次面试之后，就对主考官李春上用了一个帅字的褒评。我可不希望这么聪敏的一个女生，那么快就堕入另一个男子婚外恋的叙事圈套，我虽然对一众出色的白领女子向右看齐一般地老大不嫁抱恨绵绵，却也对“一见钟情”这样的俗套可能发生在自己欣赏的女生身上不无多虑，曾稍费心机地给她找到几篇《帅是一种毒药》之类的微信文章。她的回复除了一连串的表情包——囧、疑问、白眼之外，加了一句：我不就是说了某某先生帅吗，师父可别想多了，我对小三这个角儿，连舞台上饰演的兴趣都没有，更别说在生活中染指或加持了。

我道，我在念大学之前，有过几年企业的工作经历，但那是20世纪七八十年代的国企，跟现在隔了三十年的河东河西，还有你所在的台资港资等企业，我更是丈二和尚摸不着头脑。师父即使能给你做一些参谋，也是很边缘的吧。

她道，我可能并不需要师父你给我做多大的胜算定夺，只要你觉得我没有走得太偏，我就吃了一颗定心丸。

我思考她现在的难点是两个头儿，说法不一，便问，能否两个方案一并上报？最后拍板方给补贴的是区政府组织评审的专家委员会，他们才是定盘星，现在桂也好，李也罢，都是纸上谈兵……

她摇头道，春上经理也想这么做，无奈，我问过了，评审会这两天就要揭幕了，一个区成百上千家企业报去了材料，林林总总一大堆，不允许报一份以上的方案，不然人家说你自己都搞不清需要而且能够拿到补贴的是什么岗位，还报什么报！

我道，这倒是可以事先做点工作的，比如疏通一下区里接收材料的办事员，先摸摸底，有点针对性。

她一撇嘴道，那个90后小科员，我只见过一次就发展成了闺蜜，平时跟她交流一下蓝金还是幻彩唇膏合适，化妆刷买套装还是单支的好……都可以媲美专业水准，唯独谈及企业岗位的子丑寅卯，小妮子岂止是蒙查查。很多企业都用到的注塑机，简称啤机，她会以为是酿造啤酒的机器！

我叹气道，你把师父给你的路都堵死了，我也真是卑之无甚高论了！只能说，相信你的选择，为你的任一选择加持吧。

小燕耶了一声，又自斟自饮了小半杯红酒，她波俏的目光流动的刹那，我竟然觉察出她有一丝欣然。

再次与小燕见面，是一个月以后。事情后来的进展，须得将她的微信、语音及电话拼接如下，方可大致映现一个轮廓。

达达上报的补贴岗职，终是以靳小燕拟就的李春上修改的为蓝本，适当补充与吸收了桂茹花的约十条意见，得到的结果不差，评审之后过了百分之六十。这其中当然主要是“蓝本”所报，“意见”只有两项入选。

那位精通唇膏与化妆刷的小科员，透露给小燕一个真实不虚的消息：其他企业包括一些原先的出口大户和老牌企业，得到补贴的种类至多不过百分之五十，低的只有百分之三四十。她将涂得玫瑰色偏蜜桃调的嘴唇凑近小燕的耳边道，姐儿，你这会儿可去经理那请赏了，少了就别要！

小燕答应，好好好，得了赏第一个带你去隔壁香港铜锣湾的金百利买口红套装！

小燕将区政府的企业补贴公示名录呈送到桂经理案头之前，并非没有一丝儿踌躇，她甚至准备了一套说辞，她想告诉桂经理，最后的送审项目经过区主管部门的反复审核，他们的有些专员对工业园区的重点企业简直是了如指掌，那当然只有顺从他们的旨意不断修订，胜算才高。结局才是逆推过程是否正确的唯一真理，有一个可以傲视左右邻里企业的补贴名单，桂经理也可以向总公司的领导请功了，那还有什么可以挑剔的呢！

事先已将结果告知李经理，他却谨慎道，一个希望快速打造自己权威的人，各种悖常的言行，你都要视作常态。

桂经理看到这份名录之后的各种反应，小燕都有了心中的预估与彩排，却还是被她的面无表情或曰喜怒不形于色out（淘汰）了。

她只从头到尾翻了翻，那两三分钟的过程，仅眉头不易觉察地弹了弹，便把小燕郑重呈上的文件夹合上，推到案头道，我知道了，你去吧。

离开桂经理的格子间（部门经理的办公室只在是大间里隔出的一个小间），小燕朝她隔壁的格子间瞥了一眼，那是李春上的办公间，自从桂经理上任以来，李经理的办公室就不像以往那样随时敞着，基本都是虚掩的。其实不管是敞开还是虚掩，他本人通常都不在，要么下车间去了，要么出去办事（亦可能溜达）了，如不在，他常会给小燕留一个微信，告知他大致的去向。他的微信徽记是一个双臂交叉抱着的头像，这也是他日常的习惯姿态。给小燕微信，或是想留一个眼线的意思吗？还是同时也留有其他的眼线？小燕此前邀我一道分析，我不能肯定。因为小燕是春上手里招入的，反向信任与顺向听命都合乎常情，可他手里却肯定不止招入小燕一人啊！

我的揣度很快得到了证实，不久小燕就发现，李经理与她一道去社保局办事之时，桂经理告知考勤员阿芳，以后办公室所有人的加班需得到她的签字认可之后，再上报财务室。这个消息显然不是阿芳而是另有其人，通过微信告诉了春上。他在办事窗口，满脸阴郁、一字一顿道，此人可真是寸土必争啊。

此时的小燕刚回到办公桌边，李经理的微信到了：我在车间里，她的反应？

小燕回复：没有反应。

李经理道：没有反应也是一种反应。

小燕问：我下一步应该怎么做？

李经理道：按部就班，听她指令就是了。

小燕万没料到的是，周一八点半的班前会，桂经理召集人事部二十多人开会，先令阿芳递过来花名册让她逐一点名。小燕心里嘀咕，不是上班下班都要打卡的吗，还要点名干吗？当她听到第一个点到的是桂茹花，第二个点到的是李春上……小燕瞬间就明白了，这要的就是威风啊。

小燕一一听得真切，桂茹花答的“到”尖利而高亢，其他个个答得粘连而响亮。之所以说粘连，乃是几乎所有人在阿芳点名尚未收住尾音，便如玻璃杯落地一般清脆地应答了。从头到尾，唯有李春上略略迟疑，答了一个突如其来的“是”。

当晚春上经理约小燕在“顺德佬”吃饭，相互辨伪：她说他的一个“是”，横空出世却似是而非，莫非你是要在众部下面前，验明正身，自己才是血统纯正，他人不过是抢夺了皇冠的僭主？他则回忆她的应答，虽然与众雷同，也是一个“到”，却疲惫而拖沓，听起来便成了“到了”，那就有点漫不经心，肯定归不到铿锵有力。

这样一来，新主即位之际，旧主离任之前，旧主连同一个小卒，在一个简单的班前会的点名之中，便自我暴露在了枪手的瞄准镜里了。

事后我给小燕微信留言：在新官上任，极欲建立自己权威之时，部下的任一行为，乃至细部颜色与轻微咳唾，都会令她有被冒犯的敏感。你要避开她的准星，远远避开，只有表示顺从，乃至是点名这样不关痛痒、无碍大局的顺从！

小燕回复，平时听师父的课多了，尤其课外跟随师父多年，师父的人格早已化成精细草料，成为一干徒儿们的精神滋养，细节相关品性，要改也难啊。

我嗤道，你以为我会在意你的奉承吗！我从不希望自己的学生，甫入社会就到处碰壁，尤其是在一些草芥是非面前，不要用鸡蛋去碰石头，先有安身立命，然后才能茁壮成长，壮大成强。我说的是“成强”，不是“逞强”，更不是逞匹夫之勇……

她问，草芥是非和大是大非的界限在哪里。

我给她分析，草芥是非就是看起来事情很大，摊开来其实是鸡毛蒜皮，鸡零狗碎……

她回了一句，有些看似草芥是非，其实隐含的就是大是大非。

随后我又做了不少解释，她不语。不知是忙去了，还是不再想与我分辩？

周一点名之后，桂茹花讲话，强调整章建制的重要，宣布若干规定，一凡请假一到三天，必须提前两天递交书面申请，得到经理（她也不说是哪位经理，可大伙儿心知肚明）的签字同意，方可生效，不然一概以旷工论处；二、凡是办公室的加班加点，一律要得到经理的批准同意（基础工资低，不少员工平时没事愿意加班加点，多拿点加班费，贴补家用）；三、各岗位的津贴采取浮动制，根据绩效考核每月一结（津贴是收入的一部分，办公室的绩效如何考核并无明细规定，那就给了经理很大的自由裁量权）……

若干规定不仅由桂经理宣读，事后也装裱于镜框，挂在办公室的一干制度旁，以示郑重。

按照小燕的说法，桂经理的这几个动作之后，选边就真正开始了。大事小事，先请示，后汇报——自然是先请示，后汇报桂经理，以各种主动的驯服与顺从来展示自己对桂经理说一不二的虔敬，很快便成为行政人事部全体员工发乎内心的行动律令。

李经理照样过他起码表面上的逍遥日子，逢周末去铁岗水库钓鱼，平时上班也不时跑去一家骨伤科医院艾灸与推拿，他甚至悻悻然道，工资不少拿一分，乐得我不管事少操心！

小兵伢子的小燕就远没有李经理那样幸运了，她不仅被派了更多繁难的活儿——不能完成即绩效下行，还常常被冷落，譬如本部门负责主办五一劳动节晚会，不仅口才公认一流的小燕，没有派上主持，连她自报的一个女高音独唱《塞北的雪》，也被撤下了。理由是，个人表演的节目，应该多给予车间员工。

在选边的过程中，所有同事都在爱恨亲疏的大是大非面前，尽其所有，倾其所能地表达了对桂经理的尊敬与爱戴：做劳保的李静从东北回来给她送了一盒个头鲜亮的生晒参；做文案的樊业梅给她送了一张“红颜美容院”标价三千元的美容卡，说是下班疲倦了进去做一次全身精油按摩，一两个小时出来，从里到外像是变了一个人；做薪酬的刘宣宜听说她家闺女想学钢琴，介绍了“天籁琴行”的一个老师，这个老师曾毕业于中央音乐学院钢琴系，很多新建小区都想挖她去办班，找她面授的家长举着大把钞票在那儿排队，刘宣宜不仅给她家闺女加了个塞，还打了九二折……连大肚子八九个月的文员赵尔美，择日临盆之前，也没有忘记亲自过来，将娘家送的几只随车带过来的毛发鲜亮、两眼炯炯有神的江西走地乌骨鸡，匀了两只给桂经理补补日理万机的身子。

靳小燕不是神，在众人皆醒之中，也不敢永葆独醉之姿。她一直踌躇，送点什么，或做点什么，不说讨桂经理的欢心，起码不让她讨厌才好，更不要起意让自己成为众人排斥的异己才好！

显然，一段时间以来，同事们都在回避与她的交往，即便正常的工作联系与承接，都现出了程式化的距离感。以前下班让她搭顺风车的刘宣宜，不是早一步就是迟一步，将戳在绿化带边的一辆迷你型宝马开走了；常在家里带辣椒炒肉之类的可口调味菜来的湖南岳阳老乡樊业梅，不仅再没叫她过去揩油，甚至还把一瓶放在橱子里的香味四溢的腊八豆上了锁。最令小燕看不过又不由得心软的考勤员阿芳，以前一直姐呀姐（其实小燕与她同年，只是大月份）地叫她，让从没有当过姐姐的小燕，痛感此生妈妈没有给她生一个妹妹，简直是人生之罪错！现在阿芳不但直呼小燕其名，而且，后者在她身边待久了，她就芒刺在背，声音发颤。

小燕琢磨，向桂经理表示点什么好呢？如果不是出国出差，或返乡省亲，任何一种礼品递上去，都有自我降低人品之嫌！像同事们那样，有事没事就往桂经理办公间跑，她也觉得无聊又无趣……时间就这么一刻一时、一天一旬地过去了。待得她意外得到来自梅州客家的大学同学寄来的两罐蜂蜜，说是自家舅舅养蜂所采，绝对可靠的天然野花蜜，觉得天赐一礼，不假思索地送去桂经理案头。孰料桂经理将蜂蜜连同她一道礼送门外，然后大声道，谢谢你的好心，蜂蜜我以前只用新西兰的麦卢卡，现在只用西澳洲的可瑞比，不要说你这些是无生产日期、无生产厂家、无生产合格证的三无产品，即使是“三有”，我也不用！

那一刻，小燕脸上如同被人当众吐了一口唾沫，用无地自容也不足以比拟她当时的万分羞愧。

当晚，她就把两罐蜂蜜扔进了垃圾桶，并在厂外的林荫道下扶着一棵枝繁叶茂的细叶榕痛哭了一场。

小燕事后给我解释，扔掉蜂蜜，不是对同学不敬，是对桂经理经手之后的东西嫌脏，往深里说，更是对自己的把持不住、自轻自贱、投机取巧的憎恶与痛恨！

经此“一役”，擦干泪水，小燕便做好了准备：熬到月底，辞职走人。那一刻，她想到，达达玩具厂工作这么一段时间以来，最对不起的就是师父，也包括师父的发小——那个推荐她去就职，却不曾谋面的刘晓刚。

事有突然，连续三天未见桂经理来上班，觉得这有违常理——一是桂经理正当风头，岂有遽尔脱岗之理？二是偌大一个部门，没了发号施令之人（李经理抱着双臂出入，一副照样闲散的模样），完全按照惯性在运作。小燕心下纳闷，也见同事们在交头接耳。第四天的班前会，公司执行董事过来宣布，桂茹花经理因病住院，李春上经理继续主持日常工作。宣布之后，执行董事郑重其事表扬了李春上勤勉与同心，克己与奉公。

执行董事离席之后，小燕抬头发现，李春上理了个2019年最潮男款、英文名undercut（根切）的发式，这种短飞机头突显了带点儿渐层的两侧，也更强调后脑的发型线条，看起来更阳光也更阳刚。

小燕从来喜欢干净的男性，且不管嫩男生还是老男人，所以她爱读白先勇的小说，认为里面的人物一个个面目干净、体态优雅，是《红楼梦》当代版的一扇扇微型窗口。曾经买过两本送给李经理，并添了一句，何时春上经理回到台北，若是得机见到白先生，请代为转达一位深大毕业的小女子的问候。她也知道我这个师父十多年前就任深大师院中文系系主任之时，曾经请白先生在深大的国际会议厅做过讲座，只不过白先生那时已经沉迷在昆曲当中，讲的是青春版《牡丹亭》……可惜那时候的靳小燕还不知在哪儿呢。

现如今，李经理重握行政人事部权柄之时的眼神、做派乃至发式，都让小燕觉得，净扮之下，难掩一股子陌生与傲慢。接下来的班前会，重复了桂茹花点名的那一幕，更令小燕目瞪口呆。

同一个阿芳的点名，照样利索；同事们一个个争先恐后答“到”，照样粘连而响亮。

李春上经理抱着双臂，冷冷的，坚硬的，目空一切而又志在必得。

时间分明是静止的，同样静止的，还有空气——那是在阿芳连点了三次“靳小燕”的姓名之后，无人应答。靳小燕分明就立定在后排右二的位置上，与时间、空气，还有众人头上“靳小燕”袅袅的回音一道，静止。

靳小燕还是果断地辞职了。辞职前，在李经理的办公室有一段对话：

问，你真的要走吗？

答，真的。

问，因为她，还是因为我？

答，不为她和你，为我自己。为我自己的安静和干净。

（双手放下，复又撑着桌子，叹气）问，你是嫌我闹和脏？

答，……

问，我正需要用人之际，总公司和本企业都有更宏阔的设想，我看好你（目光柔和且深邃），此时你如果走人，不仅仅是驳我的面子，也相当于釜底抽薪。

答，经理过奖了。小女子何德何能，岂敢荷此重担……

小燕辞职之后，曾去市二医院探望过桂茹花，她患的是肠癌，有家族史，疏忽了，没有早做肠镜，等到大便便血，发现已是晚期了。大手术之后的化放疗，不仅使她大把大把地掉发，而且瘦脱人形。小燕把一束鲜花放在她的床头边，刚在床边坐下，她就握着小燕的手，感喟道，委屈你了……

就这样默坐了几分钟，小燕告辞道，厂里待的时间不长，我却也学到了许多。您保重。

一个夏日的周末，我带着几个弟子去大鹏东山码头，小燕也在其中。一个做冷链的朋友在海上建了一个小木屋，常约我带学生们去“社会实践”——游泳及驾摩托艇出海。车上小燕跟我说，师父，大半年的经历，我蓄够素材了，开始动手写一篇《工厂手记》了。

东山码头到了，下车后，有人驾着机动船过来，带我们去海上木屋。

海上木屋与对面葱绿的半岛形成一个夹角，两边都可以下水，意义却不同：一边水清，但要蹚过一片沙砾，另一片水浊，水底却是一片柔软的淤沙。

（原刊《作家》2020年第3期）

伯爵猫

今年的冬天有点冷，时交冬至，即便这个城市属于亚热带向热带过渡的海洋性气候，早晚也已有不少人穿起了毛衣加外套。阿芳从春潮鞋店出来，身后的电工师傅却只着一件单薄的衬衣，衬衣左边的口袋里，半截中华烟的烟盒露在外面；衬衣外面套着一件无袖的夹克。不到七点，天就黑尽了，电工嘴上叼着的香烟，一明一暗，让阿芳无来由地看到了书店里的伯爵，伯爵的眼睛常常在暗处发出幽蓝或浅绿的光芒，也是乍明乍暗的。六岁的伯爵已经“猫”到中年，依然体态轻盈，柔若无骨，毫无一些居家宠物发胖的烦恼。它最喜欢炫技的一个动作，就是常常倏然蹿上二楼，从窄窄的廊梯边慢慢探出身子，将背脊蜷成一柄张开的折扇，四脚几乎踏在一条线上，千钧一发之际飞弹出悬梯，轻巧地落在一楼的案台上。

伯爵的这门独家武功也不是轻易可以示人的，威武不能屈，猫粮不能淫。若想伯爵做此展演，需要满足两个条件，一是老板娟姐姐发令，再是店里来了新面孔。

原本鞋店到书店，直线距离不过百米，因了电缆或是煤气管道维修，道路开挖，半尺厚，一人高的塑料夹墙，挡住了捷径，需得阿芳带着电工在夹墙边七绕八转，才能抵达近在咫尺的对面的伯爵猫书店。

电工嘴里不停地叽里咕噜，既是抱怨鬼天气太冻，也在诅咒路面开膛破肚无有已时，你有本事装根拉链哕，想挖扯下来，想关扯上去！后面便是一句含沙射影的脏话。

阿芳搓搓双手，焐焐脸和耳，后面这个人幸亏不是她的男朋友，若是阿元当着才刚见面的陌生姑娘，讲这样难听的话，她一定不会跟他拍拖。可此刻她还不能撂下这个既显邋遢又出言不逊的男人，甚至还要装模作样地称这个比自己大不了几岁的男人——师傅。像伯爵猫会从高空飞落一样，师傅的特长是会登高修灯，阿元打过包票，讲他不仅仅懂修普通家庭用的吊灯、射灯、吸顶灯，还包括各种娱乐场所五花八门的霓虹灯、LED灯，至于小小书店门口的发光店招，在电工手里当真是小菜一碟！

阿芳的男朋友阿元在BBG（步步高）的一家大型娱乐城里做领班，黑白是颠倒的，别人下班他上班，害得不愿意独自在一间寂寞宿舍里挨过漫漫长夜的阿芳，索性打了两份工，一份是春潮鞋店的日班，早九晚五；一份是伯爵猫书店的晚班，主要是上半夜上班。

为了抚平电工师傅的情绪，阿芳一边接手他的工具，一边告诉他，不用担心今日冬至没吃到饺子和汤圆，娟姐姐早都备好了。你只要赶紧把店招和屋里的几只射灯、吸顶灯弄好，待遇与娟姐姐的掌上明珠伯爵猫是一样的，好吃好喝好招待！

电工嗤的一声道，讲了半天，我的待遇也只抵得到你们老板脚下的一只猫哕！

说话间，两人一前一后走到了店门口，电工将烟头啐到地上，再踏上一只脚。阿芳弯下腰去打开、拉起卷闸门，再给一道厚重的玻璃门解锁，一一揿开了门背的开关。

一只尺把长的虎纹猫蹿到了脚下，见有生人，反身飞快地跃上楼去。

习惯了大型娱乐城的浩大华丽与先声夺人，电工对这么一个局促的空间简直反应不过来，虽然两排壁立的书架几乎高耸到了天花板，可是除了书，就是三排又矮矬又过时的双人沙发，面对窄窄的楼梯边是一顺儿四张旧藤椅，面前各摆了一张小学生课桌一般寒碜的茶水桌。前面的案台上摆着热得快和一应杯盏，案台里面吊着酒具，边上立着的一台高高的冰箱里，透着玻璃门，看得见啤酒和饮料的孤寒。

在此城市里打拼过十几年的电工，除了日常给娱乐城聘用，得闲去各式店铺装灯、修灯，也是经济补充的汩汩溪流，不然他不可能一天消费一包软中华。他也去过本市赫赫有名的觅书店、简阅书吧之类，无论公有民营，要么富丽堂皇，要么小巧精致，即便是坂田万科城里的一家民营书店麦哲伦书吧，藏在曲里拐弯的地界，却也有百余平方米！眼前这么小的书店还是头一次见，所谓二楼就是一溜儿墙沿，只摆得下三四张椅子。楼下是书房，是卖场，也是谈讲的空间，整个书店四十平方米都得撑破墙！莫讲老板眼光毒辣，打工仔一样明察秋毫，但凡到一处，四下里瞟一眼就晓得高低贵贱，付得起怎样的跑腿、刷墙、换灯泡的工钱！亏她的老板好意思叫一个伯爵猫那么高大上的店名，比照下沙、沙嘴等城中村里细密如鱼子酱一样的士多店，叫个小蝌蚪书店，只怕还是抬举不是贬低！

店里只备有一把铝合金的人字矮梯，难为电工师傅将桌椅板凳叠架，猿猴一般爬上了三四米的高处，阿芳在下面扶住也手心捏汗，仰着脖子叫他千万小心。电工两手朝空中射击似的左旋右旋，啐去簌簌而落的灰尘道，多久没搞清洁了？几十年的龌龊淹得人死喔！

二十分钟不到吧，几只射灯及吸顶灯都更换好了。屋里焕然一亮。

电工刚落地，接过阿芳在案台里面递出来的柠檬热茶，才喝一口，便见眼前倏然落下一个黑影，稳稳地落在案台前，两只前爪并拢，高耸起背脊，转过头来看着面生的电工师傅。

阿芳拍掌笑道，伯爵真是懂事啊！娟姐姐没有来，它就给客人表演空中飞落，一定是对你刚才高空作业的犒赏！

电工呵呵一乐，低头想找点什么吃的给它。阿芳制止了，说它只吃猫粮，小店再穷，也不会叫伯爵吃苦的，伯爵吃东西也很节制，你看它至今保持了一副走T台的好身材喔。

阿芳提醒电工，店招还有待修理，八点之前务必修好。电工放下杯子道，店招不高，有架人字梯就够了，晚会以前给你搞定就是了。说着两人一起来到门外。

夜色中的“伯爵猫书店”五字，只有书店二字是完整的红色，“伯爵猫”三字缺胳膊少腿的，伯丢了一个单人，爵少了一个寸，猫掉了一个田。支开人字梯的双腿，电工斜背着工具袋，嗖嗖上去，骗腿取一个骑马坐姿。他原本想意态潇洒地亮相给梯边的姑娘看看，能工本无价，工作就是要！却未料头上的店招根本不回应，调试了不行，换零件也不行，全部扒拉开来还不行。电工由坐姿变成站姿，由站姿变成跪姿——他果真是像杂耍一样跪在了人字梯的顶端。这一份虔诚依然没有换来“伯爵猫”的感动，任凭电工手里的电笔测，起子旋，钳子夹，钉锤敲，三个字依然丢盔卸甲，暧昧不明。

虽是身着单衣，电工腋下生汗了，狠狠骂了一句娘，阿芳原谅他了。见他的卖力与紧张，就晓得了，再行时的巧匠，也有不得已的时辰。抬手看表，不剩多少时间了，已经一前一后进来了三个客人。却不能催他，若是他一个失脚从梯子上掉下来，那我们娟姐姐真是破屋偏遭连天雨了！

终于忍不住问，你那边是不是还有师傅，请赶紧过来看看？

电工用钉锤在屋宇一根横梁上当当敲了几下。

阿芳道，你有脾气也不用撒在那上头啊！你以为伯爵猫三个字睡着了，敲几下就会醒过来吗？

电工一纵身跳下，愠怒道，在娱乐城我就是师傅！这几个字就像你们女崽子，露出两筒臂膀和大腿要扮相，她们硬是不肯穿衣裳，娘老子来了也拿她们没办法喔！

先进去的客人跟后面刚踏上台阶的客人一起笑了，都围到了店招下。

一旦明白是想将店招修得亮丽，一个脸黑发稀的男子道，今天不是最后的一堂聚会了吗？里面光亮就够了，门外的店招就要换成别人的了，又听讲这一路都要拆迁的，别劳神了。

阿芳道，老刀哥哥，你晓得娟姐姐是一个追求完美的人，她交代的事情我要是没做好，她不会放过我的啊……

不会放过你又怎样？一个戴长舌帽的窄条脸男子怪声怪气道，莫非你这个老板还是一个拉拉？

什么叫拉拉啊？一个脸上还显出稚气的姑娘，抬头问比她高出半截的男友。

阿芳剜了长舌帽一眼道，陆工，别忘了你到的是书店啊！

老刀一手揪住陆工往里去道，看老板娘来了怎么收拾你。

陆工嗷嗷叫道，她不是老板娘，她就是老板。如果她是老板娘，应该还有一个老板才对啊？！

此时，便传来一声喝道，这么冷的天，不都进去，站在门口怨怼我不是？！

娟姐姐到了，大家伙一愣，忽地都拥进去了。

娟姐姐站在门口，看着忽明忽暗的店招，两道又黑又浓的小山眉越发拱起来。阿芳心里不好受，娟姐姐这几天忙着处理书店歇业前的“后事”，几乎就没有消停过，她是一个细节没有做好，就要写在脸上的人。更何况，今晚是她最后一次与自己顾客的面对面。此时她道，别管灯了，亮还是不亮，由它去吧！

一旦立在案台前，娟姐姐即刻便换了一副如沐春风的嘴脸。

阿芳一一指导客人前面来取茶水，或是咖啡、啤酒，反身才注意到，站在众人面前的，平时不大化妆或至多只画淡妆的娟姐姐，此刻堪称浓妆艳抹，不仅夸张的蓝色眼影将一对原本就大而圆的眼睛，衬托得像两支炬火，水红的嘴唇在射灯的照耀下，淋漓欲滴。精心打理过的短发一律上扬而蜷曲，两只鹅蛋大的耳坠，直逼肩胛。从来都喜一身运动装，此刻也换成了一袭亮钻铺陈的曳地长裙，两筒肉滚滚的白臂膀，径直裸到了腋下。

朋友们好！随着娟姐姐的开场白，来客或坐或站，也有两三个人端起杯子顺着窄窄的梯子上去了二楼。娟姐姐未持话筒，房间小，也用不着话筒，可她拿了一张讲稿，阿芳想，娟姐姐平时伶牙俐齿的，不拿讲稿才能显出她的气概啊：

感谢各位这么多年对伯爵猫书店一如既往的盛情，整整十六个年头以来，往来过伯爵猫的朋友多达一两百位，本店地处小巷深深，不像那些在万象城、shopping mall的书店，后面站着财大气粗的老板，倚靠着金碧辉煌的商厦，书店也跟着喜气洋洋。本店主要靠特色活动吸引回头客，多为居住在附近的朋友，也有一些喜欢本店存书以及活动风格的朋友，不惧地铁和公交车转线，路上花费一两个小时过来观摩和参与。如果我没有记错，住在梧桐山艺术小镇的陆工陆先生没有落下过任何一次活动，不管是电影人讲座，还是读书分享会，他总是八点前到达，九点半离开。为什么一定要九点半离开？因为再晚，他在罗湖国贸转的一班公交车就停了。据不完全统计，本店的常客有三四十人，今天到了二三十人，堪称是伯爵猫的铁杆粉丝。还有几个没到的，要么在外地出差，要么有其他重要活动，不能分身，他们发来了微信感言，有时间可以让阿芳给你们念念，我也可以发到公号里……

阿芳是在娟姐姐讲话停顿的那会儿，才去座下续水及啤酒的。前两天娟姐姐就交代了一应细节，包括今天的红茶、咖啡和啤酒都管够，不像平时只给一杯或一瓶。除了备好饮料，还特意因冬至日备了水饺、汤圆。今夜，既是为伯爵猫书店十六周岁庆生，也是十六年的揖别。一想到在这个鼠年将尽的夜晚，她要与这个兼职打工了五年的小书店握手告别，心里便泛起莫名的悲伤。这种感觉，她长到二十三岁只有过两次，一次是七年前离开江西宜春的老家，只身来到深圳投靠表姐，还有一次是得知初中的一个要好同桌得了白血病，不治去世了。

还好啦，娟姐姐只在开头念了一段，很快就抛开了讲稿，神态自如地放开讲了。她的声音丝丝滑滑的，又有一点儿低沉，那便把软性托起来了。就像门口的一棵腊肠树，夏季开满倒挂的风铃般的黄花，随风飘扬，一根树干却是直立笔挺的。

阿芳端着一只椭圆的大托盘，略略弯腰一路续水往后去，她看见电工并未离开，抄着胳膊半码在人字梯上。凭经验，十有八九他是在等工钱。即便没有修好店招，毕竟屋内的灯具是他弄好的。给他多少才好？加上上门费，一百元，一百五？更多还是更少？她不能自作主张。这些年她一直在鞋店和服装店打工，对中低档服装及鞋子的价格折扣了如指掌。对租赁、维修和设计、装修之类，就完全是瞎子进祠堂——找不到碑（北）。有一次店里的冰箱坏了，怎么鼓捣都不听话，既不亮灯更不制冷。打114查号请来一个维修工，那个一嘴酒气的维修工检查之后，说是里面一个电器件坏了，更换之后，张口要三百块。此前一直在边上做事的娟姐姐过来冷冷问，换掉的旧零件呢？你给我再换回去试试。修理工很不情愿，可在娟姐姐恶狠狠的盯视下，只有一一复原，结果出人意料，电冰箱运转如常。

那一幕看得阿芳目瞪口呆，不晓得哪里出了问题。

娟姐姐给了修理工五十块上门费，修理工悻悻离开之后，她把阿芳带到门后，掰开墙上的电表盒道，这一条管冰箱的线路跳闸了，他装模作样这里看看，那里看看，用电器件坏了来骗人。要不是我眼尖，今儿就被他给骗了！

阿芳错愕道，我一直在盯着他搞修理，你一直在准备晚上的分享会，我没看出来，你倒看出来了！我以后不但不扶墙，连比尔·盖茨和乔布斯都不扶（服），只服娟姐姐你呀！

娟姐姐此时抬起两筒有了赘肉的胳膊，不无煽情地提升了嗓音道，有道是读书人以书会友，我们是书友，是朋友，是亲友，难得在这里岁岁年年，读书、听书、讲书，融合了亲情、友情和……感情……

坐在第一排的老刀插话道，亲情和友情，都是感情。应该是，融合了亲情、友情和爱情。

座下便有了笑声和议论，陆工追问，我们想晓得，融合了哪一个的爱情哕？

老刀道，我还真不是无中生有，有一对儿，男的在一家银行工作，女的好像是做财务的，具体单位不详。今天没有来，我基本可以肯定他俩是在伯爵猫认识的，记得头一次来，两个人还互相不认识，后来就交往比较多。大概半年前，我在欢乐海岸的一家杭帮菜馆看见他俩吃饭，互相搛菜了……

陆工咻咻道，吃个饭，搛个菜，就说明有爱情了？你这个爱情也太浅了吧！

老刀道，那要看往哪里搛，你搛到我碗里，我搛到你碗里，那还未必是爱情，我看到的是搛到对方的嘴里啊！一入深喉深似海，不浅喔。

座下哄笑了。

娟姐姐也捂住了嘴，俄而道，你讲的我大致晓得是哪两个了。嗨，要是他俩今天过来，讲讲从相识、相知到相爱的过程，一定会为我们今晚的聚会添彩啊！

陆工道，他俩不来，其他人也未必没有在这个小书店结缘的经历，有的主动站起来讲讲呗，这是好事啊，也为我们老刀刚才提到的爱情，下一个实实在在的注脚。

座下无声。一个迟到进门立在右侧的黑皮小个子举手道，要是没人领情，我建议娟老板就要发扬风格，讲讲自己的故事了，十六年操持打理一个书店，如果有了爱情，也不会在这十六年之外吧？

娟姐姐略一低头，很快抬起脸来道，我的故事，包括跟伯爵猫的故事，当然可以讲，甚至，我希望在座的朋友，也有写作人，可以给我做个专访。以后有机会，我可以讲自己，你们也可以讲讲自己。今天是讲讲各位跟书的故事，也可以讲讲在本书店对哪一次分享活动印象最深，这既是对各自阅读历程的一次回顾，也是我们相会这么多年之后的一场告别……之后，我会做一期图文并茂的公号推给你们。

阿芳听出了她语调中的感伤，却也是一过性的，烟云袅袅。

此种感伤触动了老刀，他起身道，我们都晓得前不久黄宗英去世了，她们那一辈的老电影人慢慢地一个个都走了。但我今天想讲的是，前年吧？娟姑娘请来的作家和导演彭小莲，那次她带来了刚上院线的电影《请你记住我》，和我们一起分享自己的创作经历。那是一个非虚构和虚构结合的电影，或讲是一个纪录片和故事片结合的电影。黄宗英就在里面演黄宗英。片子里面的潘导演是一个郁郁不得志的理想主义导演，面临大拆之下几乎面目全非的城市建筑和文化，她坚持自己不合时宜的选择。她甚至也不屑于考虑成功还是不成功，比如票房、盈利之类吧。一对小年轻阿伟和彩云在潘导的影响下，也跟着一道清贫，却不舍地跟拍老电影人的纪录片。

小个子插话道，我看那个潘导演，其实就是彭导演的变身，彭导是不是太自恋了一点啊？

陆工反驳道，自恋怎么了？一个连自己都不恋的人，你倒是指望她恋你啊？

小个子抢白道，太过自恋的电影就没有票房，票房惨兮兮喔。

陆工道，你以为迎合了市场的就是好电影啊？阳春白雪，曲高和寡，那才是品位，也才适合来伯爵猫分享。

娟姐姐仲裁道，你们先别争，先让老刀讲完吧。

老刀继续道，人生有很多遗憾。那次我在本书店买了一本彭小莲的非虚构《他们的岁月》，光记得让她签名，却忘了跟她合影了。这本书一直摆在我的案头，每当翻看，就像是在跟她对话。她拍的电影，我看得不多，不好评判。她的书，她的文字，可真是好。那么深的感情，都藏在里头，每一个句子都很结实。她去世前还出了一本非虚构《记忆的颜色》，可惜再等不到她的第二次签名了！这本书伯爵猫书店还有啊。

小个子嘲笑道，落脚总在伯爵猫，幸亏伯爵猫没有网店，要不然我们以为你是带货的啊！

老陆道，为书店带货有什么不好呢?!

娟姐姐赞道，是啊，好酒也怕巷子深，这十几年，伯爵猫搞了一百多期读书和电影分享会，就是要把好书好电影带出来。今天冬至，饺子和汤圆都是现成的，煮好了，大家过来吃吧，边吃边交流。

小个子倏地蹿到案台边，左手端了一盘饺子，右手不忘托起一碗汤圆。

音乐响起来了，是一首近两三个月风靡了大街小巷的《可可托海的牧羊人》：

那夜的雨也没能留住你，山谷的风它陪着我哭泣。

你的驼铃声仿佛还在我耳边响起，告诉我你曾来过这里……

阿芳端了两份吃食径直送去给后面的电工。

电工在阿芳耳边问，那个黑皮小子是哪里来的吃货？我看他进来以后嘴巴就没有停过，不是多话，就是吃吃吃！

阿芳反身悄悄道，他就是一个吃货，常常来蹭吃蹭喝蹭电影看。欠了钱让人家给垫上也好意思的喔！

电工问，那书店有钱赚吗，是个什么缴费模式？

阿芳睨了他一眼道，不是你也起了开书店的念吧？告诉你，除非你心怀天下，不然开一个闭一个，开两家倒一双——后一句，分明是娟姐姐的口头禅。小芳告诉电工，来伯爵猫的都是常客，进来扫码预存五百元，多存不限，每次消费五十元到八十元不等，消费一次扣除一次。也有散户不预存的，就不给折扣，喝了饮料，吃了点心，再自行扫码付款。对这一类人，娟姐姐就任其自然，不当真。那个黑皮小子就时不时钻空子，吃了喝了，有时候还顺一本书揣在兜里走人。

电工瞪大眼，毫不客气道，他偷书，老板娘也看不到吗？她是一个马大哈啊！这样开店，死得快喔！

阿芳点头，她哪里看不到，她眼睛可尖了，明察秋毫。可我们娟姐姐也是金刚身子菩萨心，她总讲，喜欢来书店蹭的人，能坏到哪里去呢？一定是兜里实在没钱了，才会来摸书，我们就睁只眼闭只眼吧。

电工一定是饿坏了，把一小碗汤圆呼啦啦都倒进了肚子，瞥了阿芳一眼问，她就是观音转世又能给你开几多工钱？

钱钱钱！阿芳伸出一根食指，忍不住就要戳到电工的额头上去道，要是为了钱，我就不到书店来上班了！

电工鄙夷道，不为钱你跑到深圳来做什么?！跟着阿元安心待在江西老家就好啰！

一句话戗得阿芳心里发堵，阿元是她正处着的男朋友，高中辍学到深圳之后，开过一段泥头车，嫌倒渣土又脏又累还受气，常常为了倒一车渣土排两三个小时的队，三年前转行到娱乐城去做了领班。

电工继续道，我们都是一群没文凭的人，人家讲我们都是城市的边缘人。现如今文凭就是一个进城的通行证，或者叫“健康码”，没有这个金色的通行证就得在城市边缘讨生活，若是在边缘讨生活，就要有一技之长。这个道理我以前不懂，是我舅舅教会我的，我的电工技术开始是跟他学的，后来花了钱跟了一个更好的师傅，现在没有什么电工活计的河沟蹚不过去喔……

他像是被一只来不及吞咽的饺子噎住了，忽然停顿。

她心里好笑，你是在打自己的耳光吧？今夜就栽在伯爵猫书店的店招上了。

却又不能不点头，电工讲的话实实在在。阿元现在吃的也是一碗青春饭，到底是不能长长久久的，技多不压身吵。况且，在那种鱼龙混杂的场合出入久了，她也担心他变坏。明乎此，她才将一嘴怨怼赶紧转换成温和道，我舅舅的一个朋友，在广州开了一所技校，里面有电脑、模具、家具、数控车床及各种专业，要是能说服阿元也去学个一年半载，拿个资格证书，进工厂或是公司打工，也免得只能做一些搬搬抬抬的事情吵！

电工的虚荣心，在眼前这个柔弱而清秀的姑娘面前得到了些许满足，平时单打独斗的工作性质，种植了他一份提防，也养育了他一份倨傲。他从口袋里摸出一根烟来，在鼻子头嗅嗅道，阿元还是一支嫩笋，你要看紧一点，不要像我这样吃喝嫖赌，样样无师自通……

电工出去了。

阿芳收拾起客人们留在桌边的碗筷，重新布上杯盏。

这时间，陆工讲了一个自己的故事，某夜伯爵猫请来一位诗人过来分享他新出的诗集，这位诗人曾当过中学老师，娟姑娘朗诵了他诗集中收入的一首缅怀母亲的诗歌：失去了你——亲爱的母亲／我的天空刹那间不再蔚蓝／我的世界刹那间不再温暖／我的生命刹那间不再完整／我的灵魂刹那间失去依恋……诗人的母亲是一位农家妇女，没有文化，却与丈夫一道，担起了六口之家的重任，当儿女相继大学毕业，或进城工作，可以向母亲回馈一份孝心之时，她却因操劳过度，在五十四岁的壮年撒手人寰……

老陆好记性！老刀道，那首诗写得有感情，娟姑娘的朗诵也增色不少。

陆工抽抽鼻子道，那以后，我回去做了一件事情，就是给一个姐姐、一个弟弟打电话，不要再让我八十三岁的老父亲每家轮流住三个月了，那会让他感觉自己是一个多余的人，像皮球一样推来滚去的。我让老父亲就跟我全家住一起，他俩手头松就支援一点表表爱心，不给也没关系，我一个人能支撑得起。我母亲走了也有十来年了，想起当年她弥留之际，也给我们姐弟仨一个提醒，照顾好你爸爸……

一阵寒风呛进来，隔那么远，阿芳都嗅到了电工带进来的一股子烟味。到底还是惦记有一点工钱没拿吧？阿芳上去关严门时道，我还以为你走了呢，原来是出去抽抽抽了！

电工打着饱嗝道，吃饱了就好这一口啊。阿元是个好男人，一不抽，二不喝……嘿嘿。

前台的娟姐姐道，谢谢陆先生，伯爵猫的历次分享会，你住得最远，来得最勤。能得你这一份鼓励，我也是真心感动了。今天这个夜晚，是最后一次分享，也希望各位朋友都讲一讲，无论什么话，都讲出来，留下来。我总觉得，伯爵猫有很多不足，有很多亏欠，日后如果有机会，我们理当做得更好一些。阿芳呢？你过来讲一讲呗，你跟我这么多年，也看到了很多。

阿芳答应着走上来，有些紧张道，我在伯爵猫几年了，看到了很多，听到了很多，也学到了很多，越来越舍不得离开这个地方，既能打工，又能学习啊。我始终记得娟姐姐跟我讲过的一句话，一个人在课堂上学到的东西是有限的，更多的时间和机会是在课堂外、社会上学习。其实，娟姐姐跟我讲，她当初为何要把书店当恋人，我听了就很感动……

座下便有了呼应：娟姑娘讲讲自己为何要把书店当恋人呗？

小个子叫道，如果肯讲讲自己身后的那个恋人就更好！

娟姐姐眼睛一霎，想了想道，我开书店的缘起很简单，小时候家境不好，读完了小学家里都没有一本课外书，每当班级里搞课外活动，包括春游、秋游，看见同学们手里都有一本甚至几本课外书，我心里都既自卑又嫉妒。那时候，看见人家穿了新衣服，有了新玩具，不会有多羡慕，唯独看见人家时不时从书包里抽出一本新的课外书，心痒难熬，痒到恨不能据为己有。大约是读五年级的时候我做了一个梦，梦见自己在书店或是图书馆上班，四壁都是高高的书架，随便取，随便翻。我没有读过大学，甚至高中都没读啊，不是成绩不好，是我爸重男轻女，加上家里经济不好，就让一个哥哥上了大学，一个弟弟读了中专，我是初中毕业就出来打工了。出来以后一直抱怨我爸，有两三年吧，电话只打给我妈，不打给我爸，连着几个春节也不回家，那时候我也不懂事喔。可能因为我业余读了不少书，也喜欢写点东西，在一些单位做文秘，无论写材料，还是写新闻稿子，都比大学刚出来的学生还强，领导也看重。

可是我还觉得不自由，主要是放不下那个梦，既然不能去图书馆上班，就自己开书店呗，这就有了十六年前开业的伯爵猫，从那时起，店里的伯爵猫都换三代了……

娟姐姐停在那里，双手交叉在胸前，阿芳见她眼里闪过一丝莹光。

不忘初心，难得始终。讲这句话的，是进来之后，顺手取下一本书一直心不在焉地翻看的律师。他镜片后面的眼神，释放出一本正经的温情道，一动不如一静。美丽的风景往往不在远方，且在身边。

阿芳晓得律师曾经有意过娟姐姐，律师是离异男，还是大龄男？娟姐姐不讲，阿芳也就一概不知，也不问。娟姐姐三十五六了，是一个大龄女，她甚至也自嘲是剩女。阿芳认为，在这个一线城市，太多优秀的剩女了，因为不肯将就或是没有遇到，蹉跎了自己的青春，讲起来还是有一些些遗憾的。娟姐姐晓得阿芳二十出头的桃李年华就开始恋爱至今，很是鼓励。阿芳认为律师从谈吐学识到工作平台都不错的，为何要放弃呢？娟姐姐叹口气道，如果放在你这个年龄，我就看不到那么多，也顾不到那么多，稀里糊涂结婚生孩子就过去了。现在不行了，年龄大了事事看得透，这不是好事喔！

毕竟隔着一轮的年龄距离，阿芳对娟姐姐的想法和做法，并非完全都懂。伯爵猫书店为何要歇业？疫情以来严重影响了营业，房租照样得交，不堪重负是其一；再有一说，此处低矮的一片老房子都要拆迁，据说华润还是万科地产都来测量过了；还有一个因素，娟姐姐谈恋爱了——这当然是再好不过的事情。可是从未见娟姐姐带过一个她亲热的男人来伯爵猫，阿芳只能猜测这个人在外地。既然在外地，为何不能让他来深圳，却是她关了书店，小跟班一样跟了过去呢？

为此事，她从旁问过娟姐姐。

问：如果一个男生和一个女生相爱得很，但他俩不在一个城市，应是男生迁就女生，还是女生迁就男生？

答：那要看谁更爱谁吧。

问：你是讲，更爱谁就迁就那个更被爱的？

答：谁陷在里面，谁才有发言权。

似乎答非所问，又似乎都回答了。

律师紧接着讲了自己与伯爵猫的结缘，讲了两次读书分享、三次电影分享的经历，不愧是律师啊，凸显细节，头头是道。讲完之后，站起来朝案台也就是娟姐姐站立的方向，深深鞠了一躬。

律师一出场，就弄得很有仪式感。他一个人讲了三十多分钟，大概把平时在法庭上不能尽兴发挥的积攒，都在伯爵猫一吐为快了。乃至后面的，各讲几分钟就断了句。

轮到娟姐姐做小结了。她概括了几句，忽然涨红了脸，不连贯道，这次对不起，大家了，希望，不久的将来，伯爵猫还能重返……家园。

她让阿芳把该交代的话跟大家讲讲。

善后的事情，娟姐姐此前跟她交代过，却没想到让她来宣布。阿芳却也镇定道：

此前有一些朋友在伯爵猫微信里预存了钱，大家可以按照自己的预存余额任取多少书回去，每本书附送书店精美订制的镂猫铜版书签一枚。如果不愿意的，可以在案台本子上留下姓名电话，留待日后我们清算偿还。今天的酒水、点心等，算是伯爵猫尽的一点心意，最后一次，免费招待，你们就不用扫码付款了……

话音刚落，这会儿轮到娟姐姐朝座下深深鞠躬。

一片轻轻的却整齐的掌声。

掌声刚停，各人起身去找书取书。娟姐姐低头走进案台内。阿芳环视左右，有取一本的，有取两本的，也有个别的，抱了一摞书在怀里。

阿芳瞥见，陆续有人去台前扫码，却不见谁在本子上登记姓名。

客人依依不舍地走了，小个子倒数第二出门，他举起一本书，扮了一个鬼脸。落在最后的是电工，他反身也举起了一本书，阿芳影影绰绰地看到“如此世界……”几个字。

店里就剩下娟姐姐、阿芳和伏在二楼边缘，不知所措的伯爵猫。

阿芳从抽屉里打开工作手机，检点存款余额，惊讶地发现是一个很吉利的数字：一万八千九百九十九。她高兴地告诉娟姐姐，此前预存款是九千多元，现在不但没有一个人登记清算，还凭空多出了一倍！

娟姐姐涩涩地一笑，刚要张嘴，一直蛰伏在悬梯旁的伯爵猫倏然一个抛物线，翻滚着落在案台上，又影子一般蹿出门外，喵喵地大叫。

娟姐姐和阿芳一道快步跟出去。夜深了，四下了无行人。幽蓝的天空上，几颗低矮的星子水洗过一般洁净。

两人乍一回头，伯爵猫书店的五字店招，不知何时，一起闪亮了。

娟姐姐啐了一句，人都散了，它又回来献殷勤了！弯腰抱起伯爵猫，柔声对阿芳道，你今晚就把它带回去吧，阿元来店里的那一次，我看出来，他也是蛮喜欢的……

小芳点点头抱过去，伸出手从头抚到尾。娟姐姐擎起手机给伯爵猫拍了照。照片里是一个黝黑的背景，唯见伯爵猫的两只眼睛，灯泡一样灼亮。

（原刊《芙蓉》2021年第2期，为《新华文摘》第8期，《小说月报》第6期，《长江文艺好小说》第5期转载，收入《中国当代文学选本》第6辑，王昕朋主编，中国言实出版社）

凡·高和他哥

一

荷兰的凡·高，没有哥，下面有五个弟妹，与他关系最亲密的是大弟提奥；提奥是哥一生的朋友和知己，一直给予穷困潦倒的哥无私的帮助，及至后来与乔安娜生了一个儿子，也取了他哥的名字——文森特。

深圳油画村的凡·高——龙向北，没有弟弟，却有一个哥龙向南。

第一次出国回来半年之后，龙向南仍在回想，此次与弟弟一道走访荷兰与法国，得多还是失多？在巴黎戴高乐机场飞往广州的航班上，哥哥看见弟弟与女友菁菁旁若无人地亲吻与缠绵，便揣摩这种正午阳光照耀着向日葵一般的炽烈燃烧，到底能够持续多久？作为年长六岁的哥哥，是及时给向北一些忠告，让他在情感和职业的选择上更务实一些；还是听从桂教授的建议，如果他是一个艺术家的坯子，你放纵他便是成全；如果他只是一个生活的玩家，你让他一头撞到鼻青脸肿，兴许他很快就回头是岸，规规矩矩。

从哥哥的眼光看弟弟，这次欧洲半月行，尤其是有菁菁陪伴，大大助长了向北的野心是毫无疑义的。如果说，此前向北的某种念头犹如河边的芦荻，毛茸茸地怅望天空，一趟行走，恰如在一大丛干燥无奈的芦荻里投进了一束薪火，哧的一声蹿起了妖娆的火焰。面对这突如其来的野火，哥哥扑不灭，菁菁则不屑扑。

向南请出救兵的结果却是，桂教授希望哥哥给弟弟一个囚鸟出笼的机会，最后弟弟向北是翱翔蓝天，抑或铩羽而归，一两年内便见分晓。

向南是尊敬桂教授的，若非桂老师的指点，他兄弟俩就未必能在油画村开一家星夜画坊，而只能持续给一家来自潮州饶平的老板画廊打工。

那是2015年的夏天，桂老师当时带着一个香港老板，还有他的几个编内编外的学生一道进油画村沿街过来，看中了兄弟俩流水作业一般的行画，指着边上晾挂的油画问道，凡·高的几幅人物是谁画的？向南幽默地指着一旁光着流汗膀子的弟弟道，凡·高的人物画，自然是凡·高画的哕！

众皆笑了。

唯有桂教授没有笑。他掀起一张《戴草帽的自画像》，又一一牵起《唐吉老伯》《耐心的农夫》《农人艾斯卡列》《吉诺夫人》《邮差鲁林》……跟学生们讲，凡·高画了很多相同题材的人物，在用色、罩光及造型上都会有一些区别。遂问，他为什么要这样画相同的人物？

有答，他在表达感激，譬如画商唐吉老伯允许他赊购材料。

有答，他在寻找不一样的表达，譬如他的两张耳缠绷带的自画像，一张叼着烟斗的神态就祥和一些。

都有道理。桂教授拍拍直起腰来的向北道，凡·高先生，你讲呢？

一直埋首作画的向北，放下手中的笔，随手捡起一件蓝色T恤搭在肩上，满不在乎道，因为喜欢，所以才不厌其烦。

桂教授沉吟，是否要给这位脸颊蹭上了红绿油彩的凡·高一个肯定。

一个眉毛上挑、头发染成一束亚麻色的姑娘举手道，我认为不是这样的，凡·高一生中喜欢的人不很多，若就女性而言，起码有三位，在伦敦，凡·高对房东太太十九岁的女儿尤金尼亚·罗伊尔产生了爱恋；在埃藤的父母身边，他爱上了自己的表姐凯·福斯；在海牙，凡·高结识了带着五岁女儿又怀有身孕的风尘女子西恩，外界压力那么大，可他不管不顾，陷得很深。那么请问，他为何没有浓墨重彩地画这些女人呢？如果讲他认识的这些女人，尤其是前两位女人，年纪还算轻，没有留下画作情有可原，那么他最喜欢的男人是谁？毫无疑问，是他的弟弟提奥！那么请问，他何曾留下过一张提奥的画像？

待到中午一道吃饭加了微信，兄弟俩才晓得这位口齿伶俐的姑娘，有一个时下很流行的名字：菁菁，此时的向北瞥了菁菁一眼，冷不丁道，你用词不当，凡·高对提奥是依赖，不是喜欢。如果喜欢，他一定要给弟弟画几张肖像，现在可是一张都没有喔！

菁菁不认同，两人争执起来。

桂教授双手外摆，做了一个息事宁人的姿态道，画家眼里的人物，特点是第一位的，有些特点是职业，有些特点是环境，有些特点是神态……所以这里是不会有标准答案的，也不应该设定标准答案。我的一位老同学在内地的美术出版社当社长，他画的女人，从来都有他老婆的神韵，讲俗一点是怕老婆，讲雅一点是爱老婆，两个答案都对。

爆笑。

那以后桂教授又来了几次，再来，兄弟俩已经开了一家星夜画坊，这自然与桂老师的点拨与助力有关。桂老师带来的那位香港画商陈老板，每年都从盐田港发几个货柜去欧美，其中便有陆续从星夜画坊购买的画作，以凡·高的作品为主，也兼及了高更、莫奈、雷诺阿、毕沙罗、德加等印象派画家的仿画。因了当初桂教授发问，哥哥向南头一个把弟弟龙向北戏称为凡·高，桂教授和陈老板从此皆称向北为凡·高，称向南则是：凡·高他哥。

那一年是星夜画坊凡·高兄弟的一个小高潮，一则有了自己独立的画坊；二则画坊一开张就有了稳定的订单，这不仅很快打消了两兄弟自立门户之初的战战兢兢，也很快缓解了龙家拮据的生活状态。皆因经济不佳，他们患有心脏瓣膜病的母亲，拖过了做手术的最好时期；父亲则因肾性高血压导致肾衰竭，有一搭没一搭地被老家看护的姐姐送往县乡医院。

二

既为感激，也为学习，凡·高哥俩常常会造访桂教授的画室。

桂教授的画室在观澜高尔夫球场之内，上下三层，进去便是一个百余平方米的工作间。巨大的橡木案台上摆着各式笔墨颜料，墙边都是各种规格的油画架子，以及为大秀长腿的模特准备的高椅，墙边还备有宽幅的极米投影。负一层是画家的健身房，哑铃、跑步机与自动发球的乒乓球桌，一应俱全。顶楼是一个西式的露天平台，摆着纯白镂花的铁桌椅，篷沿下的三门冰箱里摆满王老吉、卡士酸奶、德国黑啤。俯瞰平台之外，一片绿茵茵的高尔夫球场。桂教授说，这里每个月至少有一场艺术家的聚会，吃冷餐，喝啤酒，看电影，吹拉弹唱，写字画画……

对比而下，哥俩很容易找到陵谷一般的落差。

同样都是画画，桂老师在高山俯瞰，凡·高哥俩在沟底盘桓。不同的是，哥哥向南对此种差距看得淡定，他知晓阶层的高下，各地皆有，在深圳这个突兀而起的现代化都市，高下间距会更其刺眼；弟弟向北则多少有一些不平。瞥见弟弟的目光，不时在桂教授的唇边与菁菁的眼神间游移，哥哥的心里会爬升起一种不安。他不知怎样才能打消弟弟好高骛远、不切实际的念想。正如一只美丽的小鸟在一只小狗头上飞过，栖息在对面的树上鸣唱，小狗仰头欣赏是一种本能，企图缘木而上，乃至于插翅双飞，就不免忽略了上下之间，有一道天堑不可逾越。

可忧的是向北与菁菁却越走越近。

不仅在星夜画坊，菁菁常常过来画几笔人物，几笔风景，大都是兴之所至，没有一幅从头到尾的完成式。更多的时候是两人的外出，有时在桂教授的画室——桂教授太忙，上课，讲座，开会，访学……他的几个体己学生，包括菁菁这样的旁听生；有时在深广两地的画院、美术馆、博物馆以及广美和深大的美术系课堂蹭课。一次，凡·高他哥偶尔在弟弟滑过的手机相册里，看到弟弟给菁菁拍的写真，背面是院子里的一棵盛开的黄花风铃木，喷涌的温泉沐浴着一个姑娘青春姣好的身体。凡·高坦承，这是在惠州中海汤泉拍的，为了稳定，用的是她的一只单反相机置于花盆架子上拍的，再一一倒在手机里。那地方是一个拍照和写生的好地方，龙珠湖、九龙潭、象头山、御风船坞、叠水梯田……都可以入画。松鼠和白鹭之多，在深圳并不多见。

经历过不止一次恋爱，然后结婚，已经是两个孩子父亲的向南，自然知晓热恋无论对于男女，吃对了便是一剂生命的良方，吃错了便是一剂生活的苦药。对与错，全看它的结果，是瓜熟蒂落，还是夭折于青涩。

家庭环境的对比，常常会映现儿女截然不同的未来路径。独生女儿菁菁，父亲是龙华区政府的机关干部，母亲是一家三甲医院的护士长。她本人在深大师范专业毕业，考上了龙华实验学校的语文教师岗，却在两年后自动离职，她想画画，想旅游，想去南极北极也想去新疆的慕士塔格峰……有些地方她还真的无畏地抵达了。她展示过离职之后，登上帕米尔高原东部，昆仑山西段，七千五百多米的冰山之父慕士塔格峰的照片，一身红装，戴着深色的护目镜，两手招摇，兴奋不已。

凡·高将这张她引以为傲的照片翻画成了油画送给她。只不过画作摘掉了护目镜，露出了一对热辣辣的美目。

菁菁赞叹，这是到目前为止，画她最传神的一张。

不知此赞叹是由衷的，还是多少包含几许夸张？

总之，有大半年，他俩都形影不离。这令一直想撮合凡·高与本画坊的打工姑娘小兰姻缘的凡·高他哥，苦恼了很久。小兰来自江西宜春的温汤，那也是一个有古老温泉的小镇。小兰脚踏实地，手脚勤快。面对凡·高，她不无讨好地历数老家有多少可以画画、拍照的地方，明月山，古井街，茶油榨坊。可凡·高对小兰展示的图片，只是敷衍两声道，你们那里还有土榨坊啊，下次可以顺路去看看喔。就再不往下问了。与之不同的是，他与菁菁在一起难以消停地言说的兴奋，以及说走就走的旅行，凡·高他嫂子明白地告诉老公，有一种男女感情，叫欢喜冤家，你老弟和菁菁就是一对欢喜冤家，黏也难黏紧，扯又难扯开。

向南的老婆也就是向北的嫂子，在赣南老家带着一个读初一、一个读小学三年级的孩子。虽说两兄弟的父母身边还有一个姐姐，媳妇就近帮着大姑子照拂公婆，是义务，也是本分。每当寒暑假，凡·高他嫂子会带着俩学生到深圳，在镇小学当语文老师的嫂子对菁菁的评价是，她是一团火，任一男子看见她都容易得到温暖，不当心嘛也容易烊化。

哥哥把老婆的枕边风吹给凡·高的时候，有了忧心忡忡的添加，你嫂子讲菁菁是一把妖艳的野火，只要以身投火，任何男人都会被吞噬掉，除非他是金刚不坏之身！凡·高满不在乎道，老哥，你比我才大六七岁，嫂子比我大不过四五岁，我们之间却简直有了代沟！一个是男女相处就非要结婚不可吗？二是，你们太喜欢把两人放在天平上称出分量。你要晓得，我跟菁菁在一起才有画画的激情，要是没有了这份激情，纵然是一个金刚不坏之身，也是一具行尸走肉喔！我喜欢法国摄影师马克·吕布的一句话："当我遇到我所爱的女人后，她让我重新出发了。"你晓得我跟她讲这句话的时候，她如何回答吗？

对于凡·高的激情表白，哥哥摇头不语，转身作画去了。

凡·高跟过来道，她讲，女人同样需要一个令她重新出发的男人，你就是，但愿你就是。老哥你讲，我应不应该是啊？

他瞬间明白，老婆讲的不一定对，起码，向北黏菁菁是很紧的喔。

当今之世，每一个从乡镇走向城市的家庭都大不易，在这个四面漏风、艰难行船的大家庭里，哥哥才是一管百搭的胶黏剂。父母从来放心不下的就是龙向北，只有向南把弟弟带在身边，他们才表示心安。

长兄若父啊。

三

事后分析，哥哥可以肯定的是，自认识桂教授与菁菁之后，凡·高就有了脱离行画的念头，只不过自打从法国瓦兹河畔的小镇奥维尔和荷兰首都阿姆斯特丹回来，他这个念头就更强烈了。位于巴黎近郊三十公里的奥维尔，是凡·高生命中最后七十天的栖息地，他的《奥维尔教堂》《加歇医生》《麦田群鸦》……都是在这里完成的，小镇处处可见凡·高名作的原景地；凡·高和提奥的兄弟墓也在这里——尽管凡·高的空棺木里只有他的衣裳和小物件，可从世界各地过来的美术朝圣者，从来络绎不绝，难怪此处又称凡·高小镇。这是桂教授怂恿兄弟俩去一趟欧洲的初衷吗？尤其是为了借助菁菁的外语一道自由行，一路带上她，哥哥简直觉得自己就是一只刺眼的大灯泡。

在收藏了凡·高二百多幅画作、数百件素描以及几乎全部书信的凡·高美术馆，兄弟俩，还有菁菁盘桓了三四天。站在真正的凡·高的几幅自画像前，菁菁跟向北手拉着手道，你知道吗？我对你的第一印象，来自第一次看到你仿制的凡·高人物画。整一个油画村走过来，看到的都是凡·高的风景画，《向日葵》啊，《鸢尾花》啊……桂老师为什么进去之后停留了那么久？讲了那么多？就是因为看见了你的人物画。凡·高的人物画都不具有世俗之美，很少有订单，尤其是听讲，并不是有订单，是因为自己喜欢，你就趁着老板那几天不在，临摹了十几张。桂老师讲你有慧根，心里有一颗石头都压不住的美术种子。

听了这话，越发鼓动了向北那颗蓬勃欲发之心，他却抑郁道，这种话，为什么桂老师不直接跟我讲呢？

菁菁想了想道，他直接跟你讲，怕你太过骄傲吧？况且，通过我转告你，不是更能鼓励你吗？双重的鼓励啊。

好一个双重的鼓励啊！向北搂紧她的臂膀便是一吻，咬着她的耳朵道，后一重鼓励无疑更重要。

即便他俩头碰头，只是咬耳朵，哥哥也听得句句真切。

凡·高从欧洲回来之后，与哥哥的分歧顷刻就白热化了。

凡·高道，这种一味接单的行画劳动，油画村有近万人，有我们不多，没我们不少。我们要马上走出来搞创作，星夜画坊最好也改变注册地址，即便从零开始也在所不惜！

哥哥坚决摇头道，如果讲起想搞创作，我读小学五年级的时候就有这个念头了。跟在我的美术启蒙赵老师后头，在学校出墙报，他看了我不是根据一本《美术墙报图例》依葫芦画瓢，而是自己凭想象画的一列绿皮车，风剥雨蚀的站台上既有背着书包的学生，又有提着鸡鸭、挑着菜篮子的农妇，就夸我：如果讲仿画和临摹是画家的拐杖，创作才是画家的独自行走。我不是不晓得创作的重要性，可我们现在还在生活的爬坡阶段，又来了这么多的订单，我们太需要钱了。赚了一笔钱之后，再言独立创作不迟啊！况且，我们也可以一边接订单，一边搞创作，一路过来，我们也不是没有保留一点自己的喜好吧？你此前画的一些人物，都是自己想画的啵。

凡·高道，这次出国一趟，看了那么多美术馆、博物馆，真是大开眼界，给我和菁菁的刺激都太深了！站在真实的凡·高的人物和风景画面前，简直可以讲是震撼啊！原创的画作，与仿画，相距不止一条黄河长江。凡·高的自画像，他笔下的医生，邮差，农妇，老伯，还有向日葵，鸢尾花，麦田群鸦，开花的扁桃树……那才是真正的创作啊！就像桂老师讲的，真正不朽的画作，都是跟画家的血肉和灵魂紧密联系在一起的，撕都撕不开，是画家把生命搓揉捶打成干柴点燃的炬火。

哥哥嘟哝道，你都成了桂老师的跟屁虫了！老师老开会，讲课，出席各种典礼、开幕式、闭幕式，每天那么忙，他自己的画作，未必张张都是跟血肉和灵魂联系在一起的啵。

凡·高自然知晓哥哥的话有所指，因两兄弟在桂教授的工作室，学习过，也帮过忙。向南画过一张《红树林的黑脸琶鹭》，向北画过一张《深圳北站》，这两张画有一部分是兄弟俩的手笔，桂教授事先给了题材，并勾勒了一个轮廓和某个局部。弟弟为桂教授分辩道，我们帮他画几张画也是应该的，一是他给我们的画提出过不少修改意见；二是我们给他画的订制画，最后还是由他做了添加，有的虽然只是添加几笔，却正好印证了画龙点睛一说，我们同样受益匪浅甚至更多啊，你不觉得这也是一种教学吗，而且更加有启发。

弟弟能够这样敞亮地看问题，向南心里是欢欣的。这说明三十多岁的弟弟正在走向成熟，但还不到火候，还要经得起熬炼。恰如中秋之后金灿灿的稻田，再多几天艳阳高照，才得谷穗饱满，颗粒归仓。

弟弟决绝道，我们的年纪也老大不小了，不能再瞻前顾后，搬一个家也怕打破了坛坛罐罐。这些年画了那么多凡·高笔下的人物和风景，是喜欢，却一步也没走出行画的临摹，这是一眼望得到尽头的路啊。

向南见向北去意已决，叹气，不语。

等到凡·高与菁菁到科尔沁去写生之后的那个把月——去那里是桂教授给介绍了一个草原上的皮雕艺术家嘎瓦，一位曾经的流浪画家，向南则被桂老师叫去帮忙画一个《城市烟火》的大型组画。向南白天在星夜画坊作行画，晚饭后便打网约车去桂老师的工作室，之所以舍得往返花两百块钱打车，全是为了赶时间。虽说凡·高不在身边，他又招募了两个画工，新手即便画行画，也有一个传帮带的过程。

好在小兰肯学，也能操笔，有她盯着星夜画坊，省心不少。

桂老师的工作室真是安静，窗外是草木袅袅的清香。按照桂老师打好的画稿涂抹，向南常常会加上自己的构思。桂老师给予肯定的同时，也不时地提出一些修正的意见。

一次，向南在画《城市烟火》里的老东门片段，兴之所至地添加了一组各式人物，桂老师回来之后蹙起眉头道，你要晓得，我们不是在搞浮世绘，不是仿《清明上河图》，这组人物放进来诱导了观画者的视觉，也偏移了我的用意。你观察生活不够，有个工作日的傍晚，我去老东门，恰恰是灯火通明下的一片冷清，那是另一种韵味。接下来讲得严厉了，凡是你想突显自己个性的手笔，都要事先征求我的意见！不然既耽误了我的时间，也浪费了画布和颜料，你手里每一管熟黄、普兰、西洋红、火星紫……都是来自英国原产的温莎牛顿，贵得很啊！不像你们作行画用的那些颜料，能对付用就行啰。

向南听得脸上掠过一阵阵热辣。

却原来，桂老师带着香港陈老板几次过来挑行画，有时一张张地挑，一张张地品头论足，从根本上还是看不起行画的啊！这么说来，他鼓励向北出去写生，创作，即便做一段时间的流浪画家，也是真心实意啊。

是的，星夜画坊虽然进账多了，开销也水涨船高——人工、房租、水电、亚麻布、油画颜料……每一项开支都得精打细算，量入为出。桂老师的书架上还陈列着几盒二三十年前他用过的温莎牛顿（Winsor&Newton）高级油画颜料，一支支都成了干瘪的小牙膏皮了。他说是留作纪念的，回望知名画家荣誉巅峰的来路，一支支挤干了肉身的颜料管，象征着蹚过的一条条河流，一去不返地流淌过一个个画家的宝贵青春，直到鬓飞白雪。

弟弟向北是对的，他不能跟哥哥一样，一辈子窝在一个小店里作行画，但凡有一点悟性，有一点追求，有一点出息的男儿都不能这么憋屈，在千百张经手绘过的油画里，落不下自己的一个姓名。

四

那天中秋，向南在自己的画坊里工作了十个钟头，打车到桂老师工作室一连画了两三个小时，实在熬不过了，双腿发木，跌坐在折叠椅上，四肢一摊便睡着了。桂老师在外面参加一个大公司的晚会，开车回来已经十一二点了，两手提着红酒、月饼之类，此前知晓向南在家的，可是无论如何将门踢得天摇地动，都无人应答。桂老师连骂了几句聋子啊，恨不得飞起一脚把门踹开。终于还是将手里的东西一一放下，找到钥匙开门进来，扑通扑通地动静很大，依然没有把酣睡的向南惊醒。当他看到墙边的大画进度不小，也画得用心，再看看向南十分疲惫而酣然的睡相，有了瞬间的感动。

桂教授轻着手脚找了一床毛毯搭在他身上，向南依然没醒。桂教授上了趟洗手间，净了手出来，一手端着颜料盘，一手擎起画笔涂抹起来。待得向南一转身差点跌倒醒来，见桂教授已经画好了一片局部。向南慌张揉揉眼问，桂老师回来好久了吧？

桂老师头也没回道，快一个钟头了。

向南赶紧起身道，真是不好意思，我怎么会睡得这么死呢？你回来我一点不晓得喔！

桂老师道，那说明你太欠觉了！继续睡吧，床上，沙发上，都行。

向南道，这么好的学习机会，我怎么能再睡呢！睡够了。说着便站立一旁，看得仔细，看桂老师怎样勾描，着色，工笔与写意兼施。

桂老师继续画了一二十分钟，把一个小景画完，放下手里的家伙。招呼他到茶几边去，喝红茶、饮红酒、吃月饼，漫无边际地闲聊，谈到了绘画，谈到了画坊，也谈到了凡·高和菁菁近期的行踪。

桂老师道，我支持凡·高多走多看多听课多写生，我的同道在央美、国美、鲁美、天津美院、四川美院等等，都有，他到哪个城市都饿不着，有课可听，这点你这个当哥哥的就放心好了。他忽然眼睛一亮道，你和弟弟的关系，好像当年的凡·高和他弟弟提奥，只不过兄弟关系你俩掉了一个过儿，荷兰的凡·高，仰赖弟弟支撑；深圳的凡·高，是靠哥哥支持。凡·高和风尘女子西恩同居的那一段时间，不仅父母反对，提奥也反对。提奥怕哥哥乱花钱，每月分三个时间，1号、10号和20号，给哥哥共汇出一百五十法郎。

你现在每月要给向北汇多少钱才够?

猝然被这么一问，向南有些迟疑道，他在外面开销大，每个月五六千打底总是要的。我并不是怕他乱花钱，赣南老家发生的一些情况，包括父母的身体很差，我都瞒着他。我担心的是，将来他学无所成，转了一大圈，灰溜溜地回来，会承受不起打击。我看得出来，菁菁最后是很难跟他在一起的，现在的姑娘大都务实，时代不一样了，也无可厚非。况且，论家庭条件，我们家与菁菁家，也不在一个门当户对的线上喔。

桂老师拍手道，那你也别太宠着他们了，部分支持不等于全部代劳，要适可而止，不然你就是养了一条寄生虫！科尔沁的嘎瓦当年做流浪画家，那也是一边给酒店饭馆画壁画，挣钱营生；一边写生，积累素材，一路上风餐露宿，连煤车都乘过的！想当年，我们做知青那些年，什么苦活、累活、脏活没做过啊！我还学过做木匠，告诉你，我结婚的第一套家具都是自己住在筒子楼，光着膀子一刨子一斧子打的呢！

向南崇拜道，你们那一代真是能吃苦耐劳，熬过来了，才有今天这样闪闪发亮的成果。

桂老师倏然起身，从背后一大排书架里抽出厚厚一本自己的精装画册，翻开前面的素描、写生与水彩画道，你看看我以前的东西，这些犁耙、土箕、尿桶、谷桶、水车和独轮车，一旦用坏了，都是我们跟篾匠和木匠师傅一起修理啊。

向南赞道，自己用过的做过的日常东西，再一件件画出来，这样的经历，即使我们这些从农村走出来的人，也难得再走一遍了！

桂老师很受用，却摆摆手道，有得有失啊，也耽误了很多年华。

向南打开手机看看道，时间不早了，我得回去了。

桂老师叫他等等，从案头下的抽屉里，取出一只精装盒子打开递给他道，你需要一只手表，画家不能靠滑动手机看时间的！上次在光明区搞画展，赞助方送的一只新款天珺表，你正好用得上，也算老师给学生的一个纪念。没等向南推辞，桂老师已经将表盒装进向南的背包里，同时打开手机叫了一辆网约车。

到门口，桂老师忽然站住道，对了，昨天微信跟向北说了，我正在策划一个粤港澳油画写生联展，年底举办，届时会选十到十二个人的写生画品，如果他有好的北方题材的写生作品，可以放进来的。他拍拍向南的肩膀道，凡·高他哥，这一段你对弟弟的支持力度看来只能加码，不能放松喔！

向南怔了一下，提着背包跟他走到门外，回头看看画室未完成的画作，蓦然升起几许留恋。返回车上，他想着桂老师策划的油画写生联展，或会给向北一个机会，弟弟能与知名画家同台，真是为向北高兴啊！又不时品味桂老师的那一句：画家不能靠滑动手机看时间的。教授称你画家了?！不是画工、画匠，心里涌出一波一波的涟漪，却是顺反重叠，纵横交错。

五

凡·高在外的日子，哥哥向南通过微信频繁的文字和语音留言，一一知晓其详。可以说，弟弟的花费，哥哥跟桂老师汇报的五六千元打底是不错的，可是他一会儿说要飞呼伦贝尔，一会说要快递些颜料和画布过去，还透露出菁菁对草原民族的非遗项目饶有兴致，如皮具、马具、刺绣……然后不无羞赧地表示，近来手头有点紧。天啊，微信转账过去才一星期呢！咬咬牙又转过去两千元。

弟弟收到钱自是欣然，发来一连串的爱心和拥抱，再就是一连六个凡·高的头像——天晓得他从哪里下载到这些五颜六色的头像的。

心中复杂的情绪，向南自然是不能跟远在赣南的老婆表白，偶尔跟小兰嘟哝道，他也不是没有过过苦日子喔。

小兰同情道，你就快把这边的艰难告诉他哕，你没日没夜地画画，这大半年背驼了，头发也白了蛮多。平日里自己过得紧巴巴的，水关紧了还要拧几把龙头，都换成了节能灯还怕费电……

向南像被窥破了心中的隐秘，遮掩道，不是提倡节能环保嘛，跟我们小时节，乡下讲颗粒归仓是一个道理。

那段时间，小兰不仅看见画坊老板龙向南越来越省，叫外卖盒饭就没有超过十五块钱的，还不时跟房东讨价还价，嫌房租贵了，说电表老了——转得太快了。房东说，人老了只会走得更慢，何事电表老了却会跑得快呢？向南狡黠地奉承道，你家的电表跟你家的人一样，越老越精神哕！某夜，小兰见画坊未关的电脑上，有他检索的词条：怎样让电表走得更慢……

小兰还发现，老板白天在赶行画，八九点才背着画夹子出去写生，通常半夜才回画坊休息。

小兰都睡过一觉了，问，你也想画凡·高的《星光夜》吗？

他敷衍道，我最近睡得少，趁夜晚人少，到街上的人行天桥上去看看，好安静，好好看。

挨边旧历年年底，向南从床头拖出一个纸箱，让小兰码齐了，叫个快递赶快寄回去。小兰平日便见他在收拾这些东西，这回才见是腐竹、粉条、米酒、炒米糖、芝麻酥，以及广式香肠之类，不由好笑道，这些东西都是湖南、江西人往深圳寄的，你蛮好，倒寄回去！

向南收拾颜料，背起画夹道，我姆妈心脏病，老爸肾不好，家里这些东西并不缺，我是晓得他们口味的，眼见得阴历十二月十七是老爸的生日，又没空回去，寄过去是一个心意哕。

小兰摇头道，我看不如打点钱回去撇脱省心。

向南道，钱自然也是要给的，上了年纪的人不肯花钱，这时候就不如多寄东西了。

说着便出门去了。出了门之后的向南一直郁闷，昨天弟弟微信告知去了东北的伊春，那里有五六个国家级自然保护区，交通不便，都要租车或打车，酒店也没有便宜的……意下又是要钱，他犹豫了一天，终于没忍住今天晚饭前又转了三千块钱过去。父亲开始做透析了，姐姐说为省钱常常不肯多做，憋得满脸青紫。真是难为了姐姐！

起风了，入冬以来这在深圳也是最冷的几天。向南一路揉眼，一路胡思乱想，上得街边一座立交桥，刚弓着背支起画夹子，猛然间一阵风袭来，便听得自己胸腔里发一声喊，人便像摔跤场上的失败者，被不知哪里飞来的一记重拳击打得灵魂出窍。

向南扑通跌倒在地的刹那，有瞬间的意识迷失，是儿时从老家一棵乌桕树上摔下来的记忆重现。他下意识地双手一撑坐起，然后勉强站立，顿感左腿从上到下一阵剧痛。这才见边上一个穿戴皆黄色的外卖小哥一脸惶恐，放下电动车过来扶他。

他愤怒道，你也太过分了！在天桥上还开那么快啊，你是自己不要命还是不要人家的命啊?!

外卖小哥哭了，叫道，哥哥，这是我今天最后一单，跟金翠花园送药过去，药店里找药耽误了时间，顾客已经催我两遍了，要不然，要不然送你去下面的百合医院……

一个青皮小后生的一句哥哥，把他的心叫软了，嘴里犹愤愤道，你把我送去吧！

随后一起到医院挂号上药，互留了电话并拍照，他便赶着外卖小哥送单去了。

急诊科医生道，看你痛得这么厉害，还是要拍一个片子的。

拍片之后一刻钟就出结果了：左脚掌骨骨折。

向南心下顿时一凉问，怎么治疗为好？不要动手术、打石膏吧？

医生道，那你明天过来问问骨科医生才知道。

第二天，小兰和画坊的另一位小工一道，把老板向南送去笋岗路上的深圳二医院，骨科医生看了片子道，开刀手术或保守疗法都可选择，但都不能保证一点不落下后遗症。

向南排斥手术，带了一点外用药回到画坊，小兰认为既然骨折了，不看医生肯定不行，建议问问桂教授，他的知名度大，社会关系多，在深圳市内找个好医生该没得问题。向北犹豫道，我不想让他晓得我骨折了，他经常跟向北联系，他晓得了，向北就晓得了。

小兰眼睛骨碌一转道，你不会讲一个亲戚骨折了呀？

向南戳出一根指头道，你脑子比我灵光啊。当即给桂老师去了电话，桂老师给介绍了一个龙岗区的非遗项目，民间的“叶氏正骨”，叫他带亲戚去试试。

向南等桂老师联系上了，叫了一辆车去了位于龙岗平湖的叶氏正骨诊所，叶医生看了片子，认为不是大伤，外敷草药另加护套稍做固定即可。于是领了一周的贴敷草药回家，为减少路途往返，向南与叶医生互加了微信，以便跟踪寄药及了解康复情况。

脚伤与手伤不一样，不能正常行走，需要一只拐杖和一个轮椅助力，给日常生活带来极大的不便，向南却庆幸骨折的是脚不是手，两只手好好的还可以作画。他依旧是白天作行画，夜里不能上街去写生，就把此前的油画写生拿出来做一些修改。

唯一犯难的是还得瞒着桂老师，桂老师见他好多天都不去观澜工作室了，问他何故？他的回答是，最近接单比较多，为了赶工期，恐怕最近都过不去了，以后还是要多去老师那里学习。

桂老师悻悻道，我看你现在是毽子上的鸡毛——钻钱眼里了啊！

向南电话这边嘿嘿一笑，尴尬道，是的是的，挣钱与学习要平衡好，这一向父母在老家都住院了，老父亲做透析，开销很大。

周末中午忽然接到菁菁的电话，声音张皇失措的，她说向北在一个山腰上画冬天的白桦树林，不慎滑落，现在好不容易爬上来，一瘸一瘸的，脸上也挂花了，还不知道伤得怎样，准备去医院。

向北还想问其详，她却关机了。再打弟弟的电话，却一直无人接听。

向南心急如焚，一下午做什么事都没心思，双眼泛白发直，嘴里骂骂咧咧，一根拐杖敲得到处乱响。吓得小兰和两个小工都屏气敛息，跟着提心吊胆。

直到傍晚，小兰才打通菁菁的电话，却原来向北在山腰滑落的那一刻，手机丢了，后来再请人去找，寻遍了他滑落的一片山野，也没找到。菁菁的手机开始是没信号，后来是没电了，再后来一直带向北在医院排队、拍片、诊治，所以才让他们担心了。

小兰没好气道，你们倒逍遥啊，把你哥都快急晕了。说着把手机递给了向南。

原以为哥哥会大发雷霆，问到弟弟无大碍，只是有一些皮肉外伤，遂长出了一口气道，我的妈呀，要是你摔成了一个拐子回来，我如何跟你的娘爷交代喔！

我的爷娘不也是你的爷娘嘛！向北在那边悠长道，那我就叫菁菁服侍我一辈子啰。可惜了我手机里存了恁多照片啊！

小兰在一旁啐道，你想得美喔！

她还要讲什么，向南一把堵住她的嘴，对电话那边道，快些回来吧，那边天太冷，零下一二十度，对恢复伤口不利，立刻买票回来。

向北幽幽道，挨近春节了，机票很贵的喔。

向南命令道，多少钱，我一时三刻转给你，立刻回转深圳来！

小兰不甘心地瞪了一眼，不晓得她瞪的是劳碌命的老板，还是在千里雪飘中的凡·高与菁菁，抑或是三人一起该她瞪？

四天之后，向北才从几千公里之外的东北飞回深圳。

凡·高见哥哥坐在轮椅上，大为惊讶，怪道哥哥或小兰为何没有早点告诉他。

小兰没好气道，告诉你有什么用，你们在外头自在舒服就好！

菁菁讪讪道，之所以多逗留了几天，不是因了挨近年边机票不好买，是凡·高想再抢画一些写生稿。一路画过去，作品都打包寄回来了，过几天就能到家。

见戴着一顶烟灰色的栽绒帽的弟弟面目憔悴，向南生出心疼，一把摘下来道，深圳再冷，也用不着戴这个了。不过你瘦了以后更像凡·高了，收腮，尖下巴，连眼神都像！

六

桂老师筹划的粤港澳油画写生联展，原本想聚集最能代表当代水准的十到十二位油画作家的作品，未料初选后仍有二十多位高水平的画家作品入选，为呈现评审的大致公平，桂老师特意隐去提交者的姓名，在保留十五位联展名额的线上，为三四位画家的上下，争夺激烈。桂老师提出，希望不是清一色的知名画家，也不要清一色的画院派，要给中青年和“野狐禅”一席之地。

如是这般，凡·高的草原题材和小兴安岭题材，最终得以进入评委的视野。

尘埃落定之后，凡·高、菁菁和向南都很兴奋，桂老师也很开心。

联展预期春节之后在深圳画院开幕，自筹经费的展出，需要多一些懂行的过去助力布置。星夜画坊的人都过去帮忙了，向南的腿虽然还没有好利索，却也挣过去了。他道，我虽然不能爬梯子登高，在下面看看水平线，递递画框子还是可以的。

桂老师多看了他的伤腿一眼道，原来是你自己跌伤了啊？却栽到你亲戚头上。

因了高兴，布置好画展之后，凡·高、菁菁带着画坊的人去购物公园吃椰子鸡了。桂老师开车送向南先回画坊。

车上，桂老师忽然想起来一件事道，小兰跟我讲，你的骨折不是不小心踩空，是夜里出去写生，在天桥上被电动车撞到的？

向南点点头。

桂老师道，那给我看看你的写生？

向南略一犹豫道，好。老师见笑了。

桂老师的车泊在星夜画坊门口。两人下车，进得里屋，向南把前一段画的写生搬到墙边。

桂老师起始立在一边，之后帮他一起搬，再后端了几只画框放在案头上。他的眉头一挑一挑，慢慢蹙紧了，又一挑一挑的。

向南不晓得他是什么态度，紧张地搓搓手。

桂老师蓦然抱着双肩，后仰着脑袋！忽然道，如果早知道你有这些画，我可能会做另外一个选择……不是因为你画了深圳，也不是你画了这个城市鲜有人画的夜景，是笔触，色彩，寓意，你画的深圳之夜，跟我以前看到的不一样！这么鲜亮，又这么朦胧！很恣意，又脱俗！写实功力不差，更重要的是想象力磅礴，我看到了此前没有看到的一些东西。未必张张都好，但挑几张进入十五人联展，不仅不逊色其他人，也多了一个特色，一个带着很深感情而非冷冰冰的浮艳的城市之夜……我要想一想，还来得及吗？

向南察觉了老师的想法，连连摆手，焦急道，不，不，桂老师，我能够理解你……谢谢你，这次不，下次一定争取……向北的那些写生，用你的话说，才是元气淋漓的。

收拾起这些画作，桂老师回过头去看看他画的行画，叹息道，原本应该倒过来，你早点出去，或者，你俩一起出去，才好啊。

向南道，还要多磨炼，多出去写生，多出去听课，才好的。

门口，向南一直目送桂老师的车子消失在灯灿如河的尽头。

回到屋里，向南兴奋了一阵，给弟弟发微信：还在吃饭？几时回？

几分钟后，向北回道，很快，给打包了你爱吃的，猜猜？菁菁怎么会晓得你爱吃这个的。

又一问：老哥，接下来最要做的事情，是赶紧给你画几张传神的肖像。再有，菁菁要我多准备几个画夹子，你懂的。

向南品味了很久，心里悄然腾起一片暖热，慢慢濡染开来。他给弟弟回了一句：希望你俩彼此成为令对方重新出发的人。

门外，已然传来了他们的欢闹声。

（原刊《人民文学》2021年第7期，为《长江文艺·好小说》第10期、《新华文摘》第21期转载）

苦槠豆腐

我们这个县地处丘陵，常说的“七山一水两分田”，用在我们这里，是瘦屁股坐小沙发，将将好。

我们这个县从没有戴过贫困县的帽子，故而就不存在脱贫与摘帽的问题。本县从未戴过此帽子，一是因为人口少，十余年冉冉而过，才从十二万人口攀升到十四点五万；二是因为山林资源丰富，竹木出产较多，尤其是杉木和毛竹，按照农户的讲法，逢一三五赶集，鸡叫起身，到自家承包的山边，信手斫二三十根四五年生的老山竹，拖到圩场卖掉，就当得一两个月厨房里的开销。

原本这样的日子安稳，比上不足比下有余，既无动力也无压力，也是将将好。

自从朱县长来了以后，这个将将好的阵脚就不那么好了，显得有点急促而凌乱。朱县长是外地人，从小在湖南长大，祖籍在东北，这在本县近一二十年登场的一、二把手中，也是绝无仅有的。朱县长来了不到一个月的时辰，县委书记因患急性阑尾炎开刀，不慎引发感染，一度危及性命。临危受命的朱县长，便加冕为临时的一把手。是不是因为如此，他就更加有一种紧迫感与使命感呢？总之他在县委县政府班子扩大会议上，斩钉截铁道，本届班子一定要在任期内改变无所作为的思想，小富即安的观念，得过且过的态度。接着他举了东边县的养猪，简称猪县，名字不好听，腰包鼓了才是实惠。西边县种植猕猴桃，简称猴县，这个绰号好，金猴奋起千钧棒，朱县长这样挨边1960年代末梢出生的人，自然知其出处。南边邻县水域面积辽阔，除了养鱼，还有各种水生养殖，为方便计，得名鱼县。北边邻县种植黄花菜得名花县，这个县的头儿是学中文出身，还能为黄花菜说出一连串的名堂，黄花菜除金针菜之外，又称萱草、忘忧草。他还能念几句古诗，萱草生堂阶，游子行天涯。慈亲倚堂门，不见萱草花。这是孟郊的。萱草虽微花，孤秀能自拔。这是苏轼的。

就为拿一个别称，我们县也应该奋发有为吧？不应该奋起直追吗！这一问一叹，着实掷地有声。

那两个月，县府内外，都为如何开拓进取、奋发有为而绞尽脑汁，不唯经发局、招商局在开夜车、谋布局，教育局、文化局，这些平时看似与经济不关联的部门也在迂回鼓劲，从旁加油。

朱县长更是起早贪黑，用一双四十三码的大脚，把全县十二个乡镇一一丈量。原本他的手机计步，每天早起是有六千到八千的步武可以在朋友圈炫耀的。如今一是困得太晚，起不了早；再是，即使起早也有太多案头文件要等着处理。便把坚持数年的晨起跑步豁免了，聊以自慰的是，走遍全县的山山水水不也是一种锻炼吗？行走，一头挑起了工作，另一头兼顾了身体，是一种更值得褒奖的生活状态啊！

这一天朱县长命秘书兼司机小桂开车，去到东坑乡调研。车子进得乡政府，再出来，多了一辆车，东坑乡的尤乡长，不离尤乡长前后的是助理小肖。朱县长道，为了谈话方便，一辆车够了，也环保喔。

于是四人一车驶出乡政府大院。尤乡长啧啧，不是恭维县长，平时无论是陪同县里什么干部下来，哪一次不是七八人上十人的阵仗，多到二三十人也是有的。像这样你我上山，孤家寡人的，那是大姑娘坐轿子——头一回。

朱县长眉头一挑。

副驾上的肖助理听见了乡长言语的不知轻重，孤家寡人可以是领导的自嘲，岂是下属能够乱说的！赶紧补救道，是啊，那次农业局下来考察调研，一顿饭就吃了四个围桌。像朱县长这样轻车简从的，多乎哉，不多也。

朱县长一笑道，你当我是鲁迅笔下的孔乙己，一颗一颗数着吃茴香豆啊！

但见挽回了形势，肖助理高兴道，茴香豆就是蚕豆，我们这里家家户户有蚕豆、豌豆，屋檐下挂满没剥壳的毛豆，县长要吃吗？多的是。

你们要把一粒小豆子种出一个远近闻名的产业来，我才高兴喔！朱县长感叹，就像养鱼、养猪，种猕猴桃、种黄花菜那样，你们也不是没有啊，但都是小生产者，不成气候，默默无闻！要像人家那样，一弄就是一个大产业，声名远播，那我当县长的，脸上才不抹猪油也有光啊！

桂秘书补充释义道，以前有一个穷秀才，家徒四壁，他却死要面子，每次出门都要用猪油在嘴边抹一下，以示炫耀吃得好。

三人都笑了，东坑乡的两人笑得有点勉强，不晓得是不是刚才不经意的“一粒小豆子”打击了他俩的积极性，这样就不好了。朱县长觉得，出来一步步踏勘调研青山绿水是一方面，另一方面是要鼓干劲、拓思路、出点子、迈大步，便续上此前的话头道，大姑娘坐轿子——头一回，是北方的歇后语，你们南方人也这样讲吗？我们那里还有，大年初一翻皇历——头一遭，乡里人进皇城——头一回，驴驹儿上磨——头一次，诸如此类啊！

回头见尤乡长的音容还没来得及张扬，肖助理接道，现在南北都流通了，不仅语言相通，连饮食习惯也互通。譬如北方人也讲“搞定”，南方人也讲“整一个”。

朱县长赞道，所以要拿出自己的特色，无论个人成就还是地域贡献，都要有独活儿，仅此一家，别无分店。又问，你们知道大姑娘坐轿子——头一回，后面还有一句是什么吗？

三人有讲，离开了娘家，心里悲伤的；有讲，那要看嫁去怎样的人家，如果去了家境好的，应该高兴才是……朱县长向左右打开两只手，各伸出三根指头道，就六个字：脸上哭，心里笑。你们想一想，既然坐轿子去，肯定来的是有钱人家，公婆家笃定不会差到哪里去，好比现如今开来宝马、奔驰接去的，笃定比脚踏车带去的强啵！

三个人都啧啧称是，夸赞县长的解答既言简意赅，又意味无穷。

一路说笑，倒也走得快。

时值晚秋，一行逶迤上山。车停在一块突兀的坪地，停车望过去，是一片喧闹的黄霸占了四野的调色板：赭黄的是灌木，土黄的是稻田，金黄的是银杏。间或有几棵鸡爪槭，红得滴血一般绚烂，被绿叶、黄叶拥戴着，高贵得如鹤立鸡群。

一两个钟点过后，也路经了几个村寨，朱县长并不让随行介绍自己的身份，上屋场前坐一坐，问几句年景收成，家有几口，打工是在广东还是福建。也有认得尤乡长，或助理小肖的，看得出乡长身边那一位瘦高瘦高的，才是比他更大的官，因了乡长顺手在长条凳子上抹了一把，请他坐下，自己才肯在对面落座。农家递上茶水和香烟，那是有男主人在家的，问及为何不去外头打工，应答是家里的老人病了，毛伢子没人照拂。再问为何不把小孩带出去呢，现在各地上学并不难，而且城里的教育条件也比乡里好。回答一是城里生活开销太大；二是将来考试还是要回来的，到时候倒怕是不适应了。

再起身，朱县长侧身道，看到了吧，一窝蜂都外出打工，会带来很多隐性问题，一是农村的空心化，老无所依；二是留守儿童，也会带来一系列的心理和社会问题。

尤乡长赞同道，那是，那是。老一代农民工，像是五六十年代，或者70年代出生的，还能回来，你看看那些砌了两三层楼房的，毕竟对家乡还有感情。只怕以后的90后，00后，对老家、田地就不再有感情了，他们因为没有高等学历，技术专长，既在城里待不住，可是也没得办法回乡来，他们不想种田也不会种田了，如何是好喔！

尤乡长搓搓手，既表忧虑，也是无可奈何。

朱县长右手一个斜劈，斩钉截铁道，所以尽快搞起一两个有特色、有前途、有吸引力的地方经济品种才是纲举目张，高屋建瓴！

挨近吃中饭了，尤乡长看看腕表，提议就近下山到马路边，他刚要吩咐肖助理通知司机将车开到龙潭村的大樟树边来接，朱县长摆手道，不去乡里吃饭了，我也知道乡政府食堂是真材实料，一来二去的浪费时间，不如走到哪里就坐在哪里吃饭，村民家的谷子是新打的，喷喷香，没有菜也吃得两碗！

一路过来没吭声的桂秘书道，那次下到霞塘乡，食堂里野味就吃了三样，腊麂子，炖山鸡，红焖野猪肉。

朱县长假做疾言厉色道，野生动物都是被你们这些天不怕地不怕的饕餮之徒吃光了！以前上山下乡还能看到穿山甲，现如今连穿山甲的一只鳞片都找不到了！

尤乡长苦笑道，是喔，以前东坑的溪谷里，娃娃鱼好多啊，七八十年代，农家不吃剁了喂猪，现在哪里还寻得到喔！

桂秘书说，娃娃鱼的学名叫大鲵，是国家二类保护动物。中华穿山甲原本是二类，因为濒危，今年6月已经提升为一类保护动物了。

肖助理道，我三年前去东莞，被一个老同学请去吃一次农家菜，一盆红烧肉端上来，吃了几筷子，都不晓得是什么肉，但不像是猪肉，兜底主人才告知吃的是一盆秘制穿山甲，吓得我们一起站起来鞠躬致祭。

尤乡长不屑道，假模假式！

朱县长叉着腰站定道，被你们一路讲吃，讲得我肚子都咕咕叫了。

尤乡长赶紧道，前面是龙潭老村，可以去寻一家吃午饭。

于是下山，先是肖助理，后是桂秘书，在路边和树下发现不少小小的圆栗子。这种栗子多半是手指头大小，圆圆的顶，尖尖的屁股。两个人都讲是野生板栗，所以个头儿小。边说边咬开赭红色的外壳尝吃，同时递给朱县长和尤乡长。

朱县长吃的一颗是苦涩的，呸呸吐了。

尤乡长吃的一颗是甜的，他从肖助理手中挑出几颗递给朱县长道，你尝尝我给你挑的，包甜。

果然。朱县长疑惑道，你怎么区分野生栗子的甜与不甜？我也在汨罗乡下待过几年，从小生活过的地方还有一片板栗树林，先人种植的，那是我们小时节最爱去的地方，尤其是秋天，板栗成熟的季节。用石头打，用弹弓射，也有爬到树上去摘的喔。

尤乡长狡黠地眨眨眼，举起两只栗子问，你们看看这两只栗子有何不同？

三人趋前，都讲除了外壳的色泽略有差异，一颗淡棕色，一颗深棕色，看不出有何不同。

尤乡长道，深色的才是栗子，浅色的根本就不是栗子！

朱县长一惊，下意识再呸了一口问，那是什么？

尤乡长举起那颗淡色的栗子，安抚道，没关系，其实这个也是可以吃的。这是苦槠，与板栗同属一个壳斗科，沾亲带故，祖上原本是一家。

朱县长啊啊两声，赶紧接过来又尝了尝，叫道，那就对了，我小时候吃过很多苦槠豆腐，后来，很多年不见了喔！

尤乡长拍手道，县长想吃童年的味道，太简单了，今天中午就可以让你重回童年！

下山之后，在窄窄的龙潭街市一路寻过来，路边或蹲或坐有些个卖菜的，脚边的竹篮或土箕里盛着毛豆、番薯、红白萝卜、白菜、蕹菜、萝卜秧子。包括杂货店、铁匠铺、肉案台、豆腐作坊和小饭馆，拢共八九家店铺吧。拣了一家尤乡长眼熟、看上去还干净的“老味道”饭馆坐下，先就发一声问，有没得苦槠豆腐？头上扣一顶藏青色鸭舌帽的店主殷勤招呼道，本家没有，乡长要吃，我可以到隔壁讨得来，都是当日现做的，蛮新鲜！

一二十分钟时辰，桌上就摆了腊肉炒冬笋、芋梗肉丝炒酸辣椒、荷包鲤鱼、酸辣土豆丝，最后端上来的是一盘油焖苦槠豆腐。

朱县长眼睛一亮，连夹了几筷子到碗里，一边吃一边品，终于停下来感叹道，是二三十年前吃过的味道，有一点点苦涩，也有一点点回甘，辣和香更胜过以往。

店主竖立一旁，恭敬道，那时节少油缺肉，裸豆腐涩味会更重。苦槠豆腐需要在清水里浸泡得够久，让它吸饱水，然后热油煸炒肉末，加姜蒜辣椒继续炒香，再放自家腌制的雪里蕻，最后放豆腐，加水、加各式调料焖熟。

桂秘书是学汉语言文学的，记得《红楼梦》里的一个情节，献技道，刘姥姥当年在大观园里吃了一道茄子，不相信是茄子。后来听凤姐详解这个茄子里面，得鸡肉、香菌、新笋、豆干各种美味配对，惊得舌头都吐出来了说，我的佛祖，倒得十来只鸡来配它，怪道这个味道。

尤乡长道，到底是高材生，桂秘书将来得空，借你一支笔，把我们东坑乡好好对外宣传宣传，纵使飞不来凤凰，引得几只打鸣的公鸡落户也好，免得我们费几大的劲搞起一个工业园区，至今还是大山里头的小庙——冷冷清清。

朱县长嘴边一直在品咂，忽然两眼放亮，将一双筷子径直戳在苦槠豆腐上道，既然引进凤凰那么费劲，或许外来的凤凰不如鸡！既然是鸡，不管是公鸡、母鸡，自己孵出来不就得了！何劳去外面引进，劳心费力的！

桂秘书和肖助理对视一眼，又看着朱县长，莫名其意。

尤乡长试问，朱县长是想拿苦槠豆腐做成一道菜？

朱县长斩钉截铁道，不是做成一道菜，做一道菜我们来你东坑乡随便进一家小饭馆吃就得了，我要做成一道席，一席宴，一道光景！让四面皆知，八方咸闻啊！

尤乡长有些兴奋了，再问，你是想叫苦槠豆腐的香味，不仅飘出东坑乡，也飘出我们县？

朱县长道，那还用讲，光是香飘东坑乡，那我就不是朱县长，而是朱乡长好啵？

桂秘书掰着指头道，东边是猪县，西边是猴县，南边是鱼县，北边是花县，我们中间来一个苦槠豆腐县？如果对称，只能是一个字，那就叫苦县？不不不，叫豆县？

朱县长站起身道，豆县，莫非我们是大种豆子？豆县也容易听作豆馅的馅，红豆馅还是绿豆馅？这个不是叫你做材料的顺口溜，三个一、四个五的，现在我们就要分头做调研，摸家底，一旦看清是可以推广的，就大干快上，不干则已，一干就如哪吒踩上了风火轮，红红火火，飞快如风！

因了这个发现及动议，朱县长兴奋起来，接下来没吃饭，将一盘苦槠豆腐扒拉一半在碗里，吃得稀里哗啦的，另半盘被他三人分而食之。均吃得有滋有味，吧嗒吧嗒，颜面放光。

店主听他几个讲得闹热，也知晓今天过来的是本县的一县之主，心情大好，把鸭舌帽一把摘了，露出一头净顶。他讲自家先前也是做苦槠豆腐的，水缸、磨子、簸箕和脱粒的石磙子都还在柴草间放着，一旦乡里、县里准备大干，他也要把父辈用过的做苦槠豆腐的家伙寻出来，跟着县长、乡长在致富路上迈大步吵，我们回来正是想找一条路径的。

朱县长指着他道，你看看，我们现在农民的觉悟，你出去打过工的？一看就是见过世面的。

店主点头道，县长好眼力，先前在深圳、东莞打过几年工。在那里买不起房子，扎不下根，挣了一点钱，回老家来砌栋屋开个店，生活比上不足比下有余，不像在城里那么累啵。

县长朝他跷起拇指道，这叫倦鸟思归，叶落归根。

一行起身回府。尤乡长忽问，如果真搞起来，销路是一个问题，本县也未必有那么多苦槠树啊，这是另一个问题。

讲来讲去，你强调的就是困难吧。朱县长反问，你听讲过一句话没有，办法总比困难多！当然，我们也要实事求是，先从调研做起。

很快地，县里的苦槠调研队成立了，朱县长亲自挂帅任队长。本县十二个乡镇，分设十二个小组，各乡镇长兼任组长。规定的一个月调研次第报上来，十二个乡镇共有苦槠树一千二百五十三棵。朱县长认为，这个结果比想象的还乐观。与此同时，调研队已经在两广等省引进种苗，并聘请南方林业大学两位老师做种苗的培育与推广。接下来便是最为艰难的工作，说服自留山的农民斫伐原本的竹林、杉木，不仅在山上广泛种植，也在房前屋后、地头塘边，见缝插针地种上苦槠树苗。

朱县长在全县三级干部动员会上大声说，见过一直以来最难的拆除违建，也见过更早最难的计划生育工作，现在说服农民种植苦槠树，会比那两难更难吗？

座下百余人鸦雀无声。却忽然从右边一个角落里传出来一句，没有最难，只有更难。

声音虽小，朱县长却是听见了，没有困难，要我们这么多干部做什么呢？吃干饭吗？你知道一年县财政要拿出几多给你们发薪水呢？

下面便有了窃窃的议论。

正是抓人心、拧成绳的时刻，朱县长不希望走题，赶紧道，苦槠豆腐虽苦，一旦形成一个大大的产业带，就免去了我们大多数农家每年候鸟一般地去广东、福建和上海打工的辛苦！也免去了我们那么多留守儿童与父母分离的伤痛！你们晓得什么叫“三八六一九九部队”吗？

右边的角落又传出一句，三八妇女节，六一儿童节。九九八十一，是个啥子东东嘛？

朱县长伸出两只手，食指做出两个弯钩道，学习使人进步，思维不能僵化！这两个九九不做乘法，九九相叠，九九重阳节，形容老人喔！打工大潮席卷乡村，青壮年都出去了，家里就剩妇女儿童和老人，你们讲，这样长期下去好不好？

有呼应的声音，不好，也耽误毛伢子读书。

还有道，现在外面打工也不好打了。

朱县长手一劈道，所以啰，我们就要立足乡村建设，发展新经济，创造更美好的未来！

他强调，散会以后，各级干部，尤其是乡村干部，立马行动，首先要带头砍去自家山地的灌木、杂木和竹子，种苦槠。其次要动员亲戚朋友种苦槠；再是一家一户地动员。不留余地，不剩死角，不容落单！

大会散后，留下十二个乡镇一把手继续开小会，继续听取意见及做动员。

小澜乡乡长直言道，自己家带头斫伐山林做得到，难的是动员亲戚朋友一道斫伐，有的人家的杉树林，再过两三年正好成材了，眼望到要卖一个好价钱。如同十八啷当的女妮出落得莲花一样水灵灵的，这时节却要掐掉她的尖尖。

下埠镇的镇长瞥见县长的眉头拧成了一条蚯蚓，强颜一笑道，姑娘的尖尖在哪里，你也看得拎清？我看呢，主要是苦槠树要结子，也不是头年种下去，第二年就坐果啵。只怕眼光浅，想搂快钱的农家等不及喔。

霞塘乡的代表见言无禁忌，也跟上问了一句，到时候我们苦槠县家家种苦槠，户户都做苦槠豆腐，销得动啵？这个比不得家常豆腐，那是人人都爱吃。苦槠豆腐无论如何做，毕竟还有一股子苦味啵！

朱县长既想听听不同意见，一旦反对声音渐起，他也是难以下咽。车已发动，窗已打开，起跑线上的发令枪分明鸣响了，士气需要的是百般鼓舞，而非伸出手来强拔气门芯啊！

他郑重道，这些你们都不用操空心，我跟林学院的教授仔细探讨过，甄选好苗子，三四年就能大面积坐果，此之前，我们先把本县的苦槠子拢起，同时派人到外县大量收购，先要造势，《孙子兵法》讲，“激水之疾，至于能漂石者，势也”。有了这股势，就能攻无不克，战无不胜。黄豆做豆腐，普天之下皆是，没有特色，唯有苦槠豆腐才是独一无二。况且现在讲养生，苦槠豆腐是天然有机食品，有说可以减肥，清凉，泻火，降低胆固醇，延缓脑功能衰退……宣传出去，只怕不够卖，不怕没人买！

是夜，朱县长在一份《关于在全县范围内大力种植苦槠的建议》文件上批了十六个字，组织推动，落实到人；媒体跟进，推波助澜。

如果此前你来过我们县，几个月之后再来，便可见山上山下、房前屋后、地头塘边，到处是翠绿生生纤条嫩腰的苦槠树苗。也有力争上游，种下杯口粗细的，为了运苗与保持生长的需要，上头截平，四围的枝条也要删繁就简，这些较粗的树苗移栽于屋前屋后的多，上面讲，为的是有利参观或观光。可是一眼望过去，就像一排排高矮不一的学童，为了守纪律剃成了整齐划一的马桶盖盖。

东坑乡从一开始就是我们县立志成为苦槠豆腐县的示范地。在陂头村有三棵百年以上的苦槠树，环绕又种植了从指头粗到碗口粗的几百棵苦槠苗木，挂牌“陂头苦槠示范园”。

示范园前戳着一块水泥碑铭，上面镌刻着描红的介绍：

> 苦槠，为国家二级保护珍稀植物。壳斗科，栲属（或锥栗属、苦槠属）拉丁学名：Castanopsis sclerophylla (Lindl.) Schott.，产长江以南五岭以北各地。苦槠树体高大，树冠浓密，树形优美，寿命长，为优良的园林绿化树种。壳斗有坚果名槠子，偶见有2—3颗，近圆球形，顶部短尖，果脐位于坚果的底部，4—5月开花，10—11月开始结果成熟。槠子为药，具有涩肠止泻、生津止渴之功效。制苦槠豆腐则为佳肴，消暑，去滞，活血，化淤。《小雅·四月》是唯一提到“楱”——苦槠的诗篇，

此诗开创了我国历史上迁谪诗的先河，为后世迁客逐臣打开了发泄忧愤的窗口，屈原、杜甫等诗人，都在一定程度上受到它的影响。诗曰：“山有蕨薇，隰有杞桋。君子作歌，维以告哀。”……

这个时节，我们县的“七山一水两分田”，起码七山的百分之八十以上，风卷残云一般，很快都种上了苦槠树。县文化馆半年一本的文学内刊《红杉》易名《苦槠》，原来一年出一本，现在文体局同意追加两万元经费，一年出两本。新出的这一本，打头的是一个诗歌专辑，新诗和旧体诗都有，是一个广泛征文的结果，主题不言而喻：苦槠。大都是泛泛的应时之作，有几首倒也清新可喜。譬如：

一树成景，一粒含秋。把苦涩深藏在心头，却把甘芳播向人间。

县文联酝酿将原本一年一度的“谷雨诗会”，改为“苦槠诗会”。但县中有一位旧体诗作得颇染老杜之风的语文老教师坚决反对，他的理由是，谷雨是春季的最后一个节气，寓意“雨生百谷”，改成苦槠不对吧，意头不好喔。因他的据理相争，诗会名称一仍旧贯。

当各地收购的苦槠子、苦槠粉源源不断运到我们县，连国有粮仓也不能不为之腾出容身之所。这些来自江西、湖南、浙江、福建，以及四川和贵州东部的苦槠豆腐原料，大小粗细不一，口味也有差异，有的先苦后甘；有的涩味极重，生尝不能入口，加工也需要多道工序，反复浸泡还难以纠偏。

一旦发现苦槠豆腐供大于求，各种苦槠粉加工的食品也很快研发出来了，我们县最有名的第一高山是月亮山，海拔一千二百五十米，“月亮山”牌的苦槠粉之后，排着队的是苦槠粉条、苦槠豆腐、苦槠酒、苦槠糕、苦槠饼、苦槠糖……

当远近有人谑称我们的朱县长为苦槠县长之时，他在想，如果比照猪县、猴县、鱼县、花县，把本县简称作什么县为好呢？总不能叫作苦县吧?！叫槠县呢？好像也不妥，跟邻县重音了，容易听作猪县。

县文化局会同县文联商量，还是那位语文老教师出了个主意，既然《诗经》把苦槠称作栜，我们就叫栜县吧。这个简称报到朱县长那里，很快就被否了。他道，虽然认字认半边，不问老先生，可是这个栜字也太冷了吧，严重脱离群众啊！我虽然不是学文科的，却也了解过，这个栜，是不是苦槠，也是有争议的喔。

此事只好暂时搁置。

又是一年秋景，稻子待割，山叶转黄。头年种下去的各色苦槠，好像发育不良的孩童，毛发稀疏，形容不整。尤其令人沮丧的是，屋前屋后那些杯口粗的树苗大都叶子枯萎，用指头抠开一点树皮，掐进去才看得到逐渐远去的绿色——凭经验得知，这些树大都在慢慢走向枯死。

紧急询之林业专家，回答是，这些苗木移植之时过大，加之水土不服，养育不当，成活率很低。

与此同时，月亮山牌苦槠系列食品，费了一大笔钱在各类媒体进行几轮轰炸之后，确实卖出去不少，却也只占库存的十分之二三，很快就卖不动了。放在仓库里，既占用地方，又占用资金。销售方法不能太传统，也要与时俱进喔，于是模仿当下的网络美食红人李子柒，这边请了一个团队，打造一个00后的靓丽女子名“苦槠妹”，这个娉娉婷婷、容貌娇美的“苦槠妹”也是一语不发，拍摄的是山上苦槠的采摘、曝晒、浸泡、磨浆、过滤、加热、成块、切割，再浸泡……以及制成佳肴的全过程。

上微博、进抖音、联快手……费了老大劲头，“苦槠妹”得到的社会化反响，还没得一块瓦片削向水面飞起的涟漪多。县政府发文，让机关干部带头转发抖音和快手，抖了几抖，很快就偃旗息鼓了。

面对各路传来的不利消息，尤其是不断有农民上访，提出山林被强令种植的苦槠树占据，严重影响了原本应有的竹木收入，朱县长头都涨大，个把月都没睡一个囫囵觉，梦里都听到人家叫他苦槠县长，有些人吐字不清晰，干脆就省去了一个槠字，成了简练的“苦县长”。

朱县长利用到省城出差的机会，去财大拜访了一位他尊敬的退休多年的经济学家，那位教授耐心听完县长的娓娓叙来，看着眼前这位五十出头的老弟，鬓生华发，两个大大的眼袋衬托的是两只炭画过一般的黑眼圈，不由得心生同情。他分析给这位老弟听，你调研不可谓不辛苦，干活不可谓不卖力，跋山涉水，东进西出，起早睡晚，兢兢业业，可为何求仁不得仁，天不从人愿呢？你想过没有，野菜里面还有马齿苋、鱼腥草、蒲公英，还有蕨啊，野蒜啊，是不是都是药，也都是菜？是不是也都可以清这个补那个？是不是都可以做成有机产品？都可以啊！为什么却都没有像萝卜青菜各有所爱，走向千家万户，进入一日三餐？

朱县长若有所思地喔了一声。

教授是过来人，忆往昔峥嵘岁月稠，为了坚持一些常识他吃过很多无妄的苦头，那样的日子希望不再幽灵重现。教授吃了一口茶，继续道，北方的苹果、大枣，南方的橘子、香蕉都可以做成产业，还有南方产的板栗、沙田柚、菠萝、百香果……也行，可同样是南方的菠萝蜜就不行，菠萝蜜不是菠萝，菠萝是凤梨科凤梨属，菠萝蜜是桑科菠萝蜜属。道理讲透了就很简单，要为人们普遍接受的菜蔬和水果才能普及，行世。

朱县长问，那榴莲呢？榴莲很多人不适应，避之唯恐不及，在东南亚却是鼎鼎有名的水果之王啊！

教授略一思索道，榴莲是一种很特殊的水果，价格昂贵，因其气味浓烈，爱之者赞其香，厌之者怨其臭。我有一位老友，对榴莲的喜爱到了如醉如痴的地步，可以当饭吃。榴莲是纯热带作物，经济价值很高，如果你那里能剑走偏锋，培植出来，功德无量，一下子就可以打个经济翻身仗。但你肯定不行，榴莲是一个火烧鬼，要一年四季的高温，气温二十多度以上。这也是常识，常识不可相违背。几十年以来，我们吃了很多苦头，从一个基本点看，就是违背常识。

朱县长苦恼道，你的意思是，可以剑走偏锋，我劳心劳力搞苦槠豆腐，正是如此啊，可是得到的结果却是，此路不通。让老百姓陪我吃苦了赔钱了，我这老大不小的一张颜面往哪里放哟！

经济学教授仰身道，《吕氏春秋》里有一句，以狸致鼠，以冰致蝇，虽工不能。

挨近年底，朱县长被调任市乡镇企业局副局长，保留正处待遇。

临走他又去了一趟东坑乡，此行他没告诉任何人，只让桂秘书开车，先到了陂头苦槠示范园，但见那三棵老苦槠树浓荫如盖，经冬不凋。那些后种的苦槠苗则七歪八倒，周边蔓生着一人多高的蒿草，絮花乱飞，早将那一块水泥碑铭遮去多半。

离开示范园，又开车来到龙潭街市，在“老味道”饭馆门前停下。朱县长下车前扣上墨镜，穿上风衣。

进去之后，戴藏青色鸭舌帽的店主迎过来，鼻子冻得通红，缩着手写菜牌。

他没有认出一年前的秋上来过此店吃饭的县长。

桂秘书第一道菜就点了肉末辣椒焖苦槠豆腐。

店主啊啊道，没有这道菜喔。

桂秘书问，没有原料吗？

店主道，是的喔。原先做豆腐的关张了，去了东莞，帮打工的崽带孙子去了。

朱县长眉头一蹙问，前一段家家户户都有，现如今见鬼了，你家一点存货都没得吗？

店主道，原先有蛮多，放久了怕霉掉，上个月都给人家拿去喂猪了！什么东西就怕闹热起来一窝蜂，吃多倒了胃口，就再没人过问了！

桂秘书不悦道，那你不能留一点在冰箱里？我们去年过来，还点了苦槠豆腐喔！

店主一愣，眨巴眨巴眼道，我们这山路边，不比得城里，就算你们一年必来一次，哪里晓得你们今天过来，将将好就要点一道苦槠豆腐吵！

朱县长倏然起身道，没有，我们就不吃了。

桂秘书拿起包跟在身后，快步跨出店门。

店主在后面叫道，莫走吵，还有冬笋煲鸡，藜蒿炒腊肉，油焖麂子肉……

车子颠簸着开往县城。后视镜里，桂秘书见朱县长头一歪，好似困着了。

忽听他叽咕了一句，“激水之疾，至于能漂石者，势也。”……

好一阵，桂秘书都不晓得县长是自言自语，还是梦呓。

后记：现如今，你若是到我们县来，想买一点土特产，在一些老店里还是找得到苦槠粉加工的食品。只不过里面的苦槠粉含量，远不像大干快上的那一年含量那么高。苦槠粉的含量一般不会超过百分之十五到二十，其他的便是面粉、饴糖、果脯、菜脯、色素与调味剂。

你尝一尝，化过妆的苦槠糕、苦槠饼、苦槠糖……是不是觉得比单纯的苦槠豆腐口感好很多呢？

（原刊《长江文艺》2021年第5期，为《思南文学选刊》2021年第3期转载）

玄　凤

立春那天，天气晴朗，男人在单位楼下给女人大声打了一个电话，有个朋友要送一只玄凤给我们，我说得先征求一下你的意见，要还是不要？

那边问，玄凤是啥？猫还是狗啊？

男人道，玄凤是一只鸟，一只鹦鹉。

女人哦了一声，重复道，一只鸟，一只鹦鹉。又问，那也得有人伺候吧？比养猫狗容易呢，还是更难？

男人道，不知道呢，我们又没有养过鸟，但肯定比伺候一个人容易吧。

女人略一迟疑道，那你带回来吧，不就是一只鸟吗！

就为了一只鸟，祥龙今天比平时晚到家约一个钟头。他的朋友大张是一个玩家，户外户内通吃，不仅登雪山，越荒漠，家里还有狗三条，猫四只，各种鸟儿一二十只，至于兔子、乌龟、刺猬、蜘蛛……难以尽数。祥龙去过他家一次，感觉就像到了一个小型动物园，猫蹿狗叫，鸟儿聒噪，又吵又抓挠，搞得他浑身不自在，沙发还没坐热就腾地起来，夺门而出。故而大张这会儿没叫他去梅林一村府上取鸟，径直在莲花山一侧的关山月美术馆前面停车恭候。十来分钟之后，着一件摄影马甲的祥龙驾一辆森林人驶来，与大张的宝马一前一后停下，一个男人向另一个男人传递养鸟经。

谈讲间，大张右手背反过去，从肩上将一只白羽红斑腮的小鸟托在指间，详解了约三四十分钟，才将半罐凡赛尔鹦鹉奶粉，一袋比特沃鹦鹉杂粮，另几穗干枯的小米一并放在纸袋里，递过去时眨巴着眼睛道，好生带着吧，带熟了你会感觉跟养了一个孩子一样有趣！可比带个孩子轻松多了，既不用带它去穿梭各种补习班，也没有每天监督写作业的烦恼，更不用将来提心吊胆地应付小升初、中考和高考。玄凤能活三十年，比一般的猫狗多活一倍的年纪，所以也不会太早伤离别……

大张在离开时不忘叮嘱道，它可是个直肠子啊，便溺随意。不要想把它关进笼子里，它是人类的朋友，可以跟人一起睡觉吃饭的。家里的阳台和窗户最好都装上防护网，它受了惊吓是会不辞而别的。

祥龙在热情而聒噪的大张走后，瞥了一眼副驾驶座位上站立的玄凤，边开车边感叹大张的精力过人。这位中学时期的老同学，来深圳之后，转战过汽车、医药、地产等七八个行业，样样都攻无不克。要害是，在80后生育观念普遍淡薄的当下，他家里扑通扑通连下了两个娃，居然还像丁克族那样满世界旅游、摄影，养猫养狗养鸟，且一养就是一个大家族。人比人，气死人！

男人到家之后，女人居然还没回来。这种情况不太多。女人在一家民办教育机构上课，下午通常只有两节课，按理早该到家了。男人按照大张的谆谆教导，将鹦鹉奶粉在杯子里调成半干半稀，再用一只豁嘴小勺子喂它。玄凤用弯而尖的喙轻轻啄了啄，啾啾叫着吃了几口，便将顶着一撮黄色羽冠的小脑袋转过去。无论男人喂奶还是水，它碰都不碰。忽然它尾巴一翘，一泡便溺无声地排出，差点拉在男人手上。男人惊惧地站立，小心翼翼地擦拭干净，再从抽屉里取出酒精棉球反复擦拭。

穿过客厅，男人把它带进书房，搁在案头的小音箱上，不一会儿，它跳跃到他怀里。男人一边打开电脑，一边朝它吹口哨。大张说了，玄凤最擅长的是吹口哨，而非学话。

男人一边抚着它的小脑袋问，你告诉我，你什么时候能学会吹口哨？一边查阅电脑。看到这么一句：

鸟类为了飞行减轻体重，膀胱已经退化，直肠很短，没有储粪的功能，所以一般都是随时排便排尿。故称鸟类是直肠子。

男人下意识觉得它又在翘尾巴了，顺手抽了两张卫生纸垫在它的屁股下面。

此时，外面门锁响，换鞋，搁包……女人在后面问，你带回的玄凤呢？让咱见识见识。

男人连身子带椅子一起旋转过去，女人的目光落在他微腆的肚子上，乍见一只探头探脑的雏鸟，眼睛顿时一亮道，它这么快就恋上你了？

男人双手一摊道，咱还没喜新厌旧，你就吃醋了？

女人趋前，伸手去捉，又停住问，老公，它没有……不会啄我吧？

男人握着她的手，让她顺着它的头朝下捋，之后让它一挪步，站在她的手背上。女人咯咯乐道，痒痒，它的小趾甲抓得人又痒又疼。又问，老公，它是男的还是女的？

男人道，我问过大张，他讲鸟儿太小，不易辨识雌雄。

女人饶有兴致道，搞清楚男女，好给它取个好听的名儿啊。

男人道，今天刚好立春，就叫它立春好了。

女人睨了男人一眼道，我叫少春，它叫立春，难不成我是姐姐她是妹妹？

男人挠头道，这个辈分不大对，它应该是女儿啊！

女人问，若是以后搞清了它是男的怎么办？

男人道，那也没问题啊，立春是一个中性名字，男女通吃的。

女人便依了道，好吧，春春，妈妈喂你吃奶啰。

男人跟出来道，它才刚满月，不大肯吃，进门喂了两口，一条直肠子，吃的没有拉的多。

女人洗干净杯匙，重新用温开水调制，比此前男人调制的略稀一些。才听杯匙响，立春就等不及了，不停地啾啾，待得女人伸出奶匙，它很快地啄食与吮吸。嘴里依旧啁啾不已，不知是迫不及待，还是感激涕零。

女人则不停地嘉勉道，春春好乖！春春吃得多，长得快！

这一幕看得男人目瞪口呆，嫉妒道，为何我喂它，它吃两匙就饱了，你喂它，它能够一口气吃七八匙？莫非我是后爹，你才是亲娘！

女人道，我想它可能还真是一个小男生，男孩亲妈妈呗，女孩才是爸爸的最后一个情人。

男人悻悻道，都讲女孩是贴心小棉袄，这件棉袄，可不仅仅是给爸爸穿的，也是给妈妈穿的。

女人在喂春春之时，手机响了，是妈打来的。妈说团购买了南瓜、茄子、带鱼和鸡蛋，但是两板鸡蛋有几个散了黄，看来买鸡蛋还是去菜场好，可以一只只挑……

女人耳肩夹着手机听妈絮絮叨叨地讲买菜经，一边敲着杯碟逗它道，再吃一口，春春乖……

春春却一口都不肯再吃，低着头，尖尖的喙左右躲闪。

妈问，来人了？

女人打开免提回道，是的，一个新人。

妈迟疑问，是朋友的孩子，还是？

男人凑过来道，是自己的孩子。

自己的孩子？妈妈愈发不信道，早几年我就一直劝你们，要生当早生，我自家的女儿还不识得高矮胖瘦？前几天还见肚子瘪得像三天不吃饭的瑜伽教练，莫非天上会掉下一个小不点来?!

男人道，妈，这个春春是我的一个老朋友大张送的。

妈打了一个响嚏，哎哟喂！管他大张老李，人家辛辛苦苦十月怀胎的孩子肯送给你，将来不要扯起官司来才有得麻烦，最近像演艺界的谁谁闹的！我女儿没得毛病，你检查过了也是一个大男人，就是怀不上还可以做试管，试管常常一做就得一对双胞胎，为什么要去抱人家的孩子呢?!

女人哧哧一笑道，妈耶，这个孩子不是人，是一只鸟。

妈道，吓我一跳！我说你俩抱一个大活人回家，一声不吭，眼里还有你爸妈吗！

妈续问，鸟是什么鸟？鹦鹉？玄凤？妈听过虎皮鹦鹉、金刚鹦鹉，我们彩田村都有人养，没听过玄凤啊？我这层楼，左边刘阿姨养的英短，右边樊大姐养的罗威纳，我都帮着带过。如果你们出去旅游了，我也可以帮你们带玄凤，不过我先要熟悉一下，周末你们带它过来玩儿。要不临时抱佛脚，你们出门了，把它往我这里一塞，它要是感冒了，拉稀了，我上哪去给找鸟医生啊？

男人眉头蹙起来了。女人敷衍着，答应周末过去吃饭一起带去。妈还在问，要不要去楼下的超市给春春买什么食品？女人叫妈别操那么多心，就把手机挂了。

男人道，立春刚来我们家，门都没出过，她就怕人家生病了，老人家也想太多了吧？

女人道，我妈是一个精致的操心人，我们不给她一个孙儿带带，她闲得慌，就只有操动物的心了。

男人立即纠正道，什么叫“我们”？讲的是你吧，我可是从来没有讲过不想给她生个孙儿带带的！

女人脸一沉道，好好好，都是我吧。是我的不是！

见女人生气了，男人转圜道，你妈真是能干人，要是放开生，她绝不仅仅只生你姐弟俩。

女人道，是啊。虽然她自己不养宠物，一些朋友家的宠物她却没有少带过，乐得人家出门探亲旅游，连门锁带宠物都交给她。我之所以同意你带一只鸟儿回来，也是考虑到以后咱俩出门，也不必把春春托管给宠物店，交给老娘就是了。

男人揶揄道，还是娘亲耶，不对，是奶奶亲，春春得管你妈叫奶奶。

妈说的刘阿姨，长得又白又胖，眉慈目善，她不只养了一只毛色紫灰、品貌高贵的英国短毛猫，还有大小四只杂种猫，都是从地下车库一只只提溜上来的。地下车库是一群无家可归的野猫的乐园，刘阿姨与老公开车上下，都要逗逗猫，去隔壁的超市购买猫咪罐头喂猫更是日课。原本野猫至多贪恋几口带着鱼汤的热饭，再就是天冷的时候，跳上刚熄火的汽车引擎盖取暖。这下可好，一只只都喂娇了，又一只只喵喵地叫着跟着刘阿姨夫妇要进电梯，赶都赶不走，一直上到19楼刘家就再也不肯下去了。她老公是深大中文系教授，叹气道，生于贫贱，死于安乐。人尚且如此，何况猫乎！被几只猫困住之后，俩夫妇再想一道从容远足就变得有些为难了。

妈说的樊大姐，十多年前养了一只纯种的德国犬罗威纳，这种杏核眼、短鼻梁的犬起源于罗马时代，一方面它身体强壮，气势剽悍，动作迅猛，是世界上最具有勇气和力量的犬种之一，故而曾被用作牛群的守护神，中世纪时，有钱的商人们为了避免钱财被盗，便把钱袋挂在罗威纳的颈部上；另一方面它个性沉稳，极易亲近，是很好的家庭伴侣。可是樊大姐忽略了罗威纳的寿命并不长，一般都在十五年到二十年，倏忽便到了生命的尽头。主人带着步履蹒跚的罗威纳到广场散步之时，向左右展示手机里罗威纳当年的雄风，叹息它现在牙齿也掉了，毛发也开始脱落，它就沮丧得想挣脱绳套，躲到一边的丛林里去。再后来需要给它胯下特制一件合金轮椅，以利它走不动时趴在轮椅上稍事休息。生命在于运动，对于一条垂垂老矣的狗也适用，原本每天三次的遛狗非为难事，但对于一条行走艰难的狗而言，就是人与狗共同在爬雪山越沼泽了。

妈不亲自养宠物的原因，在于看得太多了。妈絮絮叨叨的目的，在于表明养猫养狗养人养什么都难；归齐了说，与其养猫养狗，不如自己养个孩子！

祥龙和少春，结婚前后，都没有崇奉过丁克家庭，结婚之后一年多，女人的肚子依然坦荡如砥，两人并未有任何张皇失措的表示，觉得一切听其自然。既来之，则安养之，如不来，则欣悦之。妈反复提醒，女过三十大几欲怀头胎，不仅难怀，而且难生。两人去市二医院分别做过生育检查，检查的结果一切正常。

男人谨遵医嘱，在缠绵与造人的过程中，订正了一些原本无大碍的习惯——饮食平衡做得不够好，至于抽烟、喝酒与熬夜，这些嗜好，则从未与男人沾边。又过一年，情形依旧。拗不过双方大人尤其是少春妈的一再催促，两人去了北大深圳医院，医生据检查报告说，两人的身体条件都不差，选择生育试管宝贝的概率很高。换言之，他俩如果想很快要孩子，完全可以通过体外受精解决。医生告诉他俩，好些年前，广州的一位富商借助试管婴儿技术孕出了八胞胎。至于试管婴儿得生双胞胎的，比比皆是。

医生的一席话，两人听得面面相觑。出了院门，两人都表示：一切顺其自然。

那天下午女人绞尽脑汁，安慰完一个为孩子上了各种补习班，钱财花费很大，成绩却不见提升的焦虑的母亲，收拾东西刚要回家，边上一个着紫色碎花旗袍的女子后退了一步，挡住她道，周老师，刚才你给那位家长做思想工作，我听得很仔细。你的每一句话都好像是在讲我，但我的焦虑情况比她可能更严重。她因现在有了两个孩子，减低了只有一个孩子的紧张。我现在只有一个孩子，每读到一篇失独家庭的文章，就好像是给我的强烈暗示，下一个候补家庭就是我了，我该怎么办啊？

周老师端详眼前这位母亲，个子中等，不胖不瘦，双眉文得秀气，十指染成酒红。两只熊猫眼却透露出床笫的辗转反侧，夜不能寐，化妆也不能掩饰心焦带来的面容憔悴。

问，那你不能不看吗？但凡见到这类微信或文章，就弹指刷掉，暗示与己无关。

答，我做不到啊。

问，你今年多大了？如果你认为有两个孩子会降低紧张度，那就赶紧生一个。

答，不生怕后悔，生了怕更后悔——不想让孩子苦读的日子再来一遍轮回，况且老大已经十来岁了，我担心老大会嫉妒老二的出世。再说，我也老大不小了，怀孕也有很多问题。

周老师摇头道，你的担心太多了，任一选择你都会给出多项自我否定。我的一个朋友，深圳第三高级中学的一位特级教师，人家年过五十了，还生了二胎，老大比老二长出三十岁，还不是好好的。要不要发一个微信视频给你看看？

不要啊，我怕看了以后，又多出一个念想，也就又多掉进一个陷阱。旗袍女子渴问，你说我该怎么办？再这样失眠下去，人都要崩溃了。

周老师道，那你只能去看心理医生了。

旗袍女子道，我不是没有去看过啊，不止找过一个心理医生，没用，我觉得你讲的我比较能听得进去，你比我接触过的其他心理医生都管用。

这话好听，周老师不顾后果地爽快答应道，有任何疑难问题，随时给我电话。

就为一句美丽的毒药，周老师从此成了旗袍女子的免费心理医生，但凡她出现心理焦虑，无论何时都可向周少春电话求助。来电围绕的总是孩子，且主要是孩子的学习成绩，每一次考试，每一单成绩，都成了母亲焦虑的源泉，没考好固然是担心的滔滔奔流，考好了亦有犹疑的浪花翻卷——我看他这段时间没大看英语，笔试竟然能得一百分……我问过英语老师了，这次考试全班有七个一百分，天哪！怎么会有这么多一百？现在本市中考的高中学位不到百分之五十，如果超过一半是一百分，也总有一百分要刷掉的啊！

女人后来跟男人说，经历了与这位家长的多次通话，我太明白了，一位很优秀很阳光的电台心理健康主持人为何会自杀！这么高频率的负向传递，主持人就成了垃圾桶，不能及时清理，结果就只有连自己的肉身一起倒掉。

听此一说，男人高度警觉，之后在临睡前一定让女人关机，不让她再接收来自外面的任何信息，尤其是为考试成绩而夜不能寐的家长的倾诉，其中当然包括旗袍女子的电话或微信。

女人乖乖遵守，若不遵守，男人就令她辞职。男人的一句话掷地有声：你自己还没做妈，就被其他妈妈的焦虑打垮了，你这个职业付出的代价太大了！

可是另一种代价已经在不知不觉中付出了——女人压根没了做妈的欲望，不管是否能怀孕，她已经背着男人在偷偷服用德国优思明——一种她同事常服的避孕药。因为她不知道自己如果做了妈妈，会不会成为那个旗袍女子的替身。当女人将尼克·霍恩比的小说《非关男孩》里的一句话念给男人听的时候，男人沉吟道，我还是那句话，顺其自然。

小说里的那句话是这样的：他们有了孩子就够糟糕的了，他们干吗还想通过鼓励他们的朋友犯同样的错误来加重他们本身的错误？

谁说宠物不能替代孩子？这一段时日，立春成了这个两人世界最优美的旋律。

少春妈周末来过几次，也喜欢上了乖巧的玄凤，说它秀气、干净、招人喜爱。春春第一回在少春妈手里啾啾直叫，且不停地啄她的手背，是女儿提醒妈松手，春春才挣脱出来，迫不及待地拉了一泡在纸巾上。

每天下班回家，男人和女人第一声就是唤春春，那会儿，春春就会迫不及待地从桌上或茶几上飞过来，停留在主人伸展的手掌上，不停地转动顶着一束羽冠的小脑袋，两粒黑中透红的眼睛纯真玲珑，似乎在问，我好可爱吧？

大人见白天预留的食盘基本干净了，赶紧喂水调食。立春都长一个多月了，除了吃杂粮，仍旧保留吃点奶粉的习惯，主人也爱听它那迫不及待的啾啾声。只要杯匙响，立春便欢快地叫着，连带转身示好，还不时啄几下主人的手指，那便是亲吻的意思吧？

如果说给春春喂食主要是男人的日课，给春春洗澡则是女人的独门技巧——抖音上搜索到的让鸟儿自己站在水盆里啄水洗羽，那是懒人的办法。她是让春春站在浅水盆子里，将热水器调到合适的温度，一手抬起春春的小脑袋，一手边捋边安抚，再慢慢地淋出细水冲洗，尤其当心不让它的眼睛沾水，且把它下颏因奶汤干结的羽毛一点点地洗净。最后用毛巾轻轻擦拭，用风筒最小的一档将春春周身吹干理顺。

洗浴后的春春，神清气爽，焕然一新，连抬头啼叫都显得目空一切，舍我其谁。

带它出去遛遛，是男人女人最放松的时刻。男人女人肩并肩地漫步，立春就在两人肩头跳跃，这小家伙聪明得令人讨厌——为了两相讨好，谁也不得罪，它居然知道站在男人和女人中间，一人的左肩，必定与另一人的右肩相并。男人有意逗它，将立春挪到见不到女人的一侧肩膀，它会小心翼翼地缘着男人的后颈项，慢慢地爬过来，立在两人中间。

再移，再爬。屡试不爽。

它还会在两人的肩头跳来跃去，至于是立在男人的肩头久还是女人的肩头久，那倒说不定，它毕竟太小了，还没到领悟时间概念的年龄。

但是它好学，男人教它吹口哨《欢乐颂》《两只老虎》……它学了两三句便没了耐心，要吃点东西，才肯再吹几句。

立春不仅会走，会跳，会爬，还会飞。大张在电话里不止一次提醒，玄凤不用一个月就会飞了，送来之前已经剪过一次羽。玄凤是手玩鸟，手玩鸟是不适合装进鸟笼的，也不要用链子拴住它。他家里都是玻璃窗加铁纱窗，阳台上也装了细密的钢丝防护网。祥龙去过大张家，大张此前是实话实说，那是一个自由翱翔的天地，一二十只不同品种的鸟儿整日蹦蹦跳跳，飞来飞去；也可以说，大张的家也是一个鸟笼子，只不过是钢筋水泥的，装了防护网的，分隔了卧室、客厅和厨房的鸟笼子，混居了人、鸟、猫、狗……

祥龙和少春都是崇仰天然与自由的一代，他俩既不希望将手玩鸟立春装进鸟笼子，也不希望把自己连同鸟儿装进一个更大的鸟笼子。

那就只有忍痛剪羽。

一周前给立春剪羽，是男人见鸟儿在客厅里走着走着，忽然被屋外的戴胜鸟的叫声吸引了，偏着小脑袋听了一会儿，忽然就扑扇着双翅朝阳台上飞去，落在阳台上。男人一个箭步过去将立春一把抱了回来，喝道，你这样懵懵懂懂地飞走还是小事，二十几层楼掉下去会摔死你的，知道啵？

两人分开鸟儿的羽翼，像打开一把小小的折扇那样，从内里剪起。剪的那会儿，鸟儿并不觉得疼痛，只是好奇地左右看看，像是在问，你们为啥要剪我的翅膀。倒是男人和女人，剪子下得小心翼翼，依然蹙眉吸气，如同剪着了自己的皮肉。

翅膀挨了剪刀的立春，立在茶几上，扑扇着羽翼一如既往地练飞，却扑腾几下掉在地上了。它呆立了一会儿，耷拉着白色的眼皮，对食盘里的杂粮毫无兴趣。

男人赶紧把立春抱起，连说对不起，让你受委屈了。

此后几日，立春再无练飞的兴趣，平时吃饱喝足了，它最喜欢做的动作就是伸懒腰。鸟儿有腰吗？它是站立，倾斜，然后将一扇羽翼连同一只脚尽量向后、向外伸展，略事停留，收回；重复以上动作，伸展另一侧的羽翼与另一只脚。女人赞叹，我们家的春春真是一个天才，舞蹈天才，无师自通啊！

自从剪了羽翼之后，它只伸过一次懒腰，一旦发现长尾下的羽翼无端地削短了一截，立刻仓皇收起。待主人不注意，它悄然伸展另一翼，感觉两翼相若，它便沮丧地收起并夹紧长尾。

心怀歉意的男人和女人只有更多地带它下楼遛弯，以示弥补。虽然是一只鸟儿，也别让它抑郁了才好啊，宠物店不能包治百病，不会有鸟儿的心理医生吧？

入夜，玄凤跟主人的作息习惯基本保持一致，十点半左右它就安静了，不再雀跃，不再啾啾。这会儿，女人便用一条与立春羽色接近的浅黄色毛巾裹住它，放入一只印有“蓝天教育”字样的纸袋——这便是它的睡袋了。立春可以一觉睡到天亮，直到翌晨七时，它准时醒来，在纸盒里啼鸣不已。男人赶紧起身将它抱出纸袋，一边擦拭便溺，一边道，你比咱家的闹钟还准啊！真讲卫生，从不在自己窝里大小便。

大年初九是一个周六，早饭之后，男人女人一道驾车去惠州巽寮湾，给一位在九铭屿海新买了望海别墅的蔡老师拜年。蔡老师在深大教授播音主持的时候，热爱做主持的女人曾去蹭课，算是编外学生。此前，女人提出要不要把立春送去给妈照看一天。男人说不用，送来送去的怕它不习惯，况且这两天妈腰椎间盘突出，不时要去医院做理疗，不给她添负担。

临走给立春准备好了足够的吃食，男人拍拍它的小脑袋道，听话，在家里好好待着，明天爸爸妈妈就回来了。

立春左瞅瞅男人，右看看女人，啾啾两声，那是无所谓的表示吗？

两人在朋友蔡老师那儿登山下海，乘快艇，吃海鲜……男人忽然问了一句，如果带立春来，它是不是也很开心？

女人道，我也想这么问你呢。

蔡老师留他俩周日吃了晚饭再回深圳，俩人惦记着立春“一个人”在家，吃了早饭便寻了一个担心返程堵车的理由，告辞径回。

一进家门，两人便迫不及待地叫道：立春，春春。

屋里悄无声息。

俩人心头一凛，此起彼伏地叫道：立春！春春！

每一个房间都叫寻了三遍，男人甚至顾不得垫报纸，趴在地上，三百六十度地旋转身体，从长沙发、短沙发、茶几、书橱、电视柜、鞋柜……一一察看下去，杳无鸟迹。

女人在阳台上取来一支晾衣叉，在桌子、柜子下面一阵扫。

男人心疼道，轻点，当心叉着它了。

找累了，两人对坐在地板上，女人问，春春会躲到哪里去呢？

男人道，躲起来不是它的风格，它太单纯了，单纯到从来没跟我们玩过躲猫猫。

一阵沉默，女人忽然叫道，它是不是飞走了啊？

两人一跃而起，迅速奔向阳台，但见阳台上有几茎毳毛，白而柔，恰与立春的羽色相似。

女人道，它果然又飞上了阳台了！它的翅膀长得太快了啊！不会摔下去吧？

男人慌道，它既然能从地面飞上一米多高的阳台，再往下飞，无论是飞到地上，还是对面的小高层的屋顶上，都很容易啊！

两人手卷喇叭筒，朝着楼上楼下高喊：立春！春春！

喊声惊动了楼上的住户，他探头朝下道，我下午看见你家阳台上一只白色的鸟儿叽叽喳喳地叫了半天，后来有两只鸟儿过来，它就跟着两只大鸟一道飞下去了。

男人惊问，啊？飞到哪里去了？

楼上答，飞到对面六楼的屋顶上，在那上面蹦蹦跳跳一二十分钟吧，就不见了。

女人问，不见了，飞去哪了？

楼上答，那我怎么知道？飞到树上还是落在草坪上，你要问那两只大鸟，是它们带它飞走的。

两人快速下楼，来到对面小高层的楼下。雨后一地的芒果碎花，树下是浅草铺地。有几只乌鸦和戴胜在树间跳跃，一点也不在乎簌簌的落水。

两人一边寻找，一边呼唤。

楼前楼后遍寻无着，问及出入的住户，看到一只白色的鹦鹉吗？回答是清一色的摇头。个把钟头之后，两人疲惫地回到家里。

下午又出去寻找，半径扩大了几倍，依然空手而归。男人叹道，昨天要是听了你的，请你妈带它一晚，就什么事情都没有了。

女人安慰他，既然立春在我们这儿能飞出去，在我妈那一派陌生，没准会飞得更快呢。

入夜，灯光出奇地暗淡。少了一只玄凤小鸟，鸟食和它的睡袋仍在，会感觉毫无凭依的空缺，一无所有的安静。

妈打来电话，又是讲团购买菜的得失。见女儿心不在焉，遂问，咱家春春还好吧？

女儿道，飞了。

妈一愣道，飞了？飞去哪了？鸟儿长了一对翅膀就是要飞的，也没啥难受的，大不了问大张再要一只呗。

女人答，好了，妈耶。便把电话挂了。

男人问要不要告诉大张，女人说暂时不要吧，不然他会怨咱们不尽心，才养多久就让它飞跑了。

男人落寞地坐在沙发上，打开尘封已久的电视，声音没有调出来，他也若无所知。

终于没忍住，他给大张微信发过去一句：它飞了，怎样才能找回来呢？（一个流泪的表情）

大张秒回：1.鸟儿飞走之后的三天内是黄金时间，最有可能寻回；超过三天，雏鸟容易饿死或渴死。2.要像丢了孩子似的不顾一切，不要面子，扩大范围寻找，大声喊它的名字或发出能吸引它的声音。3.在丢失的范围内外张贴寻鸟启事，附鸟儿的照片，注明特征以及答谢的条件，如担心张贴被物业管理撕扯，可多印几张塞进住户邮箱与夹在路边车子的雨刷里。4.不要轻言放弃，因为鸟儿也是一条珍贵的小生命。奇迹往往出现于再坚持一下的努力之中。（一个拳头宣誓的表情）

三天过去了，那是鸟儿找回或生存下去的黄金时间。五天过去了，男人下班回家常常出现幻听，好似有鸟声从书橱的高处传来；女人想告诉他，那是不可能的，一只雏鸟不吃不喝，哪里还有力气啼叫……她用站在阳台上的背影告诉他，婉转如歌的啼叫，来自外面芒果树和菠萝蜜树间的跳跃。一周过去了，太阳照常升起，奇迹却并没有出现于再坚持一下的努力之中。

女人见男人早晚出入皆丢三落四，心不在焉。这天她在外面给大张打了个电话，简述了男人的状况，问道是再给领养一只玄凤，还是养别的什么好？

大张呵呵一乐道，祥龙用情太专一了，他要是像我这样，妻妾成群，醉生梦死，什么动物都喜欢，又什么都可以放弃，飞了一只鸟儿，难受至多三天也就过去了。

女人心里想，是啊，你俩性格东西南北地不搭调，偏偏你俩黏得似麦芽糖。嘴里道，看他这么难受，我也跟着不舒展，我不主张再养鸟了，要是又飞走了，岂不是要再来一遍伤心的轮回吗？

大张高声道，带他出去旅游吧！旅游是治疗抑郁最好的良方。我给你选个地儿，新疆喀什下面的塔县，是咱们深圳对口援疆的一个地方，风光奇佳，最宜摄影，画画，你看过我拍的塔吉克族少男少女吧？美得不行，那种眼神，那个轮廓，啧啧！你加我微信，我发一些图片给你，去了别不想回来。我还可以给你介绍一些当地的朋友，方便游玩。

女人嘴里应着，我得回去跟他商量一下。心下却觉得出去走走是个好主意。她曾经在市民中心看过一次深圳援疆图片展，一下就被塔县的乔戈里峰、杏花村和雪山背景下的牦牛群给吸引了。

没想到，回家跟男人一说，男人当即就同意了。男人道，三年前地铁公司也有一个援疆的名额，我就想去的，可惜岗位走不开，我几年的年休假都攒着，最想去的就是塔县。

选了一个周日出门，深圳去喀什，只有从广州白云机场起飞才方便。一早的航班，乌市机场中转，飞到喀什已经是下午四点半了。

男人落地喀什就像换了一个人，对眼前的人与景都感兴趣，不停地用一只新买的512G大内存的华为手机，到处拍摄。感觉确如大张所说，新疆的少数民族，眼睛深邃，形容俱美。早起在酒店外的一棵白杨树下，他见一个十三四岁的男孩趿拉着一双破皮鞋，胯下是一辆旧单车，可是那个静立的姿态，真是入镜入画！他从不同角度拍了很多张，男孩倒是好奇这个大男人，到底为什么？

在喀什逗留了两天，再乘大巴去三百公里之外、帕米尔高原的塔县，一路逶迤而上。女人心细，担心高海拔缺氧不适应，两人都提前几天，备吃了红景天胶囊。

进到塔县，男人的兴奋点更多了。塔县，全称塔什库尔干塔吉克自治县，一个边境县，广袤达二点五万平方公里，与巴基斯坦、阿富汗和塔吉克斯坦三个国家接壤，这在全国都是少有的啊！男人翻开一本大开本的地图册，嘟囔道，不来不知道，一来吓一跳，一个比深圳大十二三倍的地方，人口居然只有四万，还不及深圳一个住宅小区的人口多啊！既不如一个益田村，也不如另一个梅林一村。接下来走的石头城、公主堡、金草滩、红其拉甫口岸……每一处都令男人精神亢奋，兴趣倍增。男人对路上邂逅的一位深圳画院的画家感叹，来之前功课做得不够扎实，不然收获会更大。画家带来了他六岁的女儿，说是下半年就要上学了，抓紧带她出来见见大千世界。

巧的是，这个女孩的名字里也有一个春字，叫春迟。画家说，是孩子她妈取的名儿，取自《诗经·小雅·出车》：春日迟迟，卉木萋萋。仓庚喈喈，采蘩祁祁。

男人抚摸着女孩的头道，春字好。春迟好。我们这一趟也没耽误，都是踩着春天的节点上来塔县的。

女孩儿叫男人一声伯伯。画家道，不对，应该叫叔叔。女孩儿脑袋一偏问，为什么？不是比爸爸大的都叫伯伯吗？画家迟疑道，才大一两岁，叫叔叔更亲切。

女人心想，画家知道她俩没孩子，怕是叫伯伯，把人叫老了。

画家常常将春迟与塔吉克族的孩子并置在一块儿写生，或坐，或站，即便游戏也不要紧，画家捕捉的是两个民族孩童的天真神态。孩子交朋友真是无遮无拦，甚至都不用语言沟通，各说各话也能很快熟悉得像一家人。

每每此时，男人不是在一旁咔咔地拍照，就是加入孩子游戏的行列，及至跳起了鹰舞。塔吉克族视空中翱翔之鹰为强者，鹰舞是他们的传统舞蹈。男人乐在其中，一曲未竟，会笑得前仰后合，眼泪都笑出来了。

女人也很受鼓舞，扎煞着双臂做鹰飞之状。可她更喜欢给男人和孩子记录下欢快的瞬间，她感觉很久没有看到男人这么开心过了。这一趟出来真是值当啊！谢谢大张的推荐。

终究还是到了与朋友告别的一天，分手的那一刻，春迟在俯身的男人额头上吻了一下道，叔叔再见！就跑了。

画家边追边道，叫叔叔这就对了。

男人招手道，叫伯伯，该叫伯伯……

女人听他的声音低下去了。男人弯腰去系鞋带，悄悄用左手背去擦拭眼角。

返回深圳的旅途，男人依然话多，不停地翻照片，喀什和塔县十日，拍了上千张照片，不仅风景，还有人物；不仅男孩，还有女孩，当然还有春迟……

不知何故，一旦回到家里，一桌一椅，一床一橱，旧物重现，男人即刻又陷入了沉默。

是夜，女人听见男人躺在床上清晰而感伤地叫道：春，春……

女人倏然坐起，发现男人原是梦呓。

女人默坐了一会儿，起床披衣，到书房去打开电脑。

后半夜，男人醒来，感觉身边是空的。他倏然一惊，伸手一摸，悄然起来，穿过客厅进书房。但见女人斜靠在转椅上睡着了，打开的电脑呈现着妈妈网小百科：

高龄女性助孕指南。

（原刊《北京文学》2021年第11期）

钟表匠

一

如果不是假期而是工作日，又如果是工作日的某个傍晚，你在家里吃罢饭，想到深圳东门来逛一逛，乘地铁3号线或1号线到老街称得上便捷。尽管两条绵长的地铁线在此相会，站点下面，店铺纠缠，请你迟疑的脚步不要在下车之后盘桓太久。在偌多出口标志中，小心剥离出一个谦卑的C，沿着它的指引，很快就能从纷繁逼仄的商圈氛围中，快速走出地表，扑面而来的便是一片通明华丽的灯火。

一则因为疫情，深港两地一桥之隔的罗湖站，早已关闭；二则工作日期间的男女尚在宿舍与写字楼两点成一直线的折返中，翘盼下一个周末的来临，夜色中的老街居然如此灿烂，又如此安谧。西华宫门前，赭红色的大理石条础上，镌刻着金黄色的“老东门商城”五个大字，石础上的红黄蓝三面旗子在夜风中一次次地张扬旋舞。无论是文山楼的银行与饭馆，还是宝华楼的服装批发，都看不到平常或节假日的人头汹涌，倒是沿街的小店铺，如火爆鱿鱼、章鱼小丸子，不时有过早穿上裸背夏装的姑娘上前问津。斜对面的烧仙草，是近几年才兴起来的一款果茶吧？两个着黑衣的精瘦而精神的后生子，不仅要手脚麻利地接待顾客，还不时快速打包就近去送外卖。

顺着新园路往里走，窄窄的一条小巷子，两边对开的店铺更加密集，多半都是日常生活的售卖，廉价的内衣，塑料盆桶，鞋帽，竹席……往北折过去，抬头是一个与小店铺身量不合的大大的木版店招，上镌三字隶书：钟表匠。

近前便见一个颅顶虽还繁茂却已然一片花白的老者，低着头，老花的左眼皮上夹着一只放大镜，全神贯注地在给一块机械表清洗、调试。对面银匠店的敲打，烧烤店的煎炸，女性内衣店的吆喝，都不能企图通过听与嗅，夺走他一心一意的专注。

冷不丁有人在门前毫不客气地闷叫一声，修表师傅！

他会不由自主地呃一声，慢慢抬头，摘下放大镜，要么道，请坐。要么问，换电池，还是修表？

与别的修理店不一样，在他一米多长的玻璃罩子的工作台外，摆着一张红漆剥落的靠背椅。来者可与之面对面坐下来，钟表匠在左眼皮上扣上一只放大镜，起开表盖，更换石英表的电池或修理机械表，便一溜顺看得清清楚楚。除了对面的椅子，靠墙还摆着一张一模一样的椅子。靠墙的椅子是为顾客的同伴备着的。钟表匠的经手中，来修表者，一个人来，与一对儿来的，各占一半。年轻人，一对儿来的多一些；年长者，一个人来的多一些。

钟表匠就姓钟。

大约在七八年前初夏的一天，矮小个子、一头黑发染得与面容不相称的老周来修表，看见他的店招是“钟表修理店”五个字，跨进来那一刻自言自语道，店名也太直白了一些。言谈中得知店主恰好姓钟，略一蹙眉，拍手道，那就叫“钟表匠”好了。钟既是姓，又是你修理的对象，包括座钟，挂钟，落地钟……

由顾客而成为朋友的，老周不是唯一，却是给他题写了店招匾额的一位，从此相交日深。老周当时为用繁体还是简体写这个“钟”字，颇费踌躇。若不是跟老周那次闲聊，老钟并不晓得钟的繁体字，还有鍾与鐘的区别。金童鐘是打击乐器，是报时器，是晨鐘暮鼓之鐘；金重鍾是酒盅，容器，还比鐘多一个动词——情有独鍾。用于人名，如钱鍾书。

老周问老钟，锺与鐘在被简化之前，是两个不同的姓，你祖上到底是姓鍾还是姓鐘？

这下把老钟搞糊涂了，钟之外有个繁体字鍾，他是晓得的；却还有另一个同音的鐘姓，他姓了七十多年的钟，竟然一无所知。

过了两三天，老周手握一个卷筒，打开一张皱巴巴的半生宣，竖写了“钟表匠”三字隶书。老周面露羞赧道，我给你写了店铺的牌子，你看看合用吗？一个是你不晓得自己祖上姓金童鐘还是金重鍾，再一个是为了通俗化，现在年轻人多半不识得繁体字，就还是写了钟。

老钟见三个字写得虽嫌纤弱了一些，却横平竖直，工整有力，不由翘起了大拇指。老周高兴。就像一个从来都是挨批评的孩子，忽然在大会场受到了老师的表扬。

老钟找了一块一米多长的崖柏，一面刨光，就近在老街上请工匠将“钟表匠”三个字，依样大小凿在了木版上，刷上金漆。在门侧挂上这块店招的那一刻，老钟就像一个先前盐田码头出海捕鱼多日才返回的渔民，蓬头垢面、一身汗馊，被拉去理发剃须，又痛快淋漓地洗了一个热水澡，浑身上下都是劲儿。好长的日子，他上班下班，一进一出，都要在这块垂挂的店招前，停步磨蹭，前后左右都看看，最后端端正正地看一眼店招，再进去，或离开。

从此，钟表匠和老周成了好朋友，巧的是，两人还是同庚，一个比另一个大月份。

上了年纪的男人交友，跟孩童有些儿相似，最易从细节中获取养料。同庚老周的这个取店名、送店招的细节，深深地鼓舞了素来性格内向的老钟。更何况打那以后，老周隔三差五过来吃茶，闲聊。精瘦的老周茶量惊人，食量也与他一米六五左右的体量不相称。往往是一壶铁观音，或者凤凰单枞，要冲兑好几次，喝得底色全无才罢休。中午老钟带他去过街的茶餐厅吃盖浇饭，从自己的一份扒拉一半给他，老周还比老钟先吃完。一碗号称的紫菜汤，漂浮的紫菜比百岁老人的头顶还要吝啬，老周每次也是喝得点滴不剩。边喝边说，不要浪费。

一次午饭，老钟问老周，你也有过饥饿的记忆？

老周道，我们这个年纪的人，过了七十，往八十路上奔的人，又不是生活在钟鸣鼎食之家，哪里会没有饥饿的经历！话头一转，却又道，我们家也算是侨眷。

老钟一愣问道，哪里的归侨？

老周狡黠一笑，反问道，你猜猜呗。

老钟不假思索道，深圳光明农场的主要是越南归侨，华侨城的主要是印尼归侨。你们家总归是东南亚回来的？

老周呵呵呵笑道，你可能听都没听讲过的一个南美的小国，苏里南。南美洲最小的一个国家，却比我们广东省小不太多，是西半球唯一一个不是荷兰王国组成体成员，却使用荷兰语为官方语的国家。人口真少，现在也不到七十万吧。我家老爷子在那里的时候，人更少。

老钟嗷了一声，说是真不晓得。只晓得广东人去东南亚，去欧洲、美国、加拿大，南美洲就晓得古巴有华人。

老周纠正道，古巴不在南美，属于北美，准确地说，是加勒比海地区，那里还有牙买加、海地、多米尼加等国家。

结识了老周这个话痨，老钟才晓得自己是多么笨嘴拙舌，又是多么孤陋寡闻。

即便他是一个钟表匠，除了摆弄钟表他胜过老周，相关钟表的知识，尤其是钟表历史的来龙去脉，老钟多半只有聆听的份儿。那天过五一劳动节，老钟没歇业，叫来老周，午饭叫了几份烧卤：烧鹅、肥肠、鸡翼，酒是45度的江小白。就在门口支起一张折叠桌子，把两张红漆靠背椅端出来，椅子喧宾夺主，显得比桌子还高。小店铺门口吃饭哪能那么讲究！多余之物常常是城管扫荡的对象。好在既然是一年一度的劳动者节日，两个穿制服的过去了，扬起的手臂，释放的也是招呼的善意。

老周喜欢喝茶，无论红绿黑白……是茶都喝；老周也喜欢吃酒，白酒，洋酒，红酒、啤酒，客家娘酒……是酒都行。几口白酒下肚，各式卤菜也吃了几箸，连片红粉早已飞上突兀的两颧，他用手背揩过嘴角，问，明万历二十九年，也就是1601年，意大利人利玛窦已经四十九岁了，他第一次走进紫禁城，此人从西洋带来了很多稀罕之物敬献给万历皇帝，如圣母像、八音琴、三棱镜、十字架、自鸣钟，还有世界地图，当时叫《万国全图》。你晓得皇帝在他先后进贡的四十多件礼物中，最中意的是什么东西吗？

老钟见同庚卖关子的得意劲儿，有意往偏冷的地方猜，圣母像？十字架？八音琴？这些都是皇宫里面没有的啊！要么是世界地图？皇宫里面也没有。皇帝老儿一直以为中国是世界的中心，看到《万国全图》，只怕会大吃一惊吧？！

你讲的一点没错。老周说着，端起即将倒尽的小瓶白酒，有点犹豫。老钟变戏法似的又拿出两瓶递给他。老周高兴道，皇帝老儿当时的心情跟我现在一模一样，龙心大悦！因为他看到了自己脚下的版图全貌，也晓得自己的领土到底还有多大了。当然也晓得了，并非普天之下莫非王土也！

老周手舞足蹈道，万历皇帝最喜欢的是一大一小两座自鸣钟。一座大的是铁制，装在一只精工雕刻的大铁盒里，盒子上饰有很多金龙。一只小的，一掌多高，完全镀金，装在一只镀金的盒内，都是欧洲制造的极品。两只钟表并没有镌刻外文，都是投其所好地刻上了汉字，最巧的是，钟盘外都有一只手指示时间。皇帝当然也有时间观念，希望精确地把握住时间。你想想，我们那个朝代，用的还是铜壶滴漏之类的计时器啊！把皇帝老儿喜欢得，按照现时年轻的人的讲法，不要不要的……

老钟领悟了，道，皇帝一高兴，利玛窦出入禁地也就容易多了。

老周道，到底是明白人，利玛窦来中国为的是传教，哄得皇帝开心了，进出方便了，传教也就顺风顺水了！这两座自鸣钟，是吾国皇宫里最早出现的近代机械钟表。万历皇帝朝夕把玩，爱不释手。利玛窦要调试钟表，养护钟表，一个蓝眼睛、高鼻子的洋人，留居北京，进出紫禁城，也就通了方便之门。

老钟吞吞吐吐道，没想到你这么懂钟表……这几十年，我不仅修钟表，还陆陆续续收购了一些旧钟表，改日请你去看看。

二

老周听说，同庚的旧钟表收藏并没有放置在儿子家里，而是在晒布路边上一个老旧小区金锦苑的房子里，便答应随时可去。此前，老周听老钟讲自老伴肺癌去世之后，已经跟儿子一家一道生活了十多年，便断然回绝了上门去坐坐的邀请。老周的回答是，如果是你独自的家，我会去。跟儿子媳妇孙子在一起，我大大咧咧的，就不去了，免得讨人嫌。

或许也是一人居住惯了，老周确实落拓不羁，老钟也就不勉强。老周主动告诉他，就一个儿子，平生教子无方，儿子因为嗜赌，离婚三次，把一个好好的家败得干干净净。自己退休太早，勉强拿一份低廉的社保，够得上自己赁房独居而已。在讲到老婆二十多年前跟一个马来华人去了槟城，倒也是一份清醒的自责：是我那时候太好吃懒做，又酗酒，她看我无可救药，也没有money，就狠心抛下我和儿子，跟人家走了。

老钟心想，儿子是不是跟随了你以前的影子啊？嘴里却鼓励他道，我看你现在不是这样啊！

老周道，鄙人早痛改前非了，提前从一个没出息的单位退休之后，我还做过搬运工，给单位看过大门，守过仓库。况且，再有酒喝，我一次也没醉过！还每天坚持冷水浴，早晚跑步十公里。我们这号人，拼的就是身体好！他妈的别的都是浮云。

老钟喜欢看他调子高昂，即便带着浮夸，也自有一份兴兴头头的鼓舞，不喜他的低沉，赶紧给他筛酒道，再喝两杯。真的没见你醉过。我其实羡慕能吃能喝的人，这样的人都有劲道！

老钟之所以要这样表达，是窥见老周喜爱来边吃边聊，但又不想白吃，眼红腮赤的，每次都要带点小东西过来，两斤砂糖橘，或者两斤洗净的荸荠。

一个经济上完全支付得起一位谈得拢的朋友过来小吃小喝、打打牙祭的人，那种对友开怀获取的愉悦，远不是几张钞票可以兑换的。老钟又得小心呵护老周的自尊，在他明确表示不愿意去儿子家之时，终于向他敞开了自己的钟表收藏，那可从来都是自己和亡妻生前的盘桓之所，儿子工作忙，两个孙辈功课忙，来过有数的几次，也是匆匆一顾，无所用心。

两周后的一个周日，老钟带老周来到距离老街一站之遥的晒布路。一个细叶榕环绕的老小区内，细雨过后，泛出一股湿热的草木气息。拉开锈迹斑斑的铁门，登上四楼，老周的步子太快了，老钟跟上来已是气喘吁吁。

门口钉了一块牌子：有闲斋。

老周站在门边立定，摸着刮得溜青的下巴，吟道：无空道里两位匆匆客，有闲斋里一个大忙人。

进来之后，立即听见一片久违的高低错落、清脆悦耳的钟铃声。

老钟揩了一把汗道，我们虽讲是同庚，你的身体，劲头，比我小去不止十岁啊！

老周有些歉意，赶紧给老钟搬来一条凳子道，我一个人快走惯了，走路也是一溜儿小跑。说着四下里看去的眼光骤然放亮道，你收藏了这么多钟表啊！上次跟你去香港中环看旧表，并没有看你下过狠手啊！

老钟张大嘴啊啊道，这是二三十年的积攒，也有的是香港过来修表的让给我了。

这是老式小区里标准的两室一厅，都不大，三间房都放满了挂钟、座钟和落地钟，外壳有木制的，有铜制的，有珐琅瓷的，色彩则明黄，军绿，湖蓝，孔雀蓝……足有几百件吧！细看有德国的三塔五音座钟，法国的皮套座钟，日本的铜方钟，20世纪40年代美国为中国制造的二十四小时时辰座钟——钟盘上除了罗马字母，还有子丑寅卯……十二时辰。一溜儿屉柜里，则摆满了各式老表。窗前，一座紫檀镂花的座钟足有一人多高，上面是菜盘一般大的钟盘，下面垂吊一个拳头大的金色钟摆，前后还有两个小钟摆，错综晃荡，铿然做金属声。

钟王啊！老周站在这个钟王面前，双手交叉举过头顶，一比高低；又反手而下，在裆前交叉，做兜着状。

老钟扑哧一声，喷溅在老周脸上了。

老周保持立姿道，我下面要是有这么一个雄壮的钟摆，多好啊！

老钟揶揄道，三个钟摆都给你，也只能是空摆啊，英雄无用武之地！

老周站在窗边，诡秘一笑道，这你就落伍了，要跟上时代的节奏喔。遂问老友在哪里淘到这么多旧家伙，是不是把这么多年的退休金都投进去了？

窗外的一棵菠萝蜜，被砍去不少枝叶，有两条丝瓜蔓攀援而上，几条嫩绿的丝瓜顶着鲜艳的黄花，有两只红眼、黑头、黄背的大黄蜂围绕着黄花相互纠缠，嗡嗡营营。

老钟不好跟他述其详，有些他中意的旧物，出手个两三万换取一件总是有的，眼前这个钟王并非最贵的，他的退休金不低，况且还有一个做外贸公司的儿子，尽孝，总是鼓励老爹买自己适意的东西。所谓养儿防老，并非仅指儿子在经济上的扶助，同样要紧的是给父母精神层面的礼赞。儿子两方面都做得出色。可这些都没法给老周讲。老周的各种职业跌宕起伏，如今拿着的社保还不及老钟的三分之一；更兼一个儿子进出看守所成了家常便饭，孙儿的抚养费便得从老周贫寒的养老金里挤牙膏尾子一样挤出来。行动略显迟缓，眼神儿透亮的老钟，早就看出老周一方面是想跟对脾胃的人聊天，再一方面也是想来就着点可口的吃喝。

现如今，还有谁家会为吃香喝辣犯愁呢？尤其是在一座沿海一线大城市。老周的家境令老钟看到了城市生活的另一面。为此，老钟每次都主动邀请老周过来，大的由头是节日、生日，小的由头多了去：在收破烂的陈老头那里找出了几本旧书——老周喜欢看各种旧书，记性又好，这为丰富他的谈资做了不浅的铺垫。请老周来看一只旧表，本地顾客送来的大都是新表，偶尔也有港客送一只旧表过来维修，这些旧表无疑都是有来头的舶来品。如果港客要立等可取，往往就会讲讲这只表背后的故事。蜿蜒曲折的故事后面藏着如泣如诉的人生，每当港客述说到动情之处，钟表匠便暗暗叹息，老周要在场就好了！

两人曾相约从罗湖桥过关，去过九龙尖沙咀、中环皇后大道中等几个旧钟表店观赏。

老周几次叹曰，我们只有过眼瘾的份儿！

看到心痒难熬，且价钱还合适的，老钟过两天再单枪匹马来一趟，悄悄买走。他不能当老周的面，当场刷五千元以上的货款。灯红酒绿的香港，百物昂贵，原本就玩心重、口味重、情意重的老周，钱囊羞涩，却又自尊心太强，老钟有心帮他一把，却感觉无从措手。

此刻，面对“有闲斋”陈列这么多老物件，老钟忽然后悔事先没有做一些敛藏，心中很是忐忑。不晓得老周是否看出来，其中便有两人在香港看过之后叹息告别的钟表？譬如窗边那只德国赫姆勒的铜机械座钟，开价过万元港币了。

当时老钟盘桓再三，回来之后辗转反侧，终于还是在第三天又独自过罗湖桥买了回来。

记得好像是在摩罗街，老周喜欢一只纪念版的仿百达翡丽怀表。那只母本百达翡丽出生于1933年，是一只独一无二的18K黄金超复杂功能怀表，拥有九百多个部件的手工制作，据说能够精确走时两千一百年，拥有二十四项复杂功能。在1999年的苏富比拍卖会上，此老物件以一千一百万美元成交。老周在钟表店柜台前的夸夸其谈，把一溜儿香港营业员都惊住了。他们打电话给老板，同意降价百分之二十，把这种带有限额版编号的仿表，卖给眼前这位识货人。

尽管钟表匠委婉表示，过个把月便是老周七十二岁生日，愿意借此机会送一只他的心爱之物作为纪念。老周依然坚决摆手道，贵重之物不可轻受，折煞一把老骨头！言下颜上，一点留恋的意思都没有。

老周抱着膀子一一看过去，偶尔做两三句点评，钟表匠皆认作金石之论。不由心下喟叹，要早几年认识老周就好了，一路过来，自己在收藏钟表上，啃泥沙、走麦城的教训也是有的，后来学乖了，便是谨慎有余，放胆不足。有一个见识高的老友在身边，就不至于缩手缩脚！

老钟不时在旁边睨他，一圈儿看完，未见他眼露惊奇，一颗七上八下的心才始放下。

老周对大他月份的钟表匠叫道，老哥，你这里还缺一个人！

老钟睁大眼，画出一个问号。

老周道，缺一个女人！你想想，你的儿子、孙子，对这些都不感兴趣，顶多是你百年之后，两根脚把子一伸，他们做了财产继承。你需要一个女人，体己的女人，跟你来来去去也好，上上下下也好。说到这，他暧昧一笑道，人在，东西在，跟你分分钟分享的人在，这才是最紧要的！公不离婆，秤不离砣啊。儿子，孙子，跟你的分享都是有限的。

老钟再用疑惑的眼神问他，那，你呢？

老周知彼知己，道，我跟你不一样。囊中羞涩，顾得了肚子就顾不到面子，就更不要去做低三下四的勾当，免得连累人家。你呢，脑壳是脑壳，脚是脚，站得直，梗得起。只要你放下眼风，只怕想上来“有闲斋”的女人家，要拿号排队啊！

老钟大乐道，你这么抬举我，是在给我灌迷魂汤啊！我自己是怎样的分量，我自己是晓得的，我还没有老年痴呆啊！

老周一脸正经道，我不是开你的玩笑，如果你有心找一个老伴，要抓紧。我就看到太多的女人，也包括一些男人，各种原因独处以后，口口声声为了儿子或女儿，他们要读小学，读中学，读大学，还要结婚生子……让自己的一二十年空转了，到老了儿女飞出窠去，孤孤单单，才想到自己也要找个伴，晚了，很多人事方面，力不从心啊！

老钟头回见老友这么认真，应道，你讲得好啊。

老周不依不饶问，你到底有无相好？这么多年修理钟表，就没看到过一个中意的？如果没有，我给你介绍？不瞒你讲，独身女人，年纪大小的我都认识一些，我若有你条件的一半，早都扑上去了。

三

5月末的一天，深圳天气已经呈现炎热之象。刚从冷气袭人的地铁3号线出来的老周，感觉到热气扑面。他赶紧脱下一身深灰色的皱巴巴的西装，快步走进商城，来到钟表匠的店铺前，却见不同寻常的一幕：店铺没开门！

他看看左手腕的一只拼装表——这是钟表匠送的，也是钟表匠修表之余的拿手好戏，可以把不同的零部件拼装在一起，式样和走时却一点不亚于某些品牌。

已经过十点了，老钟从来没有这么晚来上班的。问过左邻右舍，都讲没见钟表匠今天来过，不可能去吃或去拉了。

老周有一些儿发慌，想起老钟前一段表述过胸口有一些发闷，夜半也会闷醒过来。老周提醒他日常服用一些速效救心丸，床头也要有硝酸甘油片，以备不时之需。当然最好是去医院做个心脏CT之类的检查，那样才放心。如果他家儿子不空，老周可以陪他去做。老钟答应了好好好，可还是讲，这些天或许是劳累了，夜里没睡好。空下来去罗湖中医院找一位熟悉的医生开几帖中药吃，这么一把年纪，气虚、血虚总是有的。

老周就笑他，你白天劳累了不假，一根光杆司令，夜里去哪里累哟?！我看也是活动太少了，坐得太多了！“有闲斋”的人要真得闲喔，得空跟我去爬几次梧桐山，就什么病都好了！

老周站在街中打电话。几次都没人理睬。回转去乘地铁，刚到C口台阶边，电话打过来了，正是老钟。他说昨晚小中风了，就近住在罗湖中医院。老周惊问，不要紧吧。老钟道，不要紧，今天还要继续做几项检查。老周讲过去看看他，老钟犹豫道，过几天吧，医生讲这几天要检查，要稳定，最好电话都少打啊。

挂了电话，老周回味老钟的声音，虽然疲惫一些，却与平日是一样清爽的，完全不像他先前的一位做茶庄的朋友，中风以后讲话呜里哇啦的，心便放了下来。

三天之后的一个上午，老周迫不及待地过来医院看望老钟。大概是因为检查无大碍的缘故，老钟要坐起，被老周摁住。老钟告诉老友，那天半夜起来撒尿，脚不听使唤，走得迤逦歪斜。心下紧张，嘴里就叫喊起来。好在儿子、儿媳和孙子同在一个大家庭居住，听得叫声都过来了，也不敢乱动，扶他在客厅沙发坐下，给他含服速效救心丸的同时打了120呼唤急救车。进医院做了核磁，左脑一根小血管堵到了，吃点中药，扎扎针，大概一周左右就可以出院。说着双手拍拍胸脯，表示好人一个。

老周道，你住在医院我才好来看你啊。几天不见你，还是见老了，胡子拉碴的。说着便从身边的床头柜里，扒拉出一把电动剃须刀来，给老钟剃胡须，修鬓角，剪鼻毛。老钟听话，闭着眼睛，很受用的样子。左眉弓忽然一弹，二弹。

老周遂问，想什么来着？是不是还有哪个相好的，一只表还在店里，如丝瓜藤一样弯弯绕绕，牵牵绊绊？

钟表匠睁开眼，好似在追忆什么，半刻才道，那天儿子送我到医院以后，我有一段短暂的失忆，恍恍惚惚的，想不起怎么来的医院。事后就警觉，要是就这样走了，或者完全失忆了，那怎么得了啊！

老周笑道，到底有心上人放不下啊？告诉我，是阿芳，还是阿珍？

钟表匠道，不是的，是店里还有几块修好的手表，一直没人来取。

老周不以为意道，不取就是不要了呗，现在不作兴戴表了，有些表也不值钱，人家懒得跑，如果要的东西，早就来了啊。像是在机场、旅店、商场寄存柜里的东西，时间过了，人家就清理掉，你不必记挂。

钟表匠坚决摇头道，他们要不要是一回事，我找不找又是一回事。我是一个小店铺，不是大旅店、大商场，我要趁着现在还没有倒下，还没有老痴，找到那些修表客，一只只送回去才好。

老周愣了一下，似乎头一回见同庚这么固执，不由得附和道，好好好，我跟你一块去找。对着他的耳道加了一句：若是找出一个阿芳，归你；再找出一个阿珍，归我。

钟表匠忽然捂住他的嘴，推开他的同时，叫了一句，阿珍来了！

原来是护士长带两个护士进来查房了。

护士长胸前吊了一个工作牌：袁品珍。护士长阿珍大声安慰钟表匠，各项检查结果不错，送来诊治也及时，以后要注意不可以过度劳累。转身问老周，你是他什么人？朋友？同事？

老周呵呵道，朋友，同庚。

护士长直言道，他不喝酒不抽烟，是不是太过劳累了？你作为他的老朋友，要多劝他休息。

老周道，他平时的工作，是劳作，也是休息，修理钟表，是不是坐得太久了？

护士长忽然想起来了，从白大褂的衣兜里掏出一只机械表来道，这只表停摆一年多了，你那天讲起自己是修表师傅，方便的时候你给看看。

钟表匠端坐起来，接过表正反两面看看，摇了摇，放在耳边听了听道，这是一只中低档的“世家表”，你看上面的四个字母，S，A，G，A。港资企业，在东莞凤岗生产的，深圳书城北区大台阶边上有他们一个门店。可能是游丝，或者摆轮出了问题。我手头若是有工具，马上就可以拆开看看。

钟表匠讲解的时候，老周观察到身边的护士长很用心地听着。阿珍护士长五十多的年纪吧，丰腴的身体把一件不收身的白大褂都撑得饱满，浓眉大眼，圆脸厚唇，像阿姨一样亲切，不像他十年前做阑尾手术经历过的一位护士长，脾气火爆，凶神恶煞一般。不由得心生好感，找出一嘟噜好词儿，夸赞钟表匠的技术一流，价格公道，不仅在东门老街，在整个深圳修理行业，都是人中龙凤，马中良驹。

老周夸张得绘声绘色，把护士长逗得直乐。一旁两位年轻的护士却不苟言笑。老周心下发问，现在二十来岁的年轻人都怎么了？逗她们一笑，比登天还难！

老周便说要去东门现取工具。

护士长阻止道，不急的，什么时候你上班了再带去吧。现在都有手机看时间，哪里像过去啊！

老周盯着护士长道，是啊，现在的手机取代了过去手表在家里的奢侈品地位。

护士长半是肯定，半是否定。讲起20世纪80年代初，她从韶关乐昌考上省卫校，老爸给买了一块瑞士手表送给她，花了三百多块钱，引起姐妹们强烈的不满和嫉妒。那时节父亲的月薪不到一百块钱，要养一个八口之家。母亲没有正式工作，每天在铁路上的一个采石场挑土方、装车皮、打石头。拥有一块新手表比现如今买一款5G智能手机，可是打眼得多了！

老钟遂问，还在吗？老瑞士表有很多牌子，梅花表，浪琴表，欧米茄……老物件留着是一个念想。

护士长眉眼一低道，她父亲十年前得肠癌去世了。瑞士表应该还在，好像是梅花表，回去找一找，如果能修好，就送来修理，给大学毕业的女儿留作纪念。父亲打小就很宠这个聪明伶俐的外孙女。

老钟连道好好好，他讲自己修过很多老式手表，要么是物主本人怀旧，手表相关读大学或是结婚的纪念日等；要么是物主不在了，他们的后人想留下一个念想。前一种情况比后一种情况多很多。物质丰裕的年代，后人留一只旧表来怀念先人，这种情况，已经是凤毛麟角了。

言下唏嘘。

护士长眉眼一挑道，她父亲生前留下的一只法国野马表，她还好好地存着，要与梅花表一起找出来送去东门“钟表匠”，镀镀金。

钟表匠道，镀金谈不上，上点油，调试一下，我一定会让它们走起来。

护士长问，钟表匠让一只停摆的钟表走起来，是不是跟我们看见一个抬进来的病人最终站起来，走出去一样高兴啊？

钟表匠连声道，那是那是，一个道理。

检查完毕，护士长出门时感叹，时间过得太快了，一眨眼，我毕业都快四十年了，上个月还回韶关去参加过中学同学的聚会，过几年都要退休了。时光要是走得慢一点，要是能够倒转回去，才好。

老周冲着护士长的背影道，我们老钟，有本事让你们家的梅花表和野马表一起倒转啊。

四

老周和老钟再一次在东门“钟表匠”见面，已经是炎炎夏日了。

经此一病，钟表匠觉得自己精气神逊色了很多，有时候去“有闲斋”，上四楼都要停一两歇。老周看同庚两眼依然光亮，聚焦手下精细的游丝摆件，依然不差分毫，便给他打气，你得闲少坐多运动，跟我爬梧桐山去。再就是要有想头，想头就是油和火，你看那些大艺术家齐白石，毕加索……年过九十都还有创作热情，靠的是什么?

老钟从老周一脸暧昧的笑褶子，就能读出他的不怀好意，戗了一句道，你是火烧炀了一根红烛，还想硬挺！又道，我现时最想做的，真心实意地讲，就是尽快把一些表物归原主!

老周道，我这不是帮你来了吗。

两人坐下来，将一些无人领取的手表归类，一共六只，两只国产版，四只进口表。有的留了手机，有的仅留下姓氏。

一个下午，老周不停地对照留单打电话，总算联系上了三个人。

钟表匠嘟囔道，这三个我都打过电话，奇怪就是无人接听。我以为他们都死了呢!

老周给他分析，一个是死者的电话号码多数不会长期保留的，再一个是你要接着打，现在接着打的电话要不是快递，要不就是有事情。那些骚扰电话，不会很快接着打，怕挨骂的!

老钟佩服老周的见识。陆续过来取走三块表的，一个是旧表廉价，不想要了；一个是马大哈，居然给忘了；还有一个是父亲的手表，父亲去年病逝，手机给了女儿备用，女儿认为来电不是找自己的，很少接听。

还剩三块，仅留下姓氏。

钟表匠这才觉得，一直留双联单的做法失之简单了。姓氏加电话，再加住址，方保稳妥。

老周不让钟表匠焦虑，说是可以辗转通过派出所的朋友，查户籍所在，没有大问题的。也不让老钟日日坐在门店，带他去逛深圳各种博物馆。

半个月时辰，去了七八家博物馆，如后海登良路的钢结构博物馆，那里不仅有钢结构在中国乃至世界的发展史，还收藏了纽约双子星座被恐怖分子炸毁之后的钢构残骸；如龙华上围村的熨斗博物馆、电影博物馆，光明的惜物博物馆，都有不少分门别类的老物件；还有地处民治的一个香港人的七百多台老钢琴收藏——全是国际博物馆级别的钢琴，最近还搜罗到李斯特晚年用过的一台，据说是目前世界上最丰富的钢琴罗列了，是一部缩微的钢琴建造史，可惜久久找不到一处阔大而合适的陈列馆，稀世珍品多半都还在打包中昏睡。

老钟佩服老周能玩，会玩，带他一道玩……若是早几年认识这位同庚，自己的晚年生活一定会丰富很多。

这段时间，老周忙里偷闲，通过派出所找到了所余三块表的三分之二物主，一块西铁城，其物主已经移民新西兰，委托她的外甥女代收了。一块卡地亚，物主患了老痴，连家人也不认得了。他当时是跟老伴一起来修表的，或许他老伴也被疲惫的看护生活消磨掉了大部分的精神和体力，形容憔悴，勉强挤出来的笑脸含着一抹苦味。老大姐拿到那块已经磨蚀的腕表时，两眼灿然一亮道，这只表是他1994年第一次出国开会，在比利时给我买的，说是给我们二十年前的寒酸婚礼一个弥补。被他的病情拖着，修理单也找不到了，我也忘记了你们的钟表店在哪里，在人民路那边去转过几次，始终没有找到。我记得，肯定不是大商场里的修理柜台，明明记得是路边一家小店，却又忘记在哪条路上了。你看看我这是不是也有老痴了？……

卡地亚物主的两口子是空巢家庭，一个儿子在加拿大，一个女儿在英国，有一个湖南岳阳的护工在家帮衬。护工说，你们来了，头一回见阿姨讲这么多话！

老大姐更是热情地留两人吃饭，被他俩婉言谢绝了。

从老大姐家出来，老钟和老周都很兴奋。一块旧表，修理之后，千辛万苦，物归原主。物主高兴，钟表匠快乐，助力者老周也欣喜。老钟与老周回到东门，问都没问，老钟带头走进了一家海鲜餐厅。老周步履迟疑发问，要这么奢侈吗？

老钟昂扬道，以后我们每个月至少来奢侈一次，吃一顿大餐。

老周哈哈乐道，你总是关照我，晓得我像《西游记》里的猪八戒，贪食贪色……

老钟断然道，后面一条我管不到你，前面一条可以管，管食饱管吃醉。

老周连声道，要得要得！人生得一知己足矣，斯世当以同怀视之。

老周连讲了两遍，老钟听懂了，道，你真是有才啊，讲得我都感动了。

老周道，我一介武夫，一个吃货，一个榕树坨坨脑壳，哪里能讲出这么有味道的话来！我是借花献佛，这是鲁迅当年送给他的好友瞿秋白的。

老钟道，不管你是从哪里借到的，你这样想，我就蛮感激你。

老钟越来越觉得这个常来“蹭吃蹭喝”的老友不可多得，人到晚景，身边有这样一个知冷知热，兴趣蛮多，好讲，好玩，好乐的人，真的好。如果老伴还在身边，当然可以做很多的弥补，却也不是全部。为什么早没有意识到朋友的重要呢？是没有遇到，还是忽略了寻找？儿女辈都有自己的前程，都有自己的忙。现在意识到了，见到老周是一个觉醒，老婆和体己的朋友，这是一架天平上的两只等重的砝码，老婆过早地走了，现在来了一个老友。虽讲出现得有点晚，但也是一个不可缺少的弥补啊！

钟表匠一心想帮老周一把，他自己已然没有了再找一个老伴的意愿；老周应该还有这份野心或雄心，老周缺少的不是心愿和体力，先天的底子和后天的调理，都令这位同庚精神昂扬。同庚跛足的是经济条件，还有机会。老周口口声声，自己都养不活，哪里还能再养活得了一口子？天下却也不是清一色的乌鸦吧，一定也有像我这样喜欢你的女人，不图你任何东西，就喜欢你的谈讲，热闹，坦坦荡荡，两人一道去各处看好看的！

老周却把头摇得像拨浪鼓道，现如今，女人跟男人不一样。我是嘴里噬荤啖素，心里是不发那一份愿想的。

老钟想了想道，你是五月初五端午节的生日，那是6月14日，我们一道去一趟江西庐山吧？在山上给你庆生，去庐山很方便的，你讲过你想去看看庐山植物园，那是国家最早的一座亚热带山地植物园。

老周略一犹豫道，可以啊！你还有一块表没有找到物主，如果送返了，你就完全轻松了！

老钟道，是啊，搭伴你的劳心劳力，不然前面五块表，靠我都难得一一送回去！

剩在钟表匠抽屉里的是一块德国造朗坤女表，单子上只留下孤零零“刘女士”三字，再就是日期2018年4月13日。钟表匠依稀记得那是一个五十左右的女士，肤色很白，微胖，操湖南或是湖北口音。

老周挠头道，那就没法去派出所查了，刘是一个大姓，在深圳怕有十几二十万人吧？大海捞针啊！

老钟道，那是不是贴一些招贴呢？来我这里修表的，要么是港客，要么是方圆不超过五里的。

老周道，现在贴那些小招贴不容易，城管和搞清洁的，都会干预，刚贴就被人撕了。不过，我们可以到一些小区去贴，街上反倒没有人看这些帖子了。

老钟大大叫好，讲还是老周脑瓜子好用。如果把这个物主找到了，他就可以歇业了，留下更多的时间跟老周天南海北去逛荡。

老周道，你修理了一辈子钟表，若是有本事让时光倒转你就赢了！

老钟一愣道，你还想重当一次后生仔，再结一次婚吧？

老周道，我想多出去走走，看看外面的大世界啊！

老钟道，好的，多出去走走，趁着还没老成一条丝瓜络啊！

俩同庚击掌为誓。

五

老钟又中风了。

距离去庐山不到一周，往返行程都由儿子在网上订好了。

这一次跟上次不一样，是在家里吃晚饭，忽然出溜一下就倒在桌下了。不过就那一瞬间，不过十几秒钟便恢复过来了。却把家人吓了一跳，赶紧再送医院。检查结果，是上次堵的脑血管旁支，又出现一个小小的堵点。

这就不敢去庐山了，若是出远门奔波，劳累，又来一次中风，谁能料到是何种后果呢！

钟表匠对阿珍护士长讲，没想到才个把月，我们又见面了！

自从上次在医院见面，老钟已经修好了护士长当年读卫校的纪念物梅花表，护士长父亲的遗物野马表倒没什么问题，上点油就好了。

护士长会同医生看了他的片子之后，严肃地对老钟道，一而再地中风，虽然都是一过性的，但控制不好，休息不好，就怕有更大的中风突如其来。

老钟嘴里不以为意，过了七十了，古稀之年了，够本了。心里却有一些嘀咕，对老周道，不仅要跟你去庐山、黄山，还想跟你去新疆、西藏呢！这一向怎么老往医院跑呢？我以前多少年都没体检过，除了老婆住院那一段，医院对我来讲是最陌生的地方啊！

老周安慰道，此一时，彼一时。既来之则安之。等你好透了，锻炼锻炼，去哪里都是我们自己拿主意。只要有身体，还有money，何事不可为？哪里不可去？！

老钟感慨，把你的身体，我的money，捏拢来，就可以乘长风，破万里浪了。

这次中风之后，虽跟上次一样，没有留下什么后遗症，钟表匠却觉得自己的精气神和记忆力都有明显的衰退。老钟对着老周鸣不平道，我一辈子不烟不酒，你以前是烟酒都来，现在是只喝酒不吃烟，身体却比我好得多，老天爷对我不公平啊！

老周道，老天爷很公平啊，给了你一个孝顺儿子，两个听话的孙儿，还给了你一身修表技术，所以不愁吃穿。如果再给你这啊那啊，我老周上下捋一把光溜溜，没有一点出息的人，岂不是要一头去撞墙？

老钟安慰老周道，庐山暂时去不了了，深圳还是可以到处溜达的。

原本早就可以出院了，儿子担心老子的身体没好透，让他权把住院当疗养。护士长道，有这么一个贴心的儿子，也当是有了一件贴心小棉袄了。

住院之际，他俩偷偷地溜出来，陆续去了深圳湾公园的白鹭坡书吧，去了观澜版画博物馆，去了盐田灯塔图书馆，去了光明玻璃桥……去得最多的还是晒布路的“有闲斋”，面对四壁环绕的各式老钟，凭窗，据几，品茶，有时很长时间无话，就是相对而坐，听着满屋参差错落、嘀嗒嘀嗒的钟声，高亢的高亢，低沉的低沉，都是中老年了；也有呢，清脆的是后生，娇羞的是靓妹。

从中午坐到下午，一壶凤凰单枞总也续不够。

一抹阳光欢快地跳进来，像是一个调皮捣蛋的男孩子，举一支巨大的颜料笔，胡涂乱抹，将两个年过七旬的老友，涂抹得一身铁铸，一脸辉煌。

出院之际，已经挨边老周的生日了。钟表匠的儿子却提出周末一家开车去粤北始兴，儿媳妇是始兴人，她的奶奶过百岁生日，叫儿子一家一定过去。儿子告诉老子，之所以让他在医院多待一段，就是为了养好身体，去始兴好好玩一玩。见老爹有点反应不过来，儿子强调，始兴有世界生物圈保护区——车八岭国家级自然保护区，还有全国重点文物保护单位、“岭南第一大围”——满堂客家大围。

钟表匠诺诺。

那一瞬间，他想到的是老周。他鼓起勇气问儿子，可不可带一个老朋友一道过去。

儿子不假思索道，当然可以。

儿子从没见过老周，可多次从老爹嘴里知道他有个同庚，经常一道出去玩。自从姆妈去世以后，老爹一个人出入伶仃，有个老年玩伴，那是一个好啊！人多更好啊，家里过年才置换的一辆七座英菲尼迪SUV正好派上用场！

可是，老钟把这个好消息告诉老周之时，老周断然回绝道，你们一家三代出行，我去凑个什么热闹啊！见老友满脸失落，老周和悦道，等你回来，我们再一起去珠海转转，珠海有好多海岛，什么外伶仃岛、万山岛……好好玩啊。

老钟点头，说是早回，跟他一道去珠海。

去始兴之前，老钟将东门老街的“钟表匠”店铺关张了。

老周帮他拾掇，桌椅板凳之类，送人的送人，左右都不要的，就都给收废品的捡走。

两人告别之时，老钟给了老周一把挂着座钟饰物的“有闲斋”的钥匙，叫他得空去开开门窗，通通风。如果想在里面吃茶，冰箱里各式茶都有。

老周接了钥匙，笑道，一个人吃茶，寡淡。

老钟正色道，最好你能带一个人去，带什么样的人我都不管。

六

老钟跟随儿子一家去始兴已经第三天了，老周忙忙碌碌的，一直没有去“有闲斋”，心里头却总有点空落落的。

这天一早接到老钟的微信：生日快乐！你今天去一趟“有闲斋”吧，在窗边立柜最上面的一个大抽屉里，有一样我给你备的礼品。

老周嘀嘀咕咕，送什么礼品啊？我又不是后生靓妹！磨磨蹭蹭，直到午饭后才赶过去。

这一向深圳多雨，午饭前后的一阵雨恰被他躲过。进得金锦苑小区，上楼开门，开灯，开窗，回头忽然发现那只夺目的紫檀镂花的座钟正在——倒着走，再一转头环视，发现所有的嘀嗒嘀嗒的座钟，都在步调一致地倒转，倒走，倒流！

他睁大眼，呆立了片刻，蹑手蹑脚走到立柜边，慢慢地拉开最上面的一只抽屉，一张巴掌大的洒金红纸上是八字隶书：“生日

快乐　青春不老”，与一条金色丝线相连的是在香港摩罗街看到过的——一只纪念版仿百达翡丽怀表。

老周胸中涌动，两眼瞬间发涩、发蒙。

他双手扶着立柜，慢慢地合上抽屉，坐下来。

窗外丝瓜蔓上的两只红眼、黑头、黄背大黄蜂一前一后飞进来了，满屋的钟声金灿灿，亮堂堂，万花筒一般地旋转。

（原刊《中国作家》2021年第8期）